祖父母をたずねて
家出兄弟二人旅
～母との別れ、にぎやかな旅路～
泉きよらか
イラスト
蓮深ふみ
TOブックス

Contents

第一章　出奔準備

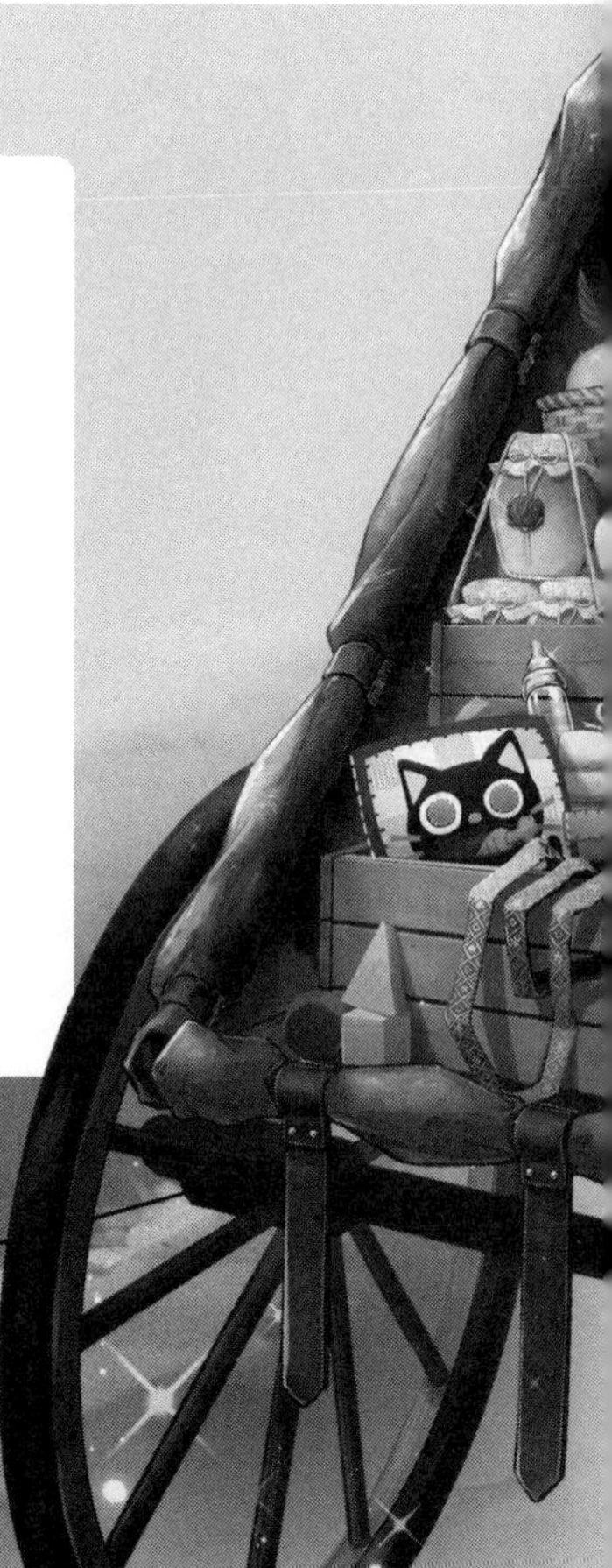

イラスト：蓮深ふみ
デザイン：アオキテツヤ（musicagographics）

第二章　旅路

第一章　出奔準備

プロローグ　転生者のにぃにと幼児な弟

「にぃにー！　りゅー、たべりゅ！」

「あっ。リュカ、そんなに走ると転ぶよ！」

「いやー、さすが食いしん坊のリュカ坊ちゃんですぜ」

ぼくたち兄弟がいま滞在しているのは、赤煉瓦の三角屋根と胡桃《くるみ》色の木組みの家々が冬空に映える、フェクレールという町だ。

市が開かれていると聞いて、ぼくたちは宿のある住宅街から、狭く細い路地を歩いていく。

まるでおとぎ話の世界に迷い込んだかのような町並みと、所々に吊るされたアンティーク調の看板に目を奪われているうちに、石畳の広場へと抜けた。

広場にはたくさんの食堂や屋台が立ち並び、ほかほかと湯気を立てる煮込み料理や、炭火串焼きの良い匂いがする。

早くもお酒を飲んでいる町の住人や旅人で、大いに賑わっていた。

そのうえ、そこかしこで楽器を演奏する人や芸を披露する人がいて、お祭りのような雰囲気だ。

三歳の弟のリュカは、風に乗って漂ってきた甘～い香りの屋台に向かって、脇目も振らずによちよちと走っていく。

ぼくと護衛のドニは、その小さな後ろ姿を小走りで追った。

（幼児用ハーネスをつけて大正解だった！）

旅の途中に立ち寄った見知らぬ町で迷子にでもなろうものなら、一生会えないかもしれない。

そう思って、かわいそうだけどリュカには幼児用ハーネスをつけていたのだ。

リードごとぼくたちをぐいぐいと引っ張ってきたリュカは、お目当ての屋台前でぴたっと立ち止まると、短い指で一生懸命に甘い香りの正体を指差した。

「こりぇ～！」

「まったくもう……。おじさん、二つちょうだい」

「あいよ！　二つで十銅貨だよ！」

リュカにせがまれるまま、ぼくはピラミッド状に積み上がったこぶしサイズの丸い玉……おそらくお菓子を二つ買う。それにしても、お菓子で十銅貨は高い。田舎パンを五つは買える値段だ。

リュカに甘い自分を自覚しつつ、ぼくはお代の十銅貨と持参したハンカチを手渡して、お菓子を包んでもらう。

「おじさん、このお菓子、なんていう名前なの？」

「雪玉っていうんだよ。んまいよ～」

「へぇ。初めて聞いた」

お菓子にはうっすらと粉砂糖がかかっていて、言われてみれば確かに雪玉に見えなくもない。

（ああ、そうか。きっと砂糖を使っているから高いんだな）

「にぃにー、はあくー！」

「はいはい」

青いお目々をきらっきらに輝かせたリュカの口からは、すでによだれが垂れている。

おじさんからお菓子を受け取ると、ぼくとリュカは広場の中央にあるベンチに座った。護衛のドニは立って、周囲を警戒している。

収納《ストレージ》から取り出したタオルを水生成《ウォーター》で濡らし、リュカと自分の手を拭く。念の為、洗浄《クリーン》もかけたら、お待ちかねのおやつだ。

「さすがに、リュカはかぶりつけないよね……」

雪玉は、ぼくですら顎が外れそうな大きさである。

どう食べたら良いものかとよくよく見ると、平たい紐をぐしゃぐしゃっと丸めたような形をしていた。

「はい、リュカ。あ〜ん」

もしやと思って指で端を持ち上げてみると、案外簡単に剥《は》がせる。

「あ〜」

言われなくても開けて待っていたリュカの口に、ぼくはぺりっと剥《は》がしたお菓子のかけらを入れてあげた。さくさくと小気味良い咀嚼《そしゃく》音が聞こえる。

「どう？　美味しい？」

「おいちー！」

リュカはもみじのようなお手々でほっぺを抑え、にぱっと笑う。そして、すぐにまた口を開いた。

無言の催促にぼくは苦笑しながら、またお菓子を食べさせる。リュカが一口食べているうちに、ぼくも自分の口にお菓子を放り込んだ。

(あ、美味しい!)

食感は、パイとクッキーの中間くらいだろうか。優しい甘さの素朴な焼き菓子だ。でも、半分ほど食べ進めると、急激に口が渇いてぱさぱさになる。

水筒の水で口を潤しつつ、ぼくとリュカは大きな雪玉を一つ、仲良く分けっこして食べ切ってしまった。

残りの一つは、宿で留守番しているほかの護衛たちへのお土産だ。

「ごちそうさまでした」

「ごっしょしゃま、でちた!」

リュカの粉砂糖まみれの口を拭いて服をはたいたら、手を繋ぎなおした。

日暮れまでは、まだ少し時間がある。腹ごなしに散歩を再開すると、リュカがまた何かを見つけたようだ。

「あ! おうましゃん!」

リュカが指差したお店は、玩具《おもちゃ》や工芸品を売る土産物屋に見える。

店頭には、手のひらサイズの馬・ふくろう・うさぎといった動物の木製人形が、所狭しと飾られていた。

特に馬は、顔・タテガミ・胴体・脚と特徴を良く捉えたパーツで組み立てられていて、尻尾には本物の毛が使われているみたいだ。

丁寧に面取りされた滑らかなフォルムを見るに、きっと腕の良い職人が作ったのだろう。値札には一つ十銅貨と、手仕事に見合った金額が書かれていた。

「にぃに〜。おうましゃん、めぇ〜?」

全体的には灰色だけど、唯一タテガミだけは真っ白な馬の人形をひしと抱きしめて、リュカが上目遣いにぼくを見る。目は口ほどに物を言うとは、まさにこのことだ。

(……仕方ないか。旅の出会いは一期一会って言うし、リュカには我慢させることも多いからなあ)

思わぬ散財にため息をつきつつ、ぼくは土産物屋の店主に十銅貨を支払った。

「リュカ、大切にするんだよ?」

「あい！　にぃに、だ〜ぃしゅきっ！」

きゃあ〜っと弾けるような笑顔で、リュカが足に抱きついてくる。

嬉しそうなリュカを見るたびに、ぼくは母さんに別れを告げて、幼い弟と二人で旅に出たのは間違いじゃなかったと思うのだ。

今世の家族

ぼく、ルイはいわゆる『転生者』というやつだと思う。

前世は日本の超高層ビルにある企業でバリバリ働く、サラリーマンだった、はず。

なぜか顔や名前といった個人情報は思い出せないし、覚えている記憶もまだらだけど、どうやら交通事故で亡くなってしまったらしいことは確かだ。

そうして、気がつくとぼくは『ルイ』として生まれ変わっていた。

「かわいいルイ。私たちの大切な宝物」

「かぁしゃ……」

（ん？　母さん？）

ふと、自分のもみじのような手を握ってみる。こんなに小さな手だっただろうか？　と思ったところで、思考が止まった。

視線を上げると、ぼくを横に抱いた女性は若く、二十代前半のように見える。

（んんん？　こんな西洋人顔した美人が、母さん？）

ぼくを見つめるその青い瞳は愛おしげで、ごく自然に長い焦茶の髪に顔を埋《うず》めると、ほんのり花のような良い香りがした。

（あったかい……）

この体に染みついた体温だからなのか、それとも精神が幼い肉体に引っ張られているからなのか、柔らかい腕の中はとても安心する。

気がつくと、ぼくは自分の親指をちゅぱちゅぱと吸っていた。吸っているという自覚はあるのに、なぜかやめられない。

（指しゃぶりなんて、良い年した大人なのに……。でも、ぼく、まだあかちゃんだもん……。あれ……？）

思考がまとまらず、考える端から霧散《むさん》していく。ゆらゆらと心地よいリズムで体を揺らされるせいで、ぼくは夢見心地だった。

「ルイは、サラにそっくりだな」

「色は確かに私に似たけれど、顔はマルクにそっくりよ」

「じゃあ、俺たちの良いとこ取りをしたんだ」

薄茶色の髪と瞳をした育ちの良さそうな青年が、快活に笑う。女性の肩を抱いて、二人はずいぶんと仲が良さそうだ。

（けっ、リア充め。爆発しろっ。……ん？　りあじゅう？　ばくはつ？　なぁに、それ？）

青年はぼくの頭を大きな手で撫でたあと、頬をすりすりと触る。

女性もぼくのおでこにちゅっとキスを落としたので、むず痒さを感じたぼくの口から、甲高い舌足らずな声が漏れた。

「うぅ～、やぁ～」

「ごめん、ごめん。あんまりにもかわいくて、ついな～」

「ふふふ。さあ、ルイ。母さんも父さんも、そばにいるわ。安心してお昼寝しましょうね」

小さく口ずさんだ子守唄に合わせて、背中をとんとんされたら、もう抗えない。

（……母さん、父さんって。もしかして……ぼく……うまれか、わ……すやぁ……）

最後にわずかに残った理性でそう思ったのを最後に、ぼくは意識を手放した。

「ルイ、準成人おめでとう」

「おめでとう、ルイ。いや～、あの小さかった息子がもう十歳なんて……。時が経つのはあっという間だな～」

「ありがとう、母さん、父さん」

ぼくが恐らく二～三歳ではじめて前世のことを思い出してから、早八年。

この春に十歳の準成人を迎えたぼくを、今世の両親は満面の笑みでお祝いしてくれた。

父さんは赤ワインを手酌《てじゃく》で注いで、くぅーっと飲んでいる。

テーブルの上には、料理上手の母さんが腕によりをかけて作ってくれた料理が並んでいた。

骨付きもも肉のローストチキン・チーズパイ・具沢山のシチュー。デザートには、赤ベリーソースを添えたプディング。どれもぼくが好きなものばかりだ。

「わあ……。すごいご馳走だ。母さん、ありがとう！」

「お祝いだもの。いっぱい食べるのよ」

「うん！　いただきます！」

さっそく、ぼくはジューシーな脂を滴らせたローストチキンにかぶりつく。

皮目はパリッ！　として、ほろほろと柔らかい肉の旨みが口いっぱいに広がった。あとから、ローズマリーの良い香りが鼻を抜ける。

（美味しい〜！）

嬉々として料理を頬張るぼくを、母さんと父さんが優しい目で見ていることに気づく。少し照れくさいけれど、両親に愛され温かい家庭で育った幸運を、ぼくはしみじみと噛み締めた。

（ほんと、もったいないくらい良い両親の元に生まれ変わったよなあ）

ぼくは傍《はた》から見れば早熟で、あまり手のかからない子どもだったと思う。

それも、前世の記憶と今世の知識や人格が混ざり合ったことで、思考が大人寄りになってしまった結果だった。

そんなぼくに母さんは寂しそうだったけれど、「これも成長なのかしら？」と優しく見守ってくれた。

単純な父さんは「さすが俺たちの子！」と手放しに喜んで、忙しい仕事の合間に読み書きなどの勉強を教えてくれたものだ。

（……前世の両親とは大違いだ）

ぼくの前世の両親は、冷え切った仲だった。

父は仕事人間で家に寄りつかず、母はそんな父にとっくに愛想を尽かしていたけれど、世間体があるから離婚しないだけだと言っていた。

ぼくはそんな両親を見ているのが嫌で、大学入学を機に一人暮らしを始めて……それ以降、実家に帰ることはなかったと記憶している。

「それで、ルイは何のスキルを授かったんだ？」

「えっと、計算・鑑定・生活魔法だったよ」

「おお！　すごいじゃないか！　どれも使えるスキルばかりだ」

上機嫌な父さんは、どれだけ飲んでも顔色が変わらないのをいいことに、かぱかぱとジョッキを空けている。デキャンタの赤ワインは、半分以下に目減りしていた。

「もう、父さん。飲み過ぎて酔っ払わないでよ？」

「ははっ。大丈夫、大丈夫。赤ワインなんて、父さんにとっては水みたいなものさ」

（本当かな……？）

当たり前だけど、今世は常識も暮らしぶりも何もかもが前世とは違って、混乱することも多かった。何より一番驚いたのは、魔法やスキルがあることだ。

この世界は神や妖精といった超自然的な存在が、ごく当たり前にいる世界らしい。スキルも、準成人になると国教であるリュミネ教の教会で洗礼を受けて授かるのだ。

（って言っても、授かったスキルが頭の中にふわっと浮かび上がってきただけで、いまだに半信半疑というか……）

洗礼は薄暗い聖堂で行われる。数十人の子どもたちと一緒に、蝋燭《ろうそく》片手に長いこと祈るのだ。その後に眠気を堪《こら》えながら司祭様のありがた～い説法を聞き、最後にやっと火を吹き消したらスキルを授かっていた……という感じで、ぼくは狐につままれたような気分だった。

「ルイは賢いし、算盤を使わなくても乗算と除算ができるからな。『計算』は納得だ」

「でも、ぼくは火魔法とか水魔法とか、魔法系のスキルが良かったなあ。それか、剣術」

「男なら、一度は憧れるよな～。父さんも、子どもの頃は同じことを願ったものだ」

ぼくは前世で理系の大学を卒業しているので、スキルがなくても四則演算くらいお安い御用である。なので、勇者みたいなチートを……なんて高望みは言わないけど、せめてもっと別のスキルがほしかった。

「生活魔法はあると便利だし、目利きの名商人ならほぼ必ず持っている『鑑定』を授かれたのは、有利だぞ～。これはもう、商人になれと言われているようなものだな」

「えええー。そうかなあ？」

『生活魔法』は、母さんも父さんも持っている。というか、この世界の八割の人が持っていると言っても過言じゃないスキルだ。

発火《ファイア》・水生成《ウォーター》・照明《ライト》・送風《ウィンド》・洗浄《クリーン》・乾燥《ドライ》・穴掘り《ホール》・収納《ストレージ》・発熱《ヒート》といった、生活をちょっと便利にする魔法が使えるので重宝する。

ただし、威力や範囲などはその人の魔力量によるらしい。現に、母さんは水生成《ウォーター》で一度にグラス一杯分しか出せないけれど、父さんはバケツ一杯分までは出せるそうだ。

（魔力なんて、あるんだ……）

後日、ぼくも試しに水生成《ウォーター》を使ってみたら、バケツ数杯分は余裕だった。それをまるっと収納《ストレージ》に入れることもできたので、魔力量は結構多いとみて良さそうだ。

「そうだな。ルイ、このワインを鑑定してみてくれ。父さん秘蔵のとっておきだぞ。手をかざして『鑑定』と言えば、良いはずだ」

「？　鑑定……」

父さんに言われた通り、ぼくはワインを鑑定してみる。

【名前】赤ワイン（フリュイ・エカルラット）
【状態】優
【説明】飲用可。アグリ国ヴァレー産。黒葡萄品種ベル・ニュイから作られたお酒。体に良い成分が豊富。

ふわんと、前世のＶＲゲームみたいな説明ウィンドウが宙に表示された。すごくファンタジーだけど、でも……。

「これだけ？」

「いやいや、十分すごいことだぞ。特にワインは産地を偽ったり、混ぜ物も多いからな。どうだ。ルイさえ良ければ、父さんの勧めている商会で、見習いをやってみないか？」

「ダミアン商会で？」

「ああ。ダミアンさんも、ルイなら大歓迎だって言ってくれてるしな」

十歳の準成人を迎えたら、成人の十六歳まではいわゆる丁稚奉公《でっちほうこう》をして、社会経験を積む。

ダミアン商会なら父さんもいるし、雇人《やといにん》たちの人柄もわかっているから安心だ。

「母さんはどう思う？」

「えっ……。ごめんなさい、ぼうっとしてて。何の話？」

一応、父さんだけではなく母さんの意見も聞こうと水を向けると、母さんははっとした様子だった。よく見ると食があまり進んでないし、顔色も悪い気がする。

「母さん、大丈夫？　具合でも悪いの？」

「サラ、大丈夫か？」

「ええ、体調は大丈夫よ。ただ……」

「「ただ？」」

母さんは嬉しそうに顔を赤らめながら、もじもじと指をいじる。ずいぶんと、言葉を溜めてから話し始めた。

「まだ、確かなわけじゃないのよ。でも、たぶん、私……お腹に赤ちゃんがいるみたいなの」

「「……」」

何を言われたのか理解できなくて、ぼくと父さんは顔を見合わせてしまった。けれど、じわじわと父さんの目と口が、大きくかっぴらかれていく。

「……!!　サラ……！　ありがとう、ありがとう……！」

「赤ちゃん……。ってことは、ぼく、お兄ちゃん？」

ぼくは呆然とつぶやいた。子どもは授かりものだ。今世は弟妹がほしいなと思いつつ、両親の負担になってはいけないと、これまで口に出したことはなかった。それに、もう十年も一人っ子だったので、諦めていたところもある。

「ぼくが、お兄ちゃん……」

ゆるゆると、どうしようもなく口が緩む。最高の誕生月プレゼントだ！　父さんなんて、おいおいと男泣きしていた。

そんなぼくたちに苦笑しつつ、母さんは立ち上がると、そっとぼくを抱きしめる。昔と変わらず、柔らかくて温かくて、良い匂いがした。

「十月十日だから、赤ちゃんが生まれるのはきっと年明けかしら。生まれたら、いっぱい可愛がってあげてね。……お兄ちゃん」

「うん、うん……！　もちろん……！」

父さんが、その大きな体で母さんとぼくをすっぽりと抱きしめる。

嬉しくて嬉しくて仕方なくて、泣き笑いながら、ぼくたちは家族が増える喜びをわかち合っていた。

ところが、当たり前に続くと思われた幸せがあっさりと崩れ去ったのは、翌月のことだった。父さんが病に倒れたのだ。

はじめは、頭痛・めまい・発熱といった軽い症状だったから、働きすぎか季節の変わり目で体調を崩したのか、くらいにしか思っていなかった。

でも、違ったのだ。二～三週間もすると症状が急激に悪くなり、父さんはベッドから起き上がれなくなってしまった。

「はあ、はあ……。このくらい、少し休めばすぐ良くなるさ……」

「父さん、いまはゆっくり休んで」

「あなた……」

「サラも……はあ……無理はしないでくれ。腹の子に、響く……」

大柄でがっしりとした体格の父さんは健康そのもので、これまで病気一つしたところを見たことがない。

だから、苦しそうに横たわる父さんの顔色がびっくりするほど青白くて、ぼくも母さんも得体の知れない不安を感じた。

（父さんに、もしものことがあったらどうしよう……）

もちろん、治療師を呼んで何度も父さんを診察してもらった。

でも、いくら検査《スキャン》してもどこが病気なのかわからないうえ、治癒《ヒール》も効かない。唯一、感染する病気ではないということがわかっただけだった。

ぼくだって、何か治療方法が見つかるんじゃないかと何度も父さんを鑑定したのだ。けれど、鑑定では「状態：病」としかわからなかった。

「ご家族にとっては大変お辛いでしょうが……。打つ手が、ないのです……」

「そんな……では、マルクは……夫は……どうなるんですかっ！」

「母さん、落ち着いて。お腹の赤ちゃんがびっくりしちゃうよ。ね？」

「残念ですが……年を越すことはできないかと」

父さんの診療を終えた治療師が別室に母さんとぼくを集めると、沈痛な面持ちで告げた。取り乱して治療師にすがりつく母さんを、ぼくはなんとか宥《なだ》めようとする。

「なにか……なにか、ないんですか……！　夫の病が悪くなっていくのを、ただ見ているしかないって言うんですすかっ……⁉」

「……上級ヒールポーションなら、あるいは。ですが、上級ヒールポーションは素材も製法も、何もかも秘匿《ひとく》されています。それに、非常に高価なことに加えて、王族・貴族が独占しているのです。庶民の手に入れることがほぼ無理とあらば、悪戯に期待を持たせるようなことは……できません」

「ああ……そんなことって……」

「母さん……」

慟哭《どうこく》のあまり崩れ落ちた母さんを支えながら、ぼくも痛いほど唇を噛み締めた。

（なんで……。なんで、父さんが……。ちくしょう！）

万が一。わずかな希望《のぞみ》にかけて、父さんの勤め先であるダミアン商会に、上級ヒールポーションを手に入れられないかと依頼する。ほかの商会では、鼻であしらわれてしまった。

ダミアン商会も必死に伝手をあたってくれているようだけど、なにも状況は変わらないまま時間だけが過ぎていく。

父さんはみるみるうちに痩せてしまい、鼻や歯茎から出血するようになってしまった。母さんもひどいつわりと精神的ショックで、ずっと寝込んでいる。

もう頼りになるのは、自分しかいなかった。

「ルイ、すまない……まだ子どものお前に……」

「父さん、謝らないで」

身重の母さんには安静にしてもらって、ぼくが父さんの看病をする。

とはいえ、子どものぼくだけで四六時中看病することは不可能だ。なので、治療院の紹介で通いの看護師を雇ったり、ご近所さんやダミアン商会の手も借りた。

父さんから管理を引き継いだ地下貯蔵室の金庫には、贅沢をしなければ数年は生活出来るくらいの蓄えがある。当面はお金の心配をする必要がないのだけが、救いだった。

(魔法がある世界なんだ……。絶対、奇跡が起きて、父さんは治る。だから、諦めちゃだめだ)

治療院から処方された薬を父さんに飲ませ、脂汗のにじむ額を濡らした布で拭く。

定期的に洗浄《クリーン》もかけ、清潔を保つことが大切だった。生活魔法を授かって良かったと、どれだけ思ったことだろうか。

涙をぐっと堪えて、必死に看病を続けること数ヶ月。

秋の初めのある日、我が家に商会長のダミアンさんが、息せき切ってやってきた。相当慌てて来たのか、見事な中年太りのビール腹を揺らし、額には大粒の汗を浮かべている。

「ぜい……ぜい……。ル、ルイ！　やったぞ！　上級ヒールポーションが、手に入ったのだ！」

「!!」

ぼくは逸る気持ちを抑えきれず、お茶の準備もすっかり忘れて、リビングで上級ヒールポーションを見せてもらう。

ダミアンさんが収納《ストレージ》から取り出したのは、木箱に納められた栄養ドリンクサイズの小瓶だった。切り子のような細工が施された本物のガラスに、透明感のある赤い液体が詰められている。口はしっかりと蝋づけで封がされていて、密閉状態だ。

「か、鑑定」

【名前】上級ヒールポーション
【状態】極優
【説明】飲用可。高い治癒効果を持つポーション。あまたの外傷や病を癒すと言われている。開封後は数時間で効能を失う。

「本物……!?　こ、これ。一体、どうやって手に入れたんですか!?　あ、そうだ、お金！　いくらですか!?」

「これは、さるお方からマルクにと預かったものだ。代金も、すべてその方からいただいているよ」

「ええええ!?　でも、こんな高価なもの……」

「金のことは気にせず、ありがたく感謝していただいておきなさい。さあ、早くマルクに飲ませてやってくれ」

ダミアンさんは、善意の主の正体を明かすつもりはないらしい。口止めでもされているのか、頑《がん》として教えてくれなかった。

（なにがなんだかわからないけれど……。でも、これがあれば父さんの病気はきっと治る……！）

心のどこかで、なかば諦めていた上級ヒールポーションが入手できたのだ！　ぼくはいまにも叫び出しそうな気持ちだった。

その日のうちに、慌ただしく治療院から治療師を呼び、立ち合いのもと父さんに上級ヒールポーションを飲んでもらう。

「はあ……はあ……。上級、ヒールポーション……？　そうか……。はは、俺のことなんててっきり……」

声にも手にも力のない父さんを手伝って、治療師が服用を介助する。小瓶をゆっくり傾けて、父さんの乾いた唇に少しずつ上級ヒールポーションを含ませた。

どうか効いてくれますように。父さんが元気になりますように。白くなるほど指を組んで、ぼくはその様子を見守る。

こく……こく……こく……。

それほど量はない上級ヒールポーションを、父さんはすべて飲み切った。固唾を飲んで変化を見守っていた、その時。

「ぐっ……。ごほっ、ごほっ……ぐうっ」

父さんは咳き込んで、体をくの字に折り曲げる。口にあてた手指の間から、赤い液体がこぼれ落ちた。吐血だ！

「父さん！」

「だめだ！　子どもは触っちゃいけない！」

治療師が父さんの呼吸や脈を確認して処置を施すのを、ぼくはただ黙って見守ることしかできない。幸い、吐血はすぐ止まった。父さんは青白い顔で目を閉じて横になっているけれど、なんとか容体は持ち直してくれたらしい。

……上級ヒールポーションが効いたかどうかなんて、火を見るより明らかだった。

（魔法も万能じゃないなんて……）

期待した分、叶わなかったときの落差は激しい。こんな時、どんな言葉を父さんにかけたらいいのだろうか。それとも、そっとしておくべきなのだろうか。ほのかに鉄臭い室内でぼくは立ち尽くす。

「頼む……。少し、一人にしてくれ」

懇願するかのような父さんのその言葉に、ぼくたちがぎくしゃくと重い足取りで部屋を出た途端、扉ごしに咽《むせ》び泣く声がした。ぎりぎりと、かすかに歯を食いしばる音も聞こえる。

確証はないけれど……。前世の知識と照らし合わせると、たぶん、父さんは血液が癌化してしまうような病気なのではないかと思う。それなら、いくら検査《スキャン》しても病巣がわからないことに説明がつく。

それに、治癒《ヒール》やポーションは、治すどころか悪い血を活性化させてしまっているのではないか。ぼくはそう疑っていたけれど、前世ほど医療が発達していないこの世界では、確かめようがない。

とうとう万策が尽きてしまったことで、この日以降、治療内容は痛みを和らげることに重きが置かれるようになった。……なるべく、父さんが、最期を心安らかに過ごせるように。

（つい半年前までは父さんも元気で、赤ちゃんが生まれるのを家族みんなで楽しみにしていたのに……。こんなのって、あんまりだよ……）

見る影もなく痩せ細った父さんに、ぼくはなんて声をかけたらいいのかわからなかった。父さんも、自分の死期を悟っていたのだと思う。

落ち葉が散り始めた、ある秋の日。いつ手配をしていたのか、父さんは商人ギルドの担当者を家に招いて、ぼくに告げた。

「俺の財産は……すべて、ルイに譲る。長男として……どうか、母さんとこれから生まれてくる弟妹を、守ってやってくれ……。頼む……」

「うん……」

ぎゅっとこぶしを握りしめたぼくの腕に、父さんのか細い指が触れる。まだ早い、そう思うけれど。父さんの静かな瞳に、何も言えなかった。

そうして、ぼくは十歳にして、正式に家や土地の権利書と財産を父さんから引き継いだのだ。

冬が近づくにつれて、少しずつ寒くなってくると、父さんはいよいよ一日の大半を寝つくようになった。

「父さんはな、もともと……となりの国、アグリ国の、生まれなんだ……」

「へえ～。そうなんだ。でも、どうしてこの国に来たの？」

その日は珍しく調子が良かったのか、意識のあった父さんがぽつりぽつりとかすれた声で話してくれた。ゆっくりと一口ずつ吸い飲みで水を飲ませながら、ぼくはなるべく明るく返す。

「は、は……。いま思うと、若気の至りだな……。父さんは一人息子で……本当なら、家を継ぐはず、だった……。でも、親父との折り合いが悪くてな……家を、飛び出したんだ……」

「えええ！　父さん、跡取りだったってこと⁉　そんな家柄だったの⁉」

まさかの話に、ぼくはつい驚いて声をあげてしまう。どうりで、庶民にしては学があると思ったのだ。

「そんな、ご大層な家じゃない……。そうだな、農業というか……」

「？　農家なの？」

「まあ、そんなところだ……」

曖昧《あいまい》な父さんの言葉に、ぼくは首を傾げる。力なく持ち上がった父さんの手が、ぼくの頭を撫でた。

「父さんの両親……おばあちゃんは、物静かで優しい人だ……。おじいちゃんは、父さんには厳しかったが……。二人とも、善良な人たちだ。……食うに困らないくらいの、余裕もある、はずだ。

……だから、ルイ。もしもこの先、何か困ったことがあったら、おじいちゃんと、おばあちゃんを、頼るんだぞ……」

ぼくは「これを」と、父さんが差し出した祖父母あての手紙を受け取る。

「……っ。いつか帰りたいと、思って、たんだ……」

父さんは後悔のにじむ声でそうこぼすと、肩を震わせて泣いていた。

妻と子を残して逝《い》く無念と、恐怖はどれだけのものだろうか。「いつか」と思っていた願いを、もう叶えることはできないのだとわかった悔しさは。

ぼくも父さんの体に突っ伏しながら、枯れるまで泣く。悲しみに、胸が押し潰されそうだった。

か細い命の炎を燃やしながら、最後まで父さんは生きようと足掻いていた。せめて、生まれてくる子どもの顔を見たい、と言って。

……けれど、その甲斐もなく。新年を待たずして、ぼくと母さんが見守るなか、父さんは静かに息を引き取った。

葬儀と出産

ゴーーーン……ゴーーーン……ゴーーーン……。北のはずれにある墓地兼火葬場に、物悲しい弔いの鐘が鳴り響く。

まるで空まで泣いているかのような、冷たい小雨の降りしきるなか、父さんの葬儀は執り行われた。

周囲の大人の手を借りつつ、ぼくが喪主を務める。

出産を来月に控えて、すっかりお腹が大きくなった母さんは大事をとって欠席していた。どのみち、悲しみから毎日啜《すす》り泣くばかりで、ここに来られる気力も体力もなかったと思う。

支柱で支えられた吹きざらしの石のお堂に、棺が納められる。早咲きのスノー・ローズに囲まれた父さんは、眠るように安らかだった。

「ルイ、こんなことになって、なんと言ったら良いか……。マルクは愛する家族に囲まれて、幸せだった」

「間違いないわ。……ルイ、困ったことがあったら、遠慮なく頼ってねぇ。わたしも旦那も、あんたの味方だよ」

「ダミアンさん、ポリーヌさん……。ありがとうございます……」

父さんが勤めていた商会の商会長ダミアンさんとその奥さんのポリーヌさんが、喪服に身を包んでお悔やみを言ってくれる。いつもは陽気で気さくな人たちが、意気消沈していた。

ぼくは葬儀に駆けつけてくれた人たちと、挨拶を交わす。

司祭様が聖歌を捧げるなか、一人ずつ順番に、父さんと最後のお別れをした。父さんの友人知人、ご近所さん、ダミアン商会の人たち、そして最後にぼく。

全員のお別れが済むと、棺に蓋をして火が放たれた。

棺から立ち昇る炎を離れた場所で見つめながら、ぼくたちは指を組み、ただひたすらに祈る。

（父さん、どうか安らかに……）

この世界でも、火葬が一般的だった。土葬は流行病《はやりやまい》の原因になるというのもあるけれど、一番の理由はアンデッドとして蘇ってしまう危険性があるから、だそうだ。

そのことを初めて聞いた時、ぼくはあまりのファンタジーさに「アンデッドっているんだ……」と、遠い目をしてしまった。

二時間後に炎は完全に消えて、遺灰は骨壷に納められる。

ふつうならこのまま墓地に納骨するのだけれど、ぼくは聖別符を司祭様に貼ってもらい、家に持ち帰った。

父さんは最期に「故郷のアグリ国に納めてほしい」と言い残していたのだ。だから、ぼくが十六歳で成人したら、アグリ国を訪れて納骨するつもりだった。

（時間はかかっちゃうけど、絶対アグリ国のおじいちゃんとおばあちゃんの元に届けるからね……）

そうして、父さんの葬儀を終えてからも、ぼくにゆっくりとする時間はなかった。なにせ、母さんの出産が控えているのだ。予定日まで、もうひと月しかない。

産婆さんやナニーさんの手配。衣食住の冬支度。生まれた赤ちゃんを育てるのに必要なものの準備や、出産に関する国への手続きの確認など。

これは、出産経験のある商会の女将、ポリーヌさんが親身になって手伝ってくれた。男のぼくには、前世の記憶があろうとも出産は未知のことなので、本当に助かる。

今日だって、忙しい合間を縫ってナニーさんの面談に付き合ってくれているのだ。

「こんなに条件に合う人がいないなんて……」

「そりゃあ、良いナニーは貴族や裕福な商家が手放さないからねぇ」

商人ギルドにナニーさんの紹介を依頼したところ、三人応募があった。

ダミアン商会の一室を借りて、すでに二人は面談済みだ。けれど、給金を値上げすることに腐心《ふしん》したり経験がなかったりで、とてもではないけれど雇いたいと思わなかった。

とうとう、最後の面談だ。しずしずと入室した人は、薄茶色のワンピースを着た上品そうな女性だった。事前に聞いていた話では四十代後半とのことだけど、もっと若く見える。

「エミリーと申します」

「どうぞ、座ってねぇ」

軽くお互いに自己紹介をして、人となりやこれまでのナニーとしての経歴を聞いていく。キビキビとした口調とベテランの雰囲気は、ぼくとしてはかなり好印象だった。

「へぇ〜。下級貴族の家でこれまでナニーを。立派な経歴だねぇ。それで、紹介状はあるのかい？」

「それは……」

エミリーさんがはじめて言い淀《よど》む。困ったように眉を寄せ、頬に手を当てたままぼくをちらっと見た。ぼくがいると、できない話なのだろうか。

「ああ。この子は見かけによらず大人な子だから、大丈夫だよ。話してみな」

「そうおっしゃるなら……。わたくし、少し前にヴルガルニー男爵家でナニーをしていたのですが……。その、男爵に気に入られてしまったようで……。お断りしたら、紹介状も持たせてもらえないまま、奥様に屋敷を追い出されてしまったのです……」

「おや、まぁ……」

「そのうえ、あることないこと噂されてしまって、貴族どころか商家でも雇ってもらうことができず……」

子どものぼくの前で話すことを躊躇《ためら》ったのも、納得がいく。本当のことなら、呆れてしまう話だった。

「こちらの募集は大人の男性がご一家にいないとのことでしたし、食事付きの住み込みなのでうってつけだと思ったのです。それに、わたくし、一人娘がこの町に嫁いでいまして、近くにいられるのは助かります」

エミリーさんを紹介してくれた商人ギルドの調書には、ヴルガルニー男爵家以前の勤め先からの評判は良く、貴族や商家でないならおすすめだと確かに書かれている。

（決まりだ）

ポリーヌさんを見て、頷く。実績も人柄も申し分ない。採用しない理由がなかった。

「エミリーさん。ぜひよろしくお願いします。いつから働けますか？」

「いまは宿に泊まっているので、いつからでも」

細かい条件などをすり合わせて、エミリーさんと握手を交わす。良い人を雇えて本当に良かった。

エミリーさんを見送ったあと、そのまま部屋に残ってポリーヌさんと少し話す。

「赤子が生まれる前にナニーが決まって良かったよ。いや〜、ルイは本当にしっかりしているねぇ。それに、準成人の十歳を超えていて、本当によかった。そうでなかったら、もっと手続きなんかが大変だったからねぇ」

「ポリーヌさんたちが手伝ってくれたからです。ぼく一人だったら、何をして良いかもわからなかった」

「よく言うねぇ。ルイはきっと良いお兄ちゃんになるよ。……ところで、サラはまだ立ち直れないのかい？」

「はい……」

愛する夫を亡くした母さんは、最近やっと泣くことが少なくなってきた。けれど、まだ寝室の窓辺に座って、日がなぼんやりと外を眺めていることが多い。

悲しみが癒えるまでそっとしておいてあげたいけれど、ずっと家に閉じこもっているのは体に悪いし、体力も落ちてしまう。

ぼくは天気が良い日は母さんと手を繋いで、ゆっくりと近所を散歩するようにしていた。

(父さんが死んでまだ日が浅いから、無理もないか……)

ぼくだって、父さんが亡くなって悲しい。けれど、生まれてくる弟妹のために、必死に自分を鼓舞してがんばっていた。……早く母さんに立ち直ってほしいという気持ちを、ぐっと抑えて。

「もし、赤ちゃんが生まれても、母さんがこのままだったらと思うと……」

「そうだねぇ。いくらナニーを雇ったところで、ほかに大人の手がないのは、ちょいと厳しいかもしれないねぇ」

「はい。夜はエミリーさんにお願いするとして、足りなければもう一人雇うことも考えてます」

「それは良いと思うけど、生活は大丈夫なのかい？」

「そのことで、実はポリーヌさんに相談があるんです」


ぼくは出産準備をするなかで、気になったことがあった。それは前世と違って、便利な育児グッズがこの世界にほとんど存在しないということだ。

特に、まだ子どものぼくが生まれてくる赤ちゃんのお世話をするにあたって、どうしてもこれだけはほしいと思ったものが、三つある。

一つ目は、粉ミルク。

ポリーヌさんから聞いたのだけど、この世界、母親が授乳するのは当たり前で、母乳が足りなければ近所から貰い乳をするらしい。

それでも足りない場合は、ヤギ乳を加熱して冷ましたものを赤ちゃんの口に含ませるのだそうだ。

その話を聞いて、ぼくは不安になった。

（母さんに授乳を任せきりにして、大丈夫かな……）

かといって、近所のお母さん方に貰い乳をするのは、微妙な年頃のぼくとしては恥ずかしい。ヤギ乳だって、毎回火を通すのは面倒だ。母乳が出にくい体質もあると聞くし、深夜や早朝の授乳はどうしたら良い？

そこで、前世のフリーズドライ技術を使って、なんとか粉ミルクを実現できないかと考えたのだ。

二つ目は、哺乳器。これは粉ミルクとセットで、ぜひともほしい。

父さんの看病で、吸い飲みがあることは知っていたけれど、赤ちゃんに使うとなると誤嚥《ごえん》が怖い。けれど、もし哺乳器があれば、誰でも簡単にミルクが作れるようになる。さらに贅沢を言えば、耐熱・耐衝撃があれば言うことなしだ。

三つ目は、おむつ。

いまでも布おむつはあるけれど、汚物の処理や大量の洗濯は頭の痛い問題だった。ぼくの前世が、潔癖と言われた日本人だからだろうか。

それに、庶民が布おむつに使う布は、質の悪い粗い布だ。それだと、繊細な赤ちゃんの肌はかぶれてしまう。

（真っ赤に腫れた赤ちゃんのお尻なんて、かわいそう過ぎて泣けてくる……）

育児グッズは、もちろん自分が必要だからという理由が大きいけれど、下心もあった。

ダミアン商会と共同開発して少しばかりでもお金をもらえたら、赤ちゃんの育児が楽になる。そのうえ、生活の足しにもなって一石二鳥なのでは？　と考えたのだ。

都合が良いことに、ぼくは商会に勤めていた父さんから、生前、商会ギルドに特許のような仕組みがあることを教えてもらっていた。

「――ということで、商会との共同開発をお願いできませんか。まず、粉ミルクは、氷魔法が使える魔法師と薬師が必要です。ありがたいことに、ぼくは鑑定や生活魔法が使えるので、開発の手伝いや監修ができます」

あらかじめ、木板に書いておいた仕様書をポリーヌさんに見せつつ、説明する。こんなところで、前世のプレゼン経験が活きていた。

「哺乳器は、サップ・プランツが容器の素材として使えると思うんです。それと、スライムゼリーに灰を入れると硬さを調整できますよね？　飲み口の部分には、硬めのスライムゼリーを使うのはどうですか」

このサップ・プランツというのは不思議な植物で、枝に細長い袋をいくつもつけるらしい。はじめて父さんに聞いたときは「ウツボカズラみたいだな」と思ったものだ。

細長い袋には樹液が蓄えられていて、採取すると時間経過で固まる。しかも、軽くて割れにくく、どこにでも生えるので安価。この世界ではガラスの代わりに使われることも多い、人気の素材だった。

ちなみに、うちの窓も通りを走る馬車の窓も、このサップ・プランツからできた透明な板がはめ込まれている。

「それと、布おむつは赤ちゃんの肌に優しい二層構造を考えてるんです。肌側は柔らかいスライムシートで吸水力を高め、布側は硬めのスライムシートで水漏れを防ぎます」

この世界のスライムは、なんでも食べるお掃除屋さんとして、下水や汚泥のある場所で大活躍なのだ。

しかも、体内にある核を壊した後に残ったジェル状の体……スライムゼリーを乾かせば、吸水力抜群のポリマーみたいな素材になる。ソル王国は乾いた土壌なので、土の水分を保つために農業でよく使われていた。

さらに、スライムゼリーに灰を混ぜれば混ぜるほど、吸水力がなくなる代わりにまるでゴムのような素材になる。まさに一石三鳥。その便利さと需要の高さから、ソル王国では飼育繁殖されているくらいだ。

矢継ぎ早なぼくの説明に、ポリーヌさんは呆然としている。

「こんな荒唐無稽《こうとうむけい》な……。いや、でもこれを読む限り……、まったく実現できないわけでも……ないねぇ」

ポリーヌさんは、しばらくぶつぶつと考えて込んでいた。けれど、だんだんと話が飲み込めたのか、十分に可能性があるとわかると目を爛々《らんらん》と輝かせたのだ。

「もし、本当にこれが実現できれば、すべての母親が大助かりだよっ！　それに、この可能性に賭けないなら、商人じゃないねぇ！　ぜひやろうじゃないかい！　例え旦那が反対しようとも、わたしが責任持って説得するよ！」

ポリーヌさんがそうまくし立てる。それはもう、ぼくの方がたじたじになってしまうほどの勢いだ。

でも、そんなパワフルで肝っ玉母さんなポリーヌさんの協力とやる気が、ぼくはうれしかった。

（強力な味方ゲットだぜっ！　ってことで良いのかな？）


年が明けて、ますます冬の寒さが厳しくなってきた頃。

母さんの出産が間近に迫っていた。詳しくは教えてくれなかったけれど、どうやら二〜三日前に兆候があったらしい。

「おしるしがあってからすぐに出産が始まることもあれば、七日以上かかることもあります。個人差があるので、慌てずに待ちましょう」

「そうなんだ……」

エミリーさんの言葉に、目から鱗が落ちた。

ぼくの出産の知識といえば、「破水したら赤ちゃんが生まれる」くらいのものだったので、エミリーさんがいてくれて本当に良かった。そうでなければ、慌てて治療院に駆け込むところだった。

お産前の最終確認をしながら、じりじり待つこと数日。

今朝からお腹が張ると言って、母さんは寝室をうろうろと歩きまわっていた。座っているよりも、立ったり歩いていている方が楽らしい。

「ど、ど、どうしよう……。エミリーさん、もう産婆さんを呼んできた方が良い？」

「まだ痛みが強くないみたいですし、間隔も長いのでもう少し様子を見ましょう」

「わ、わかった」

ぼくは手持ち無沙汰で、母さんに温かいお茶を淹れたり、軽い食事を用意する。今朝は一段と冷え込んだので、暖炉に薪を追加して部屋を暖めた。

数時間もすると、母さんは立ったままベッドの縁に突っ伏して、うめき声を上げ始める。

「ううぅ……」

「……ルイさん、産婆さんを呼んできてください」

「！　わかった！」

転がるように、ぼくは家を飛び出す。外に出ると、寒暖差がゆるやかなソル王国にしては珍しく、大雪が降っていた。

（どうりで寒いはずだ……）

気が動転して、雪が降っていることにすら気がついていなかった。ぼくは慌てて引き返して、玄関に用意しておいた長靴・かっぱ・綿入りの温かい防寒具を身につける。これらも、ダミアン商会と共同開発した品々だ。

改めて家を出ると、普段は馬車が忙しなく行き交う北大通りを、傘を差しながら歩く。

この国の主な産業は、鉱石と鉱石の加工だ。国の東西に点在する鉱山から掘り出された鉱石が、王都ミネライスに運ばれてくる。

そのせいか、王都は鉱石の加工エリアと商業エリアがくっきりとわかれていて、エリアとエリアを結ぶ主道路はかなり道幅が広かった。

本来なら通行の便が良い通りで、何台もの馬車が立ち往生して路肩に止まっている。御者たちが慌てて雪かきを始めていた。

（この国では必要ないかもと思ってたけど、雪の準備をしておいて良かった……）

初めての、そして最後だろう弟妹のために、ぼくは念入りに準備をしてきたつもりだ。けれど、名前だけはどうしても最後まで決められなかった。

母さんにも「どんな名前が良いと思う？」と聞いたけれど、答えは返って来なくて……。だから仕方なく、ぼくは一人で考えていた。

赤ちゃんにとって、名前は最初の贈り物だ。「生まれてきてくれてありがとう！」という気持ちを込めて、考え抜いた名前をつけてあげたかった。

ぼくは交差点を左に曲がり、中央広場方面に向かって西大通りを真っ直ぐ進む。

赤ちゃんの名前に頭を悩ませているうちに、治療院が見えてきた。


ぼくは無事、産婆さんを家に連れてくることができた。

産婆さんの到着に安心したのか、母さんの陣痛はいよいよ大きくなったようだ。うんうんと唸り、額には汗がびっしょりと浮かんでいる。破水もあったらしい。

母さんが苦しむ様子に、ぼくはそわそわと落ち着かなかった。

（出産に立ち会う父親って、こんな気持ちなのかなあ）

そうこうしているうちに、ぼくは準備ができた産婆さんに寝室から追い出されそうになる。

「ほれ、男の坊ちゃんは出ていくのじゃ」

「えっ！　いやです。絶対に立ち会います！」

「何を言うておる。旦那ですら、嫁の出産に立ち会ったりしないものじゃ。ほれ、邪魔だから、あっちに行ってなさい」

「ぼくは旦那じゃなくて、兄です！　それに、生活魔法が使えるから、手伝いとして重宝するはずです！」

ぼくがきっぱりと言ってテコでも動かないぞと踏ん張ると、産婆さんはため息をついた。母さんのお産は進んでいて、言い争っている場合ではないと諦めたのもあるかもしれない。

「……せいぜい、こき使ってやるかの」

ぼくが無理を通してでも立ち会いたかったのには、理由《わけ》があった。というのも、この世界、生活魔法の洗浄《クリーン》があるにもかかわらず、いまいち衛生観念が安心できないのだ。

ポリーヌさんや出産経験のある近所の母親たちの話によると、残念ながら出産後に亡くなってしまう赤ちゃんや、産後の熱で苦しむ母親が毎年それなりにいるとのことだった。

なかには肛門病になった、血が足りなくてめまいが酷かった、乳房が岩のように硬くなって痛すぎて泣いたとか……。子どもとはいえ、男のぼくが聞くにはいたたまれない話もあったけれど、総じて聞けて良かったと思っている。

ただでさえ、出産は母子への負担が大きい。ましてや、いまだに生きる気力を失っている母さんには、なおさらだろう。それに、まだ見ぬ弟妹には健やかに産まれ、育っていってほしかった。

……ぼくの、たった一人のきょうだいなのだ。

だから、産婆さんに怒鳴られながらも、ぼくは前世の知識と今世のスキルを活かして、できることはなんでもやった。

寝室やお産に使う器具類、寝室内に立ち入る人などに徹底的に洗浄《クリーン》をかけて回る。井戸水は煮沸《しゃふつ》しても心配だったので、水生成《ウォーター》でたっぷりと用意した。

お湯がほしいと言われれば、望みの温度になるまで発熱《ヒート》もかける。

そうして、母さんが産気づいてから数時間。ぼくが血の匂いに気分が悪くなり始めていた頃、母さんがひときわ大きくいきみ、叫んだ瞬間――

「ほぎゃー！　ほぎゃー！」

「!!　生まれたっ!!」

「おめでとう、男の子じゃよ」

小さく、けれどしっかりと響いた産声に、ぼくは胸が詰まって言葉が出なかった。

産婆さんが処置をして赤ちゃんを綺麗にした後、まずは母さんに抱かせる。ぼくはその次に抱かせてもらった。

顔をくしゃくしゃにして、ぼくの腕の中でほにゃほにゃと泣いている弟。

肌は赤というより、紫がかっている。うっすらと生えた髪の毛は、色素の薄い茶色だ。きっと父さんに似たのだろう。

生まれたばかりの弟は、なんだかずしりと重たい。それに、とても温かくて、光輝いているようだった。眩しい命の煌《きら》めきだ。

「きみの名前は、リユ《光》カだよ……。かわいいぼくの弟……。お兄ちゃんだよ……」

あんなに悩んでいた名前が、もうこれしかないとすんなり口をついて出る。産まれたばかりのリュカが、まるで「呼んだ？」とでも言うかのように、ちいちゃい指でぼくの指を握った。

あまりの尊さに、涙で視界が揺らぐ。この世のすべての幸せをもらったような気持ちだった。

（ぼくが……お兄ちゃんが、何があっても絶対にリュカを守るからね）

命の重さと温かさを感じながら、この世でたった一人の小さな弟に、ぼくはそう誓ったのだ。

新生児のいる生活は、覚悟していたけれどやっぱり大変だった。

昼夜を問わず、数時間おきのおむつ替えと授乳。

夜泣きがひどい時や、なかなか眠ってくれない日もあった。そのうえ、リュカは誰かが抱っこしていないと、いつまでもぐずってしまう赤ちゃんだった。

「ほら、リュカ〜。べろべろ〜、ばあ〜！」

「あー、あー」

必死にご機嫌を取って、やっと泣き止んで笑ってくれたリュカは、本当に天使みたいだ。母さん譲りの綺麗なビー玉のような青い瞳は、ずっと見ていられる。

なるべくぼくもお世話をしていたいけれど、さすがにまだ十歳なので、夜はどうしても睡魔に勝てなかった。それに、夜泣きのたびに起きてしまうと、子どもの体に寝不足はきつい。

幸い、リュカがすやすや眠るベビーベッドは植物の蔓で箱型に編まれていて、軽く持ち運びがしやすいものだ。

なので、日中は二階の子ども部屋か一階のリビングにベビーベッドを運んでぼくが、夜はエミリーさんの部屋に運んでエミリーさんが、交代でリュカのお世話をしていた。まさに二人三脚だ。母さんは産後の回復を優先して、授乳時以外は休んでもらっている。まだ体がしんどそうで、寝ていることが多いけれど、授乳のときは少し微笑んで、リュカに話しかけることもあった。

「かわいい赤ちゃん……私がお母さんよ……」

「んっく、んっく、んっく」

とにかくリュカ中心の生活で、家事はエミリーさんかぼく、どちらか手が空いている方が合間に行う。食事は食堂や、近所の主婦に有償で数食分作ってもらうなど、外注もフル活用だ。

そうでもしないと、生活が回らなかった。

この時になって、粉ミルク・哺乳器・おむつ用スライムシートを開発したことを、ぼくは心の底から自画自賛した。

(育児グッズ、作っておいて本当に良かったー！)

育児グッズがあるいまですら大変なのに、なかったらどうなっていただろう。少なくとも、二人での育児は無理だった。

ポリーヌさんに提案してから、開発に充てられる期間は実質一ヶ月もなかった。

切羽詰まった日程だったけれど、哺乳器とおむつ用スライムシートの二つは、ほぼ仕様書通りに製作が進んだ。

一番、時間がかかったのは、粉ミルクの成分調整だ。

最初に出来上がったヤギ乳をフリーズドライしただけのものは、『乳幼児の成長に必要な栄養が欠けている』と鑑定に出た。その鑑定結果を薬師に伝え、地道に薬草の配合や量を再調整してもらう。

そうして、やっとポリーヌさんから納得のいくサンプルを受け取ったのは、出産予定日の一週間前のことだった。

ぼくが今度こそはと、祈る気持ちで鑑定すると……。

【名前】粉ミルク
【状態】良
【説明】食用可。ヤギ乳を主原料に、いくつかの薬草が配合されている。乳幼児の成長に必要な栄養が豊富。薬草の効果でミルクアレルギーは起こらない。直射日光・高温多湿を避ければ、約一ヶ月ほど保存可能。

「おおー！　思った以上の出来です!!　すごい！」
「はあ～。それならよかったよ。薬師もずいぶんと調整に苦労したみたいだからねぇ。きっと喜ぶよ」
「本当にありがとうございます、と伝えてください」
「わかったよ。それより、早くこれを売りに出したいから、契約について話をしようじゃないか」

「もちろんです！」

ダミアン商会とは商会ギルドに仲介に入ってもらい、製造・販売の専売契約を結ぶ。できるだけ安価に販売することを条件に、通常契約金は販売価格の三割が相場のところを一割で契約した。願わくば、多くの親の助けになってほしい。

さっそくダミアン商会で、試しに一週間分を目安に量り売りが始まった。初回のみ、注意書きや保存期間、使用方法を書いた木簡もセットだ。

まだ販売が始まって数日だけど、かなりの評判で売れ行きは好調らしい。

そうして、なんとか販売までこぎつけた粉ミルクだけど、やっぱり母乳の栄養や免疫力アップなどの効果は無視できない。

それに、母さんたっての希望もあり、無理をしない範囲で授乳をしてもらっていた。けれど、どうやら母乳の出にムラがある体質らしい。

結果的に、粉ミルクは大活躍だった。なんせ、お手軽なのだ。

洗浄《クリーン》で殺菌した哺乳器の半量に対して、粉ミルクはさじ一杯分。

お湯は生活魔法の水生成《ウォーター》と発熱《ヒート》のおかげで、ぼく一人でも簡単に準備ができる。

ありがたいことに、リュカは哺乳器も粉ミルクもいやがらない子だ。

意地でも離さないぞとばかりに自分でしっかりと哺乳器を持って、ごきゅごきゅと飲んでくれる。

（はぁ～。癒される……）

そのあまりの飲みっぷりに、飲ませ過ぎかな？　と不安になる。将来は大食いになりそうだ。

飲み終わって満足そうに「げぷっ」と大人顔負けのゲップをする姿も、ふんわり漂うミルクの甘い匂いも。すべてが赤ちゃんらしくて、ぼくはもうかわいくてかわいくてしょうがなかった。

「いっぱいミルクを飲んだね〜。えらいね〜」

「あぅ」

まだ喃語《なんご》すら話せないリュカの、もちもちほっぺを優しくつつく。どんなに大変でも、それだけで報われるようだった。

そうして、はじめての育児に奮闘しているうちに、季節は春から初夏へと移ろぎ、ぼくは気がつけばとうに十一歳になっていた。

かわいい盛りを更新し続けている弟のリュカは、いまは生後五ヶ月ほどだ。大きな病気をすることもなく、毎日すくすくと成長している。

リュカの面倒はポリーヌさんをはじめとした商会の人たちや、近所の主婦たちにも手伝ってもらっていた。

そうやって、いろんな人に可愛がられているおかげか、リュカはあまり人見知りをしない、にこにこと愛想の良い赤ちゃんだ。

いまは散歩がお気に入りで、天気の良い日に抱っこ紐で近所を歩くと大喜びだった。

行き交う人たちも、きゃっきゃと笑うリュカに目尻を下げて、見守ってくれている。中には、こっそり手を振ってくれる人もいた。

「リュカはかわいいね～。天使だね～」

「あーうー。きゃっきゃっ」

散歩から帰ると、ふれあいタイムだ。ぼくは二階の子ども部屋で、ベッドに寝転ぶリュカの頭からつま先まで、何度も手のひらで優しく撫でる。リュカは気持ちよさそうに、目を細めた。

そのまま、ぷくぷくのお手々をよよいのよいすると、盛んに喃語《なんご》を話してくれる。おしゃべり上手な様子に、ぼくは目がとろけそうだ。

さらに、最近、自分の足の存在に気がついたリュカはよいしょと足を上げて、つま先を両手で掴んでお尻を浮かせる。

その拍子におくるみが捲《めく》れて、いかにも柔らかそうな、むっちむちの太ももが現れた。

（わあ～。まるでハムみたいに美味しそうな太ももだ）

あんまりにも魅惑的な誘惑に逆らえなかったぼくは、出来心でリュカの太ももにぱくっと唇でかぷりつく。

「はむはむはむ」

「きゃあ～～～」

リュカの笑い声は、なぜこんなにもかわいいのだろう。ぼくまで笑いが止まらなくて、左右交互に何度も食べるふりをする。

ひとしきりリュカと遊んでいると、扉をノックしてエミリーさんが部屋に入ってきた。恥ずかしいところを見られたかと思って、ぼくはぱっと居住まいを正す。

「エ、エミリーさん。どうしたの？」

「ルイさんに少し相談が……！　ルイさん……！　リュカちゃんが……！」

「えっ！」

エミリーさんが押し殺したような声で言う。

リュカに視線をやると、一瞬ぼくが目を離した隙に体が斜めっていた。

腰をひねり、体の下に片手がすっかり入っている。どうやら、一生懸命に反動をつけて、体を起こそうと奮闘しているようだった。

「あ～～ぅ～。あっぁ～」

（ね、寝返り……!?　ついに!?　がんばれ、リュカ！）

固唾を飲んで、ぼくとエミリーさんが見守るなか、リュカの足は何度も勢いをつけて宙を蹴り
……。

ころん。

（寝返ったーーー!!）

リュカはきょとんとしている。視点が変わったことが不思議なのだろう。でも、ぼくに気がつくと、天使のような笑顔で笑ったのだ。

「あっきゃぁ！」

「わああぁー！　リュカ！　寝返りできたねぇ！　良い子だねぇ」

「もう少し時間がかかるかと思ったら、一瞬でしたね」

ぼくはリュカをたくさん撫で撫でしたあと、エミリーさんと喜びをわかち合う。もう感動で胸がいっぱいだった。

「首も据わっていますし、寝返りができるようになったので、そろそろ離乳食をあげてみましょうか」

「もうそんな時期なんだ。早いなあ。問題ないけれど、離乳食ってどんなものをあげるの？」

「はじめての離乳食は、だいたいお野菜のペーストですね。季節にもよりますが、にんじん・じゃがいも・白インゲン・かぼちゃあたりが多いです」

この世界の料理は、良く言えば素材を活かした素朴な味だ。

調味料は塩・ワインから作られる酢・ハーブ類の三つでほとんど完結している。胡椒などの香辛料や、砂糖などの甘味料は輸入頼みの高級品で、庶民にはなかなか手が届かなかった。

主食は小麦だけれど、普段は雑穀が混じった黒パン……いわゆる田舎パンを食べ、お祝いなどの特別な日に白パンを食べる。

王都ミネライスは、これでもまだ恵まれている方だ。

西側の郊外に大きな養鶏場があるので、鳥肉やたまに卵も食べられる。それと、血生臭くてぼくは口にしたことがないけれど、臓物の煮込みは屋台でそこそこ人気のある料理らしい。

（ああ。味が濃くてがつんとしたジャンクフード、食べたいなあ）

子どものぼくが食べられるもので、調味料も食材も限られてくるとなれば、どうしても毎回の食事は鶏肉のソテー・季節の野菜スープ・黒パンに落ち着いてしまう。

みんなが何の疑問もなく食べるなか、美食国家と言われていた元日本人のぼくには物足りなかった。「あれが食べたいこれが食べたい」という煩悩《ぼんのう》が湧いてしまって大変なのだ。

「ぼくは離乳食についてはわからないから、エミリーさんに任せるよ」

「わかりました」

「ただ、赤ちゃんによっては、食べ物で体調を崩しちゃうこともあるんだって。だから、初めての食材は、治療院に連れて行ける時間にあげてほしいな。ぼくも、一緒にいるようにするよ」

「まあ。そんなこともあるのですね」

ぼくは育児に関しては素人なので、エミリーさんの経験と知識に頼らざるを得ない。

その反面、この世界はまだまだ医療や体系的な育児の知識が発展していないので、すべてを任せてしまうのも怖い。

アレルギーという概念も薄いようなので、心配しすぎと思われても、できる限り目の届く範囲内で見守りたかった。

「じゃあ、エミリーさんが離乳食を用意してくれるなら、ぼくはみんなのお昼を作ろうかな」

「あら、それは助かります。お野菜をペーストにするのは、なかなか手間がかかりますから」

まだ子どものぼくは、一人でキッチンの火を使うことを許されていない。石造りの薪ストーブキッチンなので、けっこう火の始末が怖いのだ。

けれど、誰か大人が一緒であれば、料理をしても良いことになっている。

食べたいものが食べられないなら、自分で作れば良いのだ。一人暮らし歴の長かった前世は、自炊をしていた。そのせいか、ぼくは今世でも自然と料理をするようになっていた。

（お昼は……簡単パンのブリトーを作ろうかな）

元々は、前世の動画サイトで見かけたレシピだけど、今世風にアレンジしている。本当に簡単に手早く作れて、しかも美味しい。いまでもよく作るメニューだ。

お湯に粉状の雑穀とほんの少しの小麦粉を入れて、なめらかになるまで混ぜる。少し寝かせたら八等分に分けて丸め、薄ーく棒で伸ばす。生地を伸ばせたら、一枚ずつフライパンに押しつけるように焼いていく。

両面にほんのり焼き目がついたら、手作りのバジルソースと裂いておいた茹で鶏肉、それにチーズを贅沢に包む。あとは、さらにこんがりと良い焼き色になるまで焼くだけだ。

焼き上がったブリトーに、温め直した朝食の残りのスープを添えれば、立派な昼食の出来上がり。

「よし、できた！　じゃあ、ぼくは二階に行って母さんを呼んでくるね」

母さんはやっと気力や体力が回復してきたのか、授乳以外でもリュカと関わる時間が増えた。たまにぼんやりしていることがあるけれど、父さんが生きていた頃のように、裁縫や刺繍をしていることも多い。

家事も育児も、チームワークで良いのだ。

前世に比べて、今世は何かと不便なうえ、うちには近くに頼れる親戚もいない。そんな状況で一人で家事や育児をこなすのは、大人であろうともしんどいものだ。

だから、みんなで分担して、休むときは休む。それで良いとぼくは思っていた。

「母さん、昼食だよー」

「はーい」

エミリーさんが、リュカに出来立ての離乳食を食べさせている。それを横目に、二階から下りてきた母さんとぼくは先に食事を始めた。

ぼくが食べ終わったら、エミリーさんと交代するつもりだ。

「「いただきます」」

温かいうちにブリトーを頬張る。噛みちぎると、とろ～っと長くチーズが伸びた。バジルソースに入れたガーリックが食欲をそそる。

「ん～。我ながら美味しい！」

「本当に、美味しい。お兄ちゃんは料理も上手なのね。このパン、売り物みたいだわ」

「えへへ。そうかなー」

なんてことはない食事や会話だけれど。母さんの笑顔が少し戻ってきたことに、ぼくはほっと胸を撫で下ろしていた。


寝返りが打てるようになったリュカが、ころんころんと転がることで、あちこちに移動できると気づいてしまってからはさあ大変。

「っきぁ～あ～！」

午前中に少しお昼寝をしたあとは、部屋の中で遊ぶ。

リビングの窓際。絨毯の上にリュカを解き放つと、「待ってました！」とばかりにころころと左に回転して、部屋の端から端へとご機嫌に移動する。

壁に行き着くと、まだ右回転での寝返りができないリュカは怒ったような声をあげた。困った一方通行赤ちゃんだ。

「ぁっぁー！　ぅぅぅー！」

「はいはい。いま動かしますよー」

その声にぼくがリュカの頭の位置を上下入れ替えると、また逆方向へころころと転がった。

リュカが飽きるか、空腹になってミルクを飲んだあと、こてんと寝るか。それまでは永遠にころころの繰り返しだ。

（赤ちゃんが動き始めたらこんなに大変だなんて、聞いていなかった……）

正直、片時もリュカから目が離せない。白目を剥きそうだ。

まず、ベッドやソファのうえになんて怖くて置けない。ころんと転がり落ちるのが目に見えている。

それに、ぶつけたり誤嚥《ごえん》が怖くて、リュカが寝転がるところには物が置けないし、掃除だって念入りにする必要があった。

さらに、怖いのは窒息だ。寝返りでうつ伏せになれても、まだ仰向けに戻れないことがある。そのまま気がつかずにいると、最悪、鼻が塞がって呼吸ができなくなってしまうのだ。

特に、夜寝る時は仰向きにしていても、自然と寝返りを打ってしまうことがあるらしい。エミリーさんが、定期的に起きて様子を見ていると眠そうに言っていた。

（リュカを死なせないこと。いま大切なのはそれだけだ）

とにかく、自分のことは二の次三の次。リュカファーストといえば聞こえは良いけれど、この小さな命を生かすことに、ぼくもエミリーさんも毎日必死だった。

それから、ちょうど生後半年を過ぎた頃にはお座りができるようになり、夏の終わりにはとんとん拍子で、いわゆるずり這いもできるようになったリュカ。

もうそんなことできるようになったの⁉　というぼくの驚きをよそに、秋には少しずつハイハイもし始めるようになってしまった。

「リュカー。にいには、こっちだよ～」

「あ～う、あ～う」

ぼくが少し離れたところに座って手を叩くと、満面の笑みを浮かべたリュカが、よだれを垂らしながらハイハイで迫ってくる。

ゆっくり着実に近づいてきて、ついに「にぃに、つかまえた！」とでも言うかのように、ぼくの膝に小さなお手々が触れた。胸がきゅんきゅんする。

（ああ、もう……！　かわい過ぎる……！）

ハイハイ姿だけでなく、ぷっくりしたおむつのお尻も、ハイハイの途中で休憩とばかりにごめん寝するのも、何もかもが愛おしい。

ますます強くなっていく脚力と機動力が恐ろしいけれど、大変な育児もこの瞬間があるから報われるし、頑張れるのだ。

何度かハイハイのキャッチ&リリースを繰り返すと、そろそろリュカのお腹が空いてくる頃になる。ぼくは生活魔法を駆使してミルクを作りはじめた。

哺乳器を収納《ストレージ》から取り出したのを見て、ぼくがミルクを作ろうとしているのがわかったのだろう。一人座《おっちゃんこ》りしていたリュカの目が、きらんと光ったような気がした。

（……ミルクで釣ったら、リュカはどれくらいの速さでハイハイするんだろう？）

その時、ぼくの心にふと魔が差す。天使と悪魔が戦って、一度だけならと悪魔が勝ってしまった。

ぼくは部屋の隅に移動して、リュカにミルクの入った哺乳器を見せながら、声をかける。

「リュカー。美味しいミルクだよ～」

「！」

ちゃぷんと揺れるミルクを見たリュカは、ものすごい速さで突撃してくる。弾丸全力ハイハイダッシュだ！

「あっあっあっ……あっきゃぁ～！」

あっという間にリュカはぼくの手から哺乳器を奪うと、ごろんと寝転がって一人で飲み始めた。

たぶん、最速記録だったと思う。

「～～～！」

正直、出来心からだったけど、後悔はしていない。

リュカのあまりのかわいさに、しばらくの間ぼくは床で悶絶《もんぜつ》していた。

疑惑の恋人

育児と家事に追われる間に季節が通り過ぎ、年の終わりに父さんの一周忌を迎えた。

今日は、父さんの葬儀でお世話になった司祭様の教会で、追悼《ついとう》ミサを行う。家族のみのひっそりとした略式ミサだ。

それでも、王都ミネライスで一二を争うほど歴史ある教会で行うので、庶民にしてはずいぶんと立派なものだと思う。それもこれも、優しく理解のある司祭さまのおかげだった。

（ありがたいよなあ……。色々親身になって教えてくれたり、まだ赤ちゃんのリュカもミサに参加して良いですよって快く了承してくれたり……）

しかも、大きな教会なので、普段は貸切を行なっていないらしいのだけど、今回は特別にぼくたち家族だけの貸切にしてくれたのだ。万が一、リュカが泣き出しても、気兼ねしないようにと。

もちろんミサは有料で、略式といえどお礼金や心付けを合わせると決して安くはない金額だ。それでも、ほかの教会から提示された金額と比べると、貸切とは思えないほど破格の値段だった。

（葬祭にお金がかかるのは、どこの世界でも同じなんだなあ……）

あまりにも世知辛い。よほどのことがない限り、三周忌までは家族でミサを行うのが一般的と聞いた。いったいよそのご家庭はどうお金を工面しているのかと、一瞬遠い目をしてしまったぼくは悪くないと思う。

そういったことから、この教会の司祭様なら心と懐に余裕を持ってミサに臨めるうえ、きちんと父さんにリュカの顔を見せることができると思ったのが、決め手だった。

当のリュカは、今日はちょこんとお行儀良く長椅子に座ってくれている。レースで縁取られたおろしたての刺繍入りシャツに、もこもこベストが女の子みたいでかわいらしい。

手には母さん手作りのくまの人形を握りしめ、あぐあぐと耳を噛んでよだれまみれにしていた。きっと、最近生えてきた歯が痒《かゆ》いのだろう。

(聖堂内が思いのほか薄暗くて泣くかと思ったけど、ご機嫌そうで良かった)

正面を見上げると、万華鏡のようなステンドグラスから差し込む七色の光が、喪服のぼくたちをぼんやりと照らす。祭壇には捧げ物のパンとワインと一緒に、火が灯った蝋燭《ろうそく》が一本置かれていた。

「祭壇に行きましょう。一礼をしてから、リュミネ神の光を拝領します」

司祭様のその言葉で、一人ずつ祭壇の前に行く。一礼し、司祭様から手渡された小さな燭台の蝋《ろう》燭《そく》に、火を移した。

母さんとぼく、二本の蝋燭《ろうそく》に火が灯ったら、ミサの始まりだ。

「これより、追悼《ついとう》ミサを執り行います。亡き人との思い出とリュミネ神の光を胸に、共に静かに祈りましょう」

司祭様のはじまりの挨拶に、ぼくは立ったまま目を閉じる。リュカを挟んで隣に立つ母さんから、啜《すす》り泣くような気配がした。

（父さん。リュカはもうすぐ一歳になるよ。ぼくも、次の春には十二歳だ。子育ては想像以上に大変だけど、たくさんの人に助けてもらって、なんとかやってるよ）

ぼくは心の中の、笑顔の父さんに語りかける。神や妖精がいる世界なら、きっと空の上の父さんにも、届くような気がした。

そうして、静かに長い黙祷《もくとう》を捧げる。そのあと、司祭様が壇上で聖書を開いて、祈りの一節を口ずさんだ。穏やかなその声はさざなみのように響き、心に沁《し》み渡るようだった。

司祭様の声に合わせるかのように、「あ〜う〜あ〜う〜」とリュカが楽しそうに声を上げる。歌を歌っているとでも思ったのだろうか。

父さんが亡くなって、いまだに悲しくて寂しい。けれど、それだけではない温かさが、確かにそこにあった。

（リュカのためにも、また一年がんばろう。父さん、どうかぼくたちを見守っててね）

「……これにて、追悼《ついとう》ミサを終わります。どうぞ、ご唱和を。……神の光とともに」

「『神の光とともに』」

略式なので、ミサは三十分ほどで終わる。蝋燭《ろうそく》もちょうど燃え尽きた頃で、絶妙な時間配分だった。

早々にお暇しようと、リュカを椅子から抱き上げる。けれど、ジタバタと身を捩《よじ》って嫌がられてしまった。

ぼくは仕方なく地面に降ろし、リュカをズボンの裾をつかまり立ちさせた格好で、母さんと一緒に司祭様にお礼を言う。

「司祭様、ありがとうございました」

「なに、実に良いミサでした。可愛らしい赤子の歌声に、お父様もリュミネ神も喜ばれたことでしょう」

「そうだと良いんですが……。また来年もぜひ、よろしくお願いします」

「ええ、もちろん」

そんな挨拶を交わしていると、リュカが「あっあっ」と教会の中央通路へと両手を伸ばす。

（……両手？）

少し前につかまり立ちができるようになったばかりのリュカが、ぼくのズボンから手を離し、生まれたての小鹿のようにぷるぷると足を震わせて一人で立っていた。

ぼくも母さんも驚き、固唾を飲んでリュカを見守る。

よち、よち、よち。

ちょっぴりガニ股気味の覚束ない足取りで、一歩、二歩、三歩と歩いたリュカは、そこでぽてんと尻餅をついた。

「リュカが……。あ、歩いた……？」

「うそ、もう歩いたの？」

いま見た光景が信じられなくて、ぼくも母さんも呆然とする。さらにリュカは空に向かって、手をひらひらと振って見せた。

「あぁ～う～うぅ～」

「バイバイしてる……？」

「リュカ……。もしかして、マルクがそこにいるの……？」

「おお、神よ……！」

母さんはぺたんと床に座り込むと、リュカを抱きしめて空を見上げる。青い瞳から幾筋もの涙が、頬を伝っていた。

リュカはきょとんとして、母さんの腕のなかから今度はぼくに向かって手を伸ばす。ぼくは跪《ひざまず》いてその手を握った。

「ああ……マルク……」

「父さん……」

父さんが見守ってくれていると信じたい気持ちが、ぼくたちを錯覚させたのかもしれない。思い込みの、決めつけかもしれない。

それでも。

それからリュカは、一歳半近くまでよちよち歩きをすることがなかったので、ぼくは奇跡だと思うのだ。

父さんの一周忌の追悼《ついとう》ミサでの出来事をきっかけに、母さんはまた情緒が不安定になってしまった。父さんを亡くした悲しみを、思い出してしまったからだろう。

エミリーさんにリュカを任せて、ぼくは一人、二階の主寝室に母さんの様子を見に来ていた。

キングサイズほどの大きなベッドの縁に、ぼくは腰掛ける。

母さんはクローゼットに仕舞い込んでいた父さんの服をひっぱり出して、抱きしめながら泣いていた。

ここのところ食欲がないと言って食事を疎かにしていたので、少し体の線が細くなったように見える。

「……母さん」

「うっうっ……」

大切な人を亡くした悲しみが薄れるには、時間が必要だろう。その必要な時間が、人によってまちまちなこともわかっている。

そのうえで何かを言うことも、逆に何も言わないことも、母さんを傷つけるような気がして、ぼくは途方に暮れてしまった。

「うっ……ルイ……こんなお母さんで、ごめんなさい。うっうっ……」

「ううん。そんなことないよ」

ぼくはそっと母さんの腕に手を置く。暖炉に火は入っているのに、ひんやりと冷たかった。

「わ、わかっているの……。このままじゃ、だめだってことくらい……」

「うん……」

「でも……うっうっ……どうしようもなく悲しくて、仕方ないのよ……！　あぁ……」

「うん……」

泣くことはストレス解消になると、前世で聞いたことがある。

少しでも母さんの心が軽くなるなら、泣いて気持ちを吐き出した方が良い。ぼくは母さんが子どもみたいに泣き疲れて寝るまで、ただ黙ってそばに寄り添っていた。

冬の寒さと、どんよりとした灰色の曇り空。さらには日が短かい季節だったことも、母さんの憂《ゆう》鬱《うつ》に拍車をかけたのかもしれない。

母さんは日によって部屋から出ずに泣いたりぼうっとしていることもあれば、天気の良い日はぼくとリュカと一緒に散歩ができることもあったりと、しばらく気分の浮き沈みが激しい日々が続いた。

そうして一進一退しながらも、春になるにつれて泣き暮らすことが減ってきた母さんは、簡単な裁縫の内職を始めたのだ。

「習い性かしら。裁縫や刺繍をしていると、気が紛れるのよ。だから、結婚前に働いていたお針子工房から、簡単な内職の仕事をもらってきたの」

そう話す母さんの顔は、心なしかすっきりしたような穏やかな表情だった。

(思いっきり泣いて、少しは悲しみを乗り越えられたのかな?)

細かい手先の仕事は集中力を使うし、心を整理する良い時間にもなったのだろう。無理をせず、徐々に元気を取り戻していった母さんは、夏前にはすっかり回復したかのように見えた。

「ルイ。そのう……お母さん、またお針子として働きに出ても良いかしら……？」

ぼくの十二歳の誕生月もとっくに過ぎ、リュカは一歳五ヶ月になっていたある日。母さんはリュカを抱っこしながら、おずおずと話を切り出した。

「働きに出るって、内職の仕事をもらっているお針子工房に？」

「ええ。通いで良いから、正式に戻って来ないかって声を掛けられたの。これからリュカが大きくなるにつれて、お金もかかるわ。リュカのために、お給金は貯めておこうと思うの」

（確かに、いまは父さんが残してくれた貯蓄とダミアン商会との契約金で生活できているけれど、リュカの将来を思うと不安はある……。それに、お針子仕事は母さんにあっているみたいだし）

唯一心配なのは、母さんの体調くらいだ。いまは元気そうに見えるけれど、またいつぶり返すかわからない。かといって、期間が空けば空くほど、復職は難しくなる。

ぼくが心の中で考え込んでいる様子を、反対されていると勘違いしたのだろう。母さんはしゅんと肩を落とした。

「やっぱり、お母さんが外で働くなんて、だめかしら……」

「う、ううん。良い機会だよ！　戻ってきてほしいって言ってもらえるなんて、ありがたいね」

「ええ。そうなのよ。ありがとう、ルイ！」

ぼくは慌てて、母さんの背中を後押しした。家のことやリュカの世話は、ぼくとエミリーさんの二人でも何とかなる。

（きっと、外に働きに出ることは、母さんにとって良い気分転換になるよね）

考えてみれば、母さんはまだ三十歳そこそこなのだ。若いのに家に閉じこもってばかりいては、気が詰まるだろう。体調が良くなるどころか、むしろ悪化しかねない。

母さんの嬉しそうな顔を見て、ぼくはそう思った。

……このときの判断は、間違いではなかったはずだ。


夏真っ盛り。突き抜けるような濃い青空と、日差しが眩しい季節だ。

日向はもちろん暑いけれど、乾燥しているので前世の日本のようなじめじめとした湿気はない。窓を開ければ、風のよく通る室内はちょうど良い爽やかさで、クーラーがなくても過ごせるほどだった。

「さてと、リュカたちがお散歩から戻ってくる前に、ぱぱっとおやつを作っちゃうか」

いまは、エミリーさんがまだ涼しい午前のうちにと、リュカを散歩に連れて行ってくれている。その隙に、ぼくはリュカに邪魔されることなく、掃除や洗濯を済ませることができた。

あとはリュカのおやつを、とぼくは腕まくりをして、エプロンをつける。

作ると言っても、石造りの薪ストーブキッチンに火を入れると部屋の中が暑くなってしまうので、火は使わない。生活魔法で作れる範囲の、簡単なものだ。

使うのは、卵・ヤギ乳・干し葡萄の三つだけ。

ぼくはしわしわの干し葡萄を一つ摘み食いしながら、まずはこぶし一握り分を細かく刻む。さすが、白い粉を吹くほどの糖度の高さだ。ねっとりと包丁に張りつく。

ベタベタに苦戦しつつもペースト状にまで刻めたら、陶器のお皿に入れ、浸るくらいのヤギ乳を加える。よくかき混ぜたら、スプーンで味見だ。

（あっま！）

本当に砂糖を使っていないのかと疑うくらい、濃く強い甘さがする。足りなければ干し葡萄を追加しようと思っていたけれど、十分だ。

そのまま、発熱《ヒート》で一分ほど温める。急ぐと膜ができてボソボソするので、ゆっくりと。目安はスプーンで押して、ふにゃっと柔らかく潰れるくらいだ。

（うん。良さそうだ）

干し葡萄が戻ったら、濡らした布の上に皿ごと放置する。これで早く粗熱が取れるはずだ。

冷ましている間に、ボウルに卵を二個割り入れてよくかき混ぜ、さらにコップ一杯半のヤギ乳を加える。真っ黄色から優しいクリーム色に変わるこの瞬間は、いつ見ても楽しい。

（美味しい色になってきたなあ）

このままでも問題はないけれど、一手間をかけて濾《こ》してあげると、ぐっと食感が良くなる。

茶漉しは生憎ないので、洗浄《クリーン》をかけたガーゼのような布で卵液を濾《こ》す。そこに、戻した干し葡萄をヤギ乳ごとドバッと入れた。

軽く混ぜながら、卵液と底に残った干し葡萄を四つの陶器のコップに均等に注げば、あとは生活魔法頼みだ。

（発熱《ヒート》）

手をかざして、体感二～三分ほど温める。湯気が立って、表面全体がぼこんぼこんと膨らんできたら頃合いだ。

発熱《ヒート》をやめ、あとは余熱で火を通せば良い。計十五分くらいでおやつが作れてしまった。

（よ～し。簡単プリンの完成！）

るんるん気分で、ぼくが薪ストーブキッチン横の小さな流しで洗い物をしていると、二階から階段を降りる足音がした。母さんだ。

いつもの服装とは違う綺麗目なワンピースドレスを着て、片編みの髪にはスカーフが飾られている。

「ルイ。お母さん、少し出かけてくるわね」

「え……？　でも、今日は仕事が休みの日だったよね」

「ええ。その、お友達と予定があって……。早めに帰るわ」

「わかったよ。気をつけていってらっしゃい」

ぼくは手を振って、母さんを見送る。せっかく母さんの分もプリンを作ったのだけど、仕方ない。

「ただいま戻りました」

「あっーあっー！」

「！　おかえりー！」

母さんと入れ替わりに、リュカとエミリーさんが帰ってきた。麦わら帽子を被ったリュカは、たくさん遊んできたのだろう。汗で髪が額に張りついている。

「お外遊び、楽しかったひと～」

「あ～ぃ」

にっこにこでご機嫌なリュカが、右手をあげてお返事をする。かわいい。

ぼくは夏の熱を放つ小さな体を抱き上げて、まずはリビングで水分補給をさせる。そのあとは濡れタオルで体を拭いて、お着替えだ。

「今日はねー、にいにがおやつを作ったんだよ～」

「ぅあーっ！　あっ！」

おやつの言葉に反応して、リュカが万歳する。早く早くと言うかのように、ぼくの服の裾を引っ張ってきた。

リュカをテーブルの椅子に座らせて、冷ましておいたプリンを皿に開ける。少し分離してしまったのか、ホエーのような水が出ていた。コップを軽く揺らして逆さにするだけで、つるりんと綺麗に取れる。

（おおおー！　まごうことなきプリンだ！）

見栄えは自画自賛するくらい完璧だ。干し葡萄がところどころに見えて、食欲をそそる。

エミリーさんもちょうど身支度から戻ったので、三人揃っておやつの時間だ。

「「いただきます」」

「あーうっ！」

リュカはお手々をぱちんと合わせたら、スプーンを握って一人で食べはじめる。緊張の一瞬だ。

あ～ん。ぱく。もぐもぐ。

「どう、リュカ。美味しい？」

「あっきゃ～～～！」

左手でほっぺをぺちぺち。最近、リュカお気に入りの「美味しい」のサインだ。内心、快哉《かいさい》をあげてガッツポーズしたぼくも、やっとプリンを食べはじめる。

「……うん。美味しい」

「本当に。ルイさん、美味しいですよ」

硬めのプリンだ。卵液の部分はあんまり味がしないけれど、干し葡萄と一緒に食べれば十分甘くて美味しい。干し葡萄のしゃりしゃりした食感が、少しだけ残っているのも良かった。

（前世のプリンとは全然違うけれど、これはこれでありだ）

リュカを見ると、瞬殺で食べ……いや飲んでいた。噛んでいるのか心配になるくらいの早さだ。

あっという間にプリンは皿から姿を消す。リュカはおもむろにお皿を持って、残っていた水の最後の一滴まで飲み干した！

「リュカちゃんったら、よっぽど美味しかったのでしょうね……」

「にいにの作ったプリン、気に入ってくれたのかな。また今度、作るからね」

「にっ、にぃ」

口の端にプリンをつけたままのリュカは、にっぱあとご機嫌だ。

「「！」」

ぼくは驚いて、持っていたスプーンを皿に落としてしまった。

「い、い、いま、リュカが……！　にいにって言った……!?」

「確かに言っていましたね……！」

「～～～！　リュカ～。もう一回。にいに、だよ。にいに」

「ぅあ～、にぃー！」

リュカはいつ喋り始めるのか、第一声はどんな言葉なのか。なかなか喋りそうで喋らなくて、ずいぶんとヤキモキした。

ずっとずっと楽しみにしていたリュカの初めての言葉が「にいに」だったことに、ぼくはもう泣きそうだ。我慢ができずに、席を立ってリュカを抱きしめる。

「すごい！　リュカ、にいにって言えたね～」

「にっ、にっ」

（母さんも出かけなければ、この場にいれたはずなのに……！）

そう思うと残念だけど、早く帰ると言っていた。帰ってきたら、またリュカに披露してもらおう。きっと、「ママ」や「母さん」の練習をする良い機会にもなる。

ぼくはそう思っていたのだけれど、結局母さんが帰ってきたのは、すっかり夜も更けてリュカが寝ついたあとだった。

それから、母さんは休みの日に出かけることが多くなった。

気がついたらふらっといなくなっているので、引き止めることもできない。そんな母さんの様子を、ぼくは不審に思い始めていた。

（もしかして恋人でもできたのかな……。でも、それならなんで、何も言わずに出かけちゃうんだろう）

ぼくだって、母さんには母さんの人生があることを頭ではわかっている。けれど、亡くなった父さんのことを思うと、素直に喜べなかった。

それに、あんなに嘆き悲しむほど父さんを愛していたはずの母さんが、ほかの誰かに心を寄せるなんて、考えたくもなかった。

（……母さんからちゃんと話があるまで、静観、かなあ）

母さんも良い年をした大人なのだ。まだ子どもの息子に、あれこれ言われたくないだろう。そう思っていたけれど、どうにも母さんの様子がおかしい。

決定的だったのは、父さんの二周忌を目前に初霜が降ったある日、成金趣味な祭壇が家に届けられたことだった。

「え！　ちょっと、母さん！　この祭壇はなに⁉」

「立派でしょう？　いまなら特別価格だって言うから、買っちゃった。これにお骨を祀《まつ》れば、きっとマルクも喜んでくれるわ」

「はぁ⁉　一体いくらしたの⁉」

「秘密よ。でも、お母さんの貯めていたお給金で買えたから、心配しないで」

「いやいや、そういう話じゃないでしょ……。来月は父さんの二周忌で、ただでさえ出費が嵩《かさ》むのに……。それに母さんの給金は、リュカのためにって貯めてたやつじゃないの？　ねえ。いまからでも返品して、お金を返してもらおうよ」

「いやよ！　そんなこと、できるわけないじゃない！　ルイなら喜んでくれると思ったのに、お母さん、悲しいわ……」

ぼくが必死に説得しても、母さんは頑として返品を認めず、泣くばかりだった。

どこで買ったのかさえ、教えてくれない。そんな母さんにぼくはほとほと困って、頭を抱えてしまった。

（参った……。いかにも怪しい押し売りじゃないか。こんなこと、どこの誰に相談したら良いんだろう？　こんなとき、父さんがいてくれたら……）

いまの母さんから、目を離してはいけない。そんな気がして、それからぼくは些細なことでも母さんに声をかけるようにした。

（母さんの恋人？　が怪しいやつなのか、それとも、また気持ちが不安定になってるのか……）

けれど、子どものぼくの心配は、母さんには届いていないようだ。

むしろ、母さんはさらに出かけることが増え、時どき、朝帰りもするようになってしまった。

たまに家にいるなと思っても、ぶつぶつと祭壇に向かって祈っていることがほとんどで……。とてもではないけれど、異様にすら感じるいまの母さんを、リュカに近づけることはできなかった。

（母さん……なんでこうなっちゃったんだろう）

ぼくは薄く開いた扉の隙間から、母さんの様子を覗《のぞ》いて独りごちる。

母さんがはじめて祭壇を買ってきてから、半年。元々は夫婦二人の主寝室だった母さんの部屋には、きっとまた買わされたのだろう、怪しげな置物や絵画がいくつも飾られていた。

（よくもまあ、この半年でここまで増えたもんだよなあ……）

我が家の財産や権利は、長子相続したぼくの名義になっている。だから、たとえ母さんでも、無条件に自由にはできない。地下貯蔵室の金庫のお金は、エミリーさんを雇う前にとっくのとうに収納《ストレージ》に入れていた。

（もし、母さんが相続していたら、最悪、使い込まれてたかもしれないな……）

そうは言っても、時間の問題かもしれない。世間から嫌厭《けんえん》されているけれど、高利貸しはいるのだ。

ぼくは恥を忍んで、やっとダミアン商会の女将ポリーヌさんに相談した。迷惑を掛けたくなかったけれど、もう限界だった。

家族ぐるみで付き合いがあり、大人で同性のポリーヌさんになら、母さんも気を許して話しを聞いてくれるかもしれない。

「すみません……。そういう訳なので、ポリーヌさんからも母さんに話しかけたり、気にかけてもらえませんか」

「そんなことになってたとはねぇ。もちろんだよ。よく頼ってくれたねぇ」

ぽんぽんとぼくの肩を叩く、ポリーヌさんの手がとても優しい。その温かさに、ぼくはうっかり涙が出そうだった。

ポリーヌさんと別れ、その足で母さんの勤める工房にも、話を聞きに行く。

（母さんがおかしくなったのは、働きに出るようになってからだ……。もしかしたら、工房の人なら、何か知っているかもしれない）

そうして、人目を避けるように訪れたぼくを、初老に見える工房長は訝《いぶか》しんだ。訪問の約束もなく、突然子どもが訪ねてきたら困惑するのは当たり前だろう。

けれど、ぼくがサラ……母さんの息子であることを明かして事情を説明すると、一つ思い当たる節があると話してくれた。

「サラから、お針子仲間のローラと仲が良い、なんて話を聞いたことがあるかい？」

「いいえ」

「なるほど……。私は一度、休みの日に二人が一緒にいるところを見たことがある」

「母さんが休みの日に……」

「ローラは『教会のボランティアや地域の交流会に参加してみない？』と、お針子たちに声を掛けていた。だから、私は二人が一緒にいるのを見て、てっきりサラは仲の良いローラの誘いに応じたのだろうと思っていたのだが……」

（それって……まさか……）

その話に、ぼくはぴんときていた。まさに、前世でも聞いたことがある、宗教勧誘の手口だったからだ。きっと、祭壇や置物などは、その教会で買わされたのだろう。

（母さんはローラって人に誘われて、宗教に嵌《はま》ったのか……）

工房長も、難しい表情を浮かべている。

「今のところ、サラもローラも、休まず真面目に働いてくれている。だから、あまり表立ったことはできないが……。それとなく、私からも話してみよう」

「よろしく、お願いします」

母さんが宗教に嵌《はま》った経緯はわかったけれど、朝帰りの理由はわからなかった。その教会で出会いがあったのか、それとも違う理由があるのか……。

リュカもすくすくと成長して、もう二歳を過ぎた。最近は「にぃ～、だっこ」や「まんま、おいちっ」と話す言葉が一気に増えて、ますますおしゃべり上手だ。

（兄のぼくですら、こんなにリュカの成長に一喜一憂しているのに……。なんで母さんは、かわいい盛りのリュカに無関心でいられるんだろう？）

ぼくのなかで、やり場のない憤りとやるせない悲しみが、ぐるぐると渦巻いていた。


「にぃ～、にぃ～」

頬をぺちぺちと叩かれる感覚で、ぼくは夢から覚める。

寝ぼけ眼を開けると、ぼくの胸の上にはもうあと二ヶ月で三歳になるリュカが寝そべっていた。

「にぃ～、おっき、ちゃっ」

リュカはぼくを起こせたのが嬉しいのか、ぱちぱちと拍手し、にぱあと屈託なく笑っている。

ぼくはそんなご機嫌なリュカの背中を支えながら、ゆっくりと体を起こした。

「ふわぁ。リュカ、どうしたの？」

「ちっち、ちた〜」

寝起きの頭はまだぼんやりしていて、何度もあくびが出る。

カーテンをちらっと捲《めく》って外を見ると、まだ暗かった。けれど、地平線が少しだけ橙色に染まっているので、朝は近いようだ。

いつもは朝までぐっすりのリュカだけど、おむつの濡れた感触がいやでこんな時間に起きてしまったのだろう。

「照明《ライト》」

小さな光を天井に灯して、枕元にいつも置いてあるおむつ替えセットのかごを引き寄せる。

「はーい、ごろんしてー。キレイキレイしておむつ替えようね」

「あ〜い」

リュカはもみじのようなお手々を上げ、良い子のお返事だ。

ぼくはリュカの汚れたおむつを脱がし、洗浄《クリーン》をかける。ぷるんっとした幼児のお尻をこっそりと楽しみつつ、手早く保湿剤を塗って新しいおむつを履《は》かせた。

赤ちゃんの頃からお世話をしているので、もう手慣れた作業だ。

（おむつ交換って、洗浄《クリーン》がなかったら、なかなかヘビーな作業だよなあ。本当に、生活魔法が使えて良かった）

「はい、できたよ」

「にぃ〜、あっと〜」

「どういたしまして」

きちんとお礼が言えるかわいい弟にほっこりしつつ、布おむつから汚れたスライムシートを剥《は》がし、くるっと丸めてごみ箱に入れた。

布おむつは避《よ》けておいて、日が昇ったら洗濯する。あとは、水生成《ウォーター》で手を洗って、最後に自分に洗浄《クリーン》をかけたら終わりだ。

「さ、リュカ。起きるにはまだちょっと早いから、にいにともう少し寝よう?」

「や〜」

リュカの青いお目々はぱっちりで、いやいやと首を振って二度寝をいやがる。

だけど、照明《ライト》を解除した真っ暗な部屋で、ぼくがリュカのまんまるなお腹をぽんぽんしてしばらくすると、親指をしゃぶりながら寝息を立て始めた。

(ふふん。にいにの勝ち)

あっさり眠ってしまったリュカに、ぼくはほくそ笑んだ。

けれど、こうしておむつを替え、寝かしつけまでしている自分は、まるで『兄』というより『父』だなと考えて、思わず遠い目をしてしまう。

(……ばかなこと考えてないで、ぼくも寝よう)

ため息をついて、ぼくはまたリュカを抱え直して眠りにつくのだった。

今度こそぼくが目覚めると、だいぶ日が高くなっていた。

（よく寝たなあ……）

「にぃ～、ぽんぽん……」

ぼくが伸びをしていると、リュカのぽんぽこりんなお腹から、怪獣みたいな音がした。

急いでごはんにしようと、手早く自分とリュカの身支度を整え、リビングに向かう。すると、ここ数日姿を見かけなかった母さんが、キッチンに立って朝食を作っていた。

「……おはよう、母さん」

「おあよっ」

「おはよう、ルイ。リュカ。ちょうど良かったわ。もうできるから、座っててちょうだい」

鼻歌混じりの母さんに、「今朝は珍しく家にいるんだね」と嫌味が喉元まで出かかったけれど、ぐっと飲み込む。

過去に一度我慢できずに言ってしまって、泣かれたことがあるのだ。できれば、朝からいやな雰囲気になるのは避けたかった。

良い匂いのする遅めの朝食が、テーブルに並べられる。

メニューは、パンケーキ・野菜のスープ・サラダ・果物だ。ぼくと母さんのお皿には、さらにバターとハムがついていた。

「美味しそう。いただきます！」

「いたっきまっちゅ」

「はい、召し上がれ。おかわりもあるから、たくさん食べるのよ」

ぼくが手を合わせると、リュカもぼくの真似をして、にぱっと笑う。すごくかわいい。

我が家は、ぼくが小さな頃から食前・食後の挨拶は日本式だ。父さんの実家がそうだったらしい。

今世はそもそも、食事の挨拶はこれといった決まりがない。よそのご家庭では、お祈りをすることもあれば何も言わないこともあり、結構大雑把……もとい、おおらかだ。

リュカは右手にフォークを持ち、左手でパンケーキを手づかみしている。あぐあぐとほっぺを膨らませて一生懸命食べている姿は、小動物みたいで和んだ。

ぼくはリュカの様子を見て、一口サイズに切ってあげたり、食事用スタイのポケットに入ったものを拾って食べさせる。それほど手を出さなくても、もうリュカはひとりでごはんが食べられた。

ちなみに、いまリュカが使っている食事用のスタイも、ダミアン商会と販売している商品だ。

離乳食が始まってすぐの頃、あまりにも服が汚れてしまうので、ポリーヌさんに相談して作ってもらった。

初めは哺乳器の飲み口を応用したスライムゼリー製のみだったけれど、今では布製やポケットだけ着脱できるものなど種類がある。実は、地味に売れているらしい。

「おぃちっ！　もっちょ～！」

今のところ好き嫌いがなく、食べることが大好きなリュカは、おかわりを要求してくる。

食事をいやがらないので助かっている反面、将来のエンゲル係数がいまから恐ろしかった。

「そうしたら、パンケーキとスープをおかわりしよっか」

「あいっ！　おか～りっ！」

リュカはおかわりを食べても、フォークをくわえてまだ物足りない様子だ。仕方がないので、デザート代わりにヨーグルトを出してあげる。

それを平らげたところで、やっと満足して「ごっしょーしゃまでちたっ」をした。リュカのぽんぽこりんなお腹が、はちきれそうだ。


食事が終わり、ぼくが「後片付けでもするか」と席を立とうとした時。見計らったかのように、母さんが口火を切る。

「あの……お母さんね。実はその、お付き合いをしている男性《ひと》がいるの……」

（え……。いまその話をするの？）

唐突な母さんの話に、ぼくは心の準備ができていなくて、びっくりしてしまった。

「交流会で知り合ったのよ。とても優しくて、親身になって相談に乗ってくれるようなひとなの。責任あるお仕事をしているのに、社会貢献にも積極的で……。本当に尊敬しているわ」

「……ふうん。そうなんだ。母さんが出かけたり、家にいない日は、その男性《ひと》と一緒にいるの？」

「え？　えぇ、そうね」

（はあ……。本当に良識のある大人の男が、小さな子持ちの母親を家に帰さないなんてこと、するわけないのに……）

すっかりその恋人に心酔しているらしき母さんに、内心呆れてしまう。ぼくからしてみれば、母さんは騙されているとしか言いようがなかった。

「その、それでね。もしよければ、その男性《ひと》、ベルナールさんって言うのだけれど。ルイとリュカを紹介したいの。近いうちに、四人で食事でもどうかしら」

(今日母さんが珍しく家にいたのは、この話がしたかったからか……)

そんなことだろうと、わかってはいたけれど。それでも、もしかしたら、ちょっとはぼくたちを顧《かえり》みてくれるようになったのかも……と思った自分の甘さに、ぼくはつい天井を見上げてしまう。

(正直に言えば、絶・対・に、会いたくない。……でも、ずっとこのままって言うのも、リュカのために良くない)

母さんのことを、リュカが『母親』として認識しているのかもわからない。そんな状況で、これからもリュカを育てていくのは、あまりにもかわいそうだ。

(……よし。一度会ってみるか。どういう人なのか、この目でちゃんと見極めよう。ぼくが偏見を持ち過ぎているだけ、なのかもしれない。案外、会ってみれば話のわかる人な可能性もあるし……)

「わかったよ、母さん」

「本当?　お母さん、うれしいわ!」

「ただし!　条件が三つあるんだ。すべての条件を飲んでくれるなら、会うよ」

「そんな、条件なんて、わざわざつけなくても……」

「それが無理なら、会わないから」

ぼくがぴしゃりと言うと、母さんは苦虫を噛みつぶしたような顔をした。

「……条件を教えてちょうだい」

「一つ。まずはぼくだけで会うこと。リュカはエミリーさんにみてもらって、お留守番ね。二つ。うちじゃなくて、どこか外の食堂を使うこと。三つ。時間帯は、ブランチからランチのみ。条件はこの三つだよ」

「……ベルナールさんに聞いてみるわ」

母さんはそう言うと、「約束があるから」とそそくさと立ち上がる。そして、ぽかんとしたぼくを振り返ることなく、家を出て行った。

件《くだん》の恋人にどう説明したのかはわからないけれど、数日経って母さんから三人での食事会の日程が決まったと告げられた。

「ベルナールさんが、『二日後のお昼なら構わない』ですって。忙しいひとなのに、わざわざ予定を空けてくれたのよ」

そう言って指定されたお店は、この辺りでは少し格式が高いと噂に聞く料理店だった。

(うーん。正装とまではいかないけれど、ジャケットは着用しないと浮きそうだなあ)

その日の夜、ぼくは寝る前にクローゼットを確認したけれど、手持ちにちょうど良いジャケットがない。ここ数年は、汚れても良い実用的な服装ばかりだったから当然か。

(こんなことでお金を使うのはいやだけど、初っ端から相手に弱みを見せるようなことはしたくな

いし……。買うなら、明日しかない）

ぼくはため息をついて、翌日、ジャケットを買いに行くことにした。

翌朝。エミリーさんにリュカをお願いして、久しぶりに出かける。ついでに、父さんの三周忌のミサの手配もしてしまおうと、教会にも寄ることにした。

ぼくも三回目ともなれば、手慣れたものだ。司祭様とも顔見知りなので、世間話も交えながら問題なくお願いすることができた。

そうして、昼を過ぎた頃にやっとお目当てのジャケットも手に入ったので、まっすぐ家に帰る。

リュカとは数時間しか離れていなかったのに、やたらと恋しかった。


ぼくたちの家は、町の中心地から少し北に外れたエリアにある。生産エリアと産業エリアのちょうど中間で、どちらにもアクセスが良い。だからこそ、長屋が隙間なく立ち並ぶエリアだ。どの長屋も、だいたい造りや間取りは同じ。ハーフティンバーと呼ばれる半木骨造《はんもっこつぞう》で、二階建て。家の真ん中を貫くように煙突が通っていて、一階のリビングと二階の主寝室に前世憧れの暖炉があった。

庭はないけれど、代わりに地下に貯蔵室がある。家族で住むには十分な広さだ。

先住者が引越すので手放すからと、ちょうど角のこの家を父さんが貯金を叩《はた》いて買ったのは、ぼくが三歳の時だった。

父さんが「この家なら家族がいつ何人増えても大丈夫だな！」と、誇らしげに言っていたことを思い出す。

そんな住み慣れた我が家にぼくが帰ると、リュカは二階の子ども部屋でエミリーさんと手遊びをしていた。

「ただいまー。エミリーさん。交代するから、休憩してー」

「あらルイさん。お帰りなさいませ。それではお言葉に甘えて、休憩させていただきますね」

「にぃに、おかーり」

「リュカ〜、ただいま〜。にいにと遊ぼっか。何がしたいかな〜？」

「やっちゃー！　こりぇ〜！　にゃーにゃーの、ごほん！」

万歳したリュカがせがんだのは、布絵本の読み聞かせだった。

このパッチワークの布絵本を、リュカはとても気に入っている。もう何回読んだかわからない。

表紙には黒猫の大きな口に見立てたポケットがついていて、同じく布で作られたにんじんをリュカが「どっじょー」と食べさせた。

次のページでは、折りたたまれた猫の手でぼくが「いない、いない、ばあ」をすると、きゃあきゃあと笑う。別のページでは、リュカは真剣なアヒル口で猫の首にリボンを結ぼうとした。

セリフもないわずか数ページの布絵本を、「たのちぃ〜！」とぴかぴかの笑顔で喜んでもらえると、ポリーヌさんに作ってもらった甲斐がある。

はじめは、売り物にするつもりなんてなかった。裁縫は苦手なぼくが、純粋にリュカのためだけに製作を依頼したのだ。

けれど、出来栄えが想像以上に良すぎたせいで、ポリーヌさんの商人魂に火をつけてしまった。

「ルイ、これは売れるよ！」

目に金貨を浮かべたポリーヌさんに詰め寄られて、あっという間に契約を結ぶことに。

どうも、ぼくが少しでもカラフルになればと、軽い気持ちで伝えた『パッチワーク』がウケたらしい。

服飾工房から出る端切《はぎ》れを商会が安く仕入れて、裁縫や手芸が得意な主婦たちが内職で作る。これなら材料費・人件費を抑えつつ、多少の利益を上乗せしても、庶民価格で売ることができた。

しかも、その時どきで仕入れる布や材料は全く違う。物語が同じでも、素材や柄は一冊ずつ異なるので、選ぶ楽しさがあった。

何より、本来は高価な本が手頃に買えると、評判になっているようだ。

（リュカが喜ぶうえ、ぼくも商会も服飾工房も主婦も、みんな稼げて万々歳と思ったんだけど……）

ただ、一つだけ思わぬ誤算があった。物語や仕掛けを、出来るだけたくさん考えてほしいと、ポリーヌさんにお願いされたことだ。

ぼくだって、創作が得意なわけじゃない。無い知恵と前世の記憶を絞り、この世界の植物・動物・数字・文字を使ったアイデアを編み出した。

ずいぶんと頭を悩ませたけれど、その分、契約金が良い収入になってくれたので文句はない。

布絵本を読み終えたあとは、体を使った遊びもした。こまめに水分補給を挟みつつ、ボール遊び・かくれんぼ・積み木・輪投げと、とことんリュカと遊ぶ。しばらくすると、リュカのぽっこりお腹から「ぐぎゅぅ～～」と音が鳴った。

「はは。リュカ、ぽんぽん空いてるんだね。おやつにしよっか」

「!! おやちゅっ、たべうっ！」

リュカのお腹がしきりに催促してくるので、ぼくはありもので手早くおやつを作る。

甘味《あまみ》のある芋を細かく賽《さい》の目に切ったらヤギ乳に浸し、生活魔法の発熱《ヒート》をかけた。本当は芋は茹でるか蒸すかした方が良いのだろうけど、今日は時短する。

鍋がふつふつと煮えて芋が柔らかくなったら、お塩をひとつまみ。フォークで芋を粗く潰し、干しておいたりんごを細かく切って混ぜる。

ある程度混ざったら、一口大に丸めて、フライパンに押しつけるように焼く。十三歳のぼくにとって、火の扱いはすでに手慣れたものだ。

(うん。こんがり良い焼き色。なんちゃって芋のおやきの、完成！)

送風《ウインド》で人肌にまで冷ましてから、一人六つずつ盛りつける。リュカの目は、すでにおやきに釘付けだ。よだれがこぼれそうになっている。

「はい。今日のおやつは、芋のおやきだよ」

「おあき、いたっきま～しゅっ」

「めしあがれ～」

リュカはフォークを握りしめたまま、ぱちんとお手々を合わせた。さっそく、あ～んと大きなお口で、一心不乱に食べている。本当にかわいい。

ぼくも、自分で作ったおやきを食べて頷く。飽きの来ない、素朴な甘さが良かった。何より芋は育ち盛りのお腹にたまる。

「リュカ。おやき、美味しい？」

「あいっ、おいち！」

そうして、すっかり綺麗に食べ終えてごちそうさまをする頃には、リュカはお腹がいっぱいで、首がかくんとしては「はっ！」と起きるを繰り返していた。

（くくく。さっきから、すごい半目だ）

ぼくは音もなく笑いながら、そっとリュカを抱き上げる。リュカは指をちゅっちゅ吸いながら、しがみついてきた。そのまま、慎重に階段を登って、子ども部屋のベッドまで連れて行く。

ぼくも隣に横になって、お腹をとんとんしてあげる。すると、すでに限界だったリュカはすやぁと眠ってしまった。

近頃はぐんと冷え込み、風も冷たくなってきた。脇に抱いた幼児の体温が、ほこほこに温《ぬく》くて気持ちいい。

（もうちょっとだけ……添い寝、だけ……）

そう思ったのを最後に、ぼくもいつしかリュカと一緒の夢に落ちていった。

次の日。約束した昼食会の日だ。

リュカをエミリーさんに預け、昨夜は家に帰っていた母さんと料理店に向かう。

今日の母さんはぼくの目から見てもわかるほど、張り切ってめかし込んでいた。ぼくと同じ焦茶色の長い髪を、綺麗に結いあげている。うっすらと口紅もさしているみたいだ。

服装も華やかで上品だった。こんな母さんは初めて見る。レースの襟がついたシンプルな白のブラウスに、深い緑のエプロンワンピース。紅のロングコートに、毛糸のショールがよく似合っていた。前世なら、どこのモデルさんかと思うくらいだ。

(女性は恋をすると綺麗になるっていうけれど、本当にそうなんだな……)

マナーとしては、母とはいえ、着飾った女性を褒めるべきなのだろう。けれど、どうしても父さんのことを思うと、もやもやと複雑な気持ちだった。

ぼくは口を開いては閉じてを繰り返し、結局、黙々と母さんの後ろを着いていく。

母さんは地元の個人商店が集まる買い物通りを真っ直ぐ進み、交差点右、北大通りを颯爽と歩いていく。

この大通り沿いは大手の商会や高級店が多く立ち並び、馬車も人通りも多い。それに、すれ違う人の身なりもどことなく良い気がした。

(うちのすぐ近くにある生産エリアは、粉塵《ふんじん》まみれの職人たちが多いからなあ)

こっそり人間観察をしているうちに、目的の料理店にたどり着く。扉には流れるような字体で、「ビストロ・デリス」と店名の看板が立てかけられていた。

母さんが受付の案内係に名前を告げると、「お連れ様はすでにお越しです」と正面通路へと案内される。右側から賑やかな声が聞こえるので、きっとそちらは広間の客席になっているのだろう。

案内係の後に続いて、ぼくと母さんは深紅の絨毯《じゅうたん》が敷かれた廊下を歩く。煉瓦の壁には細工の凝った燭台《しょくだい》や、花々を描いた絵画がかけられていた。

(さすが、お洒落で落ち着いた雰囲気の店だ)

前世でそれなりの大人だったぼくは、この雰囲気にも呑まれずに平静を保っていられる。けれど、ふつうの庶民の子どもならカチンコチンに固まり、萎縮《いしゅく》してしまっていただろう。

そこまで思い至らずにこの店を予約したのか、それとも意図してなのか……。どちらにしても、ろくでもない。

(ドレスコードの厳しい超高級店ではないにしても、このグレードの店の個室を予約できるなんて、母さんの恋人はどんなやつなんだろう……)

警戒心を高めつつ、案内係が開けてくれた最奥の個室の扉をくぐる。小さなシャンデリアが光輝く部屋のなかで、上等な身なりをした金髪の男性が座って待っていた。

(四十代後半、かな？　確かに、母さんが惚れたのもわからなくはないくらいの男前だけれど……)

「やあ。君がルイか。私はベルナール・ド・モンフォール。会えて光栄だ」

「こちらこそ、会えてうれしい、です。ルイです」

立ち上がったベルナールに握手を求められたので、礼儀として応じる。ベルナールは薄く微笑みを浮かべているけれど、目が笑っていない気がした。

(家名があるってことは貴族なのかな。でも、貴族が何で母さんと付き合ってるんだろう？)

昼食会は、一見和やかに始まった。

ぼくは果実水、大人二人は食前酒で乾杯をして、まずはアミューズをいただく。

手でつまんで食べられる一口サイズのミートパイは、とろっとした肉のフィリングと、チーズの塩気が良くあっていた。

（さっくさくで美味しい、はずなんだけど……。こんな状況でなければ、もっと素直に味わえたのに……！　ああ、もったいない……！）

ベルナールはなかなか機知に富んでいるようで、食事の合間にあれこれと話題を振ってくる。

ぼくは怪しまれないように賢く、けれどあくまでも朴訥《ぼくとつ》な少年に思われるように、気をつけて受け答えた。変に怪しまれたくはないけれど、隙も見せたくない。

綱渡りのような時間のなか、順に運ばれてくるサラダ・スープ・パスタを機械的に胃に収めていく。

そうして、大人たちに適度にアルコールが入ったのを見計らって、ぼくは思い切って質問をしてみることにした。

「――あの、ベルナール、さんと母さんは交流会で知り合ったんですよね？　なんの交流会なんですか？」

「教会のだ。私が司祭を務める教会に、サラがボランティアに来るようになったのが、きっかけだな」

「司祭様？　あれ、でも家名が……」

「ああ。確かに、私は貴族家出身だが、三男でね。家を継げず、聖職の道に進んだのだ」

そう言って、ベルナールはわずかに肩を竦《すく》めた。

「そう、なんですね……。でも、聖職者って、生涯独身という決まりがあったような……？」

「この王都は旧教会が多いが、私は新教会の所属だ。わかりやすく言うと教派が違う。新教会は戒律が厳しくなく、酒も結婚も認められている」

「へえ。はじめて知りました」

「新教会自体、最近になって数が増えた教派だからな。知らないのも無理はない」

ベルナールは赤ワインを楽しみながら、顔色も変えずに余裕の態度だ。

対して、母さんが心配そうな眼差しを送ってくるけれど、ぼくは気づかないふりをした。

「その、それでもやっぱり貴族の方だと、母さんとでは色々と障りがあるんじゃあ……。ぼく、母さんには幸せになってほしくて……。心配で……」

ぼくは肩を落として少しうつむき、いかにも孝行息子然と言ってみる。

（やっぱり釈然としない。母さんと結婚したいとか、大切だっていう雰囲気が全然感じられないんだ……。何が目的だろう？　母さんが嵌《はま》っている宗教の司祭ってことは、祭壇をはじめ、絵画とか置物はこいつに買わされたものじゃないのかな……？　でも、それを直接聞くと、さすがに警戒されそうだし……）

「私も前妻とは死別している。いまさら再婚するのも……と思っていた矢先に、サラと出会ったのだ。実家は兄が継いでいて、縁遠くなっている。再婚に口を挟むようなことはないだろう」

ベルナールは空になったグラスを置く。そして、テーブルの上で指を組んで、深い紺の瞳でぼくをじっと見つめた。その昏《くら》い蛇のような瞳に、ぼくは少し気圧《けお》されてしまう。

「……私が言っても信じてもらえないと思うが、サラに子どもがいると知ったのはつい最近でね。君にはずいぶんと心配をかけてしまった。だが、どうかこれからは安心してほしい。私が父親代わりとなって、サラや君たちを守ろう」

「ベルナールさん……」

母さんが感激したように手を口に当て、潤んだ瞳でベルナールを見つめている。

一瞬、ぼくは何を見せられているのだろうかと白けた。けれど、タイミングよくメイン料理が運ばれてくる。

目の前に置かれた、いかにも柔らかそうな若鶏のポワレにナイフを入れた。皮はパリッパリ、身はジューシーで肉汁たっぷりだ。

(もう色々お腹がいっぱいで、味がわからない……。貴重なタンパク質なのに……)

それでも残すのはもったいなくて、ぼくは気力で食べ切った。

重い胃をさすっていると、やっと最後のメニューのデザートと紅茶が運ばれてきた。

紅茶は良い茶葉を使っているのか、とても良い香りでやさぐれていた気分が少しほぐれる。一口飲んで、ほっと一息ついたところで、母さんが明るい声をあげた。

「そうだわ！　もう少しでマルクの三周忌だったわね。ねえルイ、今年はベルナールさんの教会で、ミサをお願いするのはどうかしら？」

「えっ！　母さん、それは無理だよ。もういつもの教会にお願いして、手付金も支払ってるし……」

（それに、父《昔の男》さんのミサを、ベルナール《今の男》の教会でやるなんて……。どうかしてるよ）

いかにも良い案を思いついたという様子の母さんに、ぼくは内心引いてしまう。

「あら、そうなの……。残念だわ……」

「今年はしようがない。来年は、ぜひ私の教会で行うことを考えてくれ」

「……わかりました」

「それにしても、今の話を聞いて感心した。君はその歳で、よく立派に家長として全うしている。ふつう、なかなかそうは行かない。サラから聞いているが、お父上から継いだ財産もよく管理しているとか」

その言葉に、ぼくはいよいよ本題が来たかとゆっくり深呼吸した。

「……いえ。それほどでもないです。周りに助けてもらって、やっとです」

「謙遜《けんそん》を。そのうえ、商会と専売契約を結ぶほどの商品をいくつも開発して、家計を支えているとか。実に、素晴らしい。私の教会では寡婦や孤児たちの支援も行っているが、資金の捻出《ねんしゅつ》は頭の痛い問題でね。君さえ良ければ、ぜひ何か良い案がないか、協力してほしいところだ」

ベルナールは、母さんからぼくの情報を正確に聞き出しているようだ。そのことに、薄ら寒いものを感じずにはいられない。蛇に睨まれた、蛙のような気持ちだ。

「たまたま、思いつきが当たっただけで。毎回うまくいっている訳ではないんです。子どものぼくでは、とてもじゃないけど役に立たないかと……」

「ふっ。まあ、この話は後日詳しくしよう。近いうちにぜひ、君の弟も一緒に教会に来てくれ」

「……もう冬ですから、春になって暖かくなった頃にでも」

「ああ」

ベルナールは意図を感じさせない微笑みのまま、頷いた。ぼくを子どもだと思って侮っているのか、終始、余裕綽々《よゆうしゃくしゃく》だった。

「それじゃ、お母さんとベルナールさんはこの後少し行くところがあるから」

「いずれ、また会おう」

弾むような声の母さんはベルナールと腕を組んで、中央広場の方へと去っていった。

その後ろ姿を、虚無感に襲われながら見送る。ぼくも二人に背を向け、元来た北大通りをとぼとぼと歩きだした。

前世みたいにアスファルトで舗装されていない土ぼこりの乾いた道は、少しでこぼこして歩きにくい。

ちょろちょろと、細く流れる小川にかかる橋を渡る。冷たい風に吹かれて、枯葉と一緒にとげとげとした木の実も頭の上から降ってくる。この木の実は当たると地味に痛いのだ。

頭上に注意しながら、ぼくは厚手のマントを体に巻きつけるように閉じて、家路を急ぐ。けれど、頭の中では「ぼくはこの先どうしたら良いのだろうか」をずっと考えていた。

（ベルナールは、うちの財産や商会との契約を気にしていた。ということは、きっと目的はそれだろう。それに、しつこく教会に来るように誘ってきたのも気になる……）

得体の知れない、厄介そうな人物に目をつけられてしまった。それだけは、間違いない。ぼくは途方に暮れて立ち止まり、どんよりとした曇り空を見上げた。

（はあ……。もう少し情報がほしいなあ。ベルナール自身のことや教会の実態、それに貴族だという実家のことも……。事と次第によっては、身の振り方を早く考えないと、まずい気がする……）

今はぼくを懐柔《かいじゅう》しようとしているみたいだけど、いつどんな手を使って財産を奪おうとするか、わかったものじゃない。

奪われるのが、財産だけなら良いのだ。いや、本当は良くはないけれど。でも、もし一番大切な、まだ幼いリュカが狙われたら？

「……リュカを守るためなら、何だってする。だって、ぼくはお兄ちゃんなんだ」

そうつぶやいて、ぎゅっとこぶしを握る。善は急げだ。ぼくはくるりと身を翻《ひるがえ》し、ダミアン商会へと向かって歩き出した。

祖父母からの手紙

ベルナールとの食事会の日から、母さんは仕事以外は家にいることが多くなった。休みの日はどこかに出かけることもあるけれど、日が暮れる前には帰ってくる。

それは良いのだけど、四六時中《しろくじちゅう》、ベルナールとともに四人で暮らさないかと説得してくることに、ぼくはうんざりしていた。

「ついこの間、初めて会ったばかりの人と、いきなり家族になって一緒に暮らすなんて無理だよ。そう簡単なことじゃない。もっと時間をかけて、お互いを知ってからでも良いんじゃないかな」

「そんなの、一緒に生活をしているうちに、だんだんとわかっていくものだわ」

母さんは良いかもしれないけど、ぼくはごめんだね！　と悪態をつきたくなる。けれど、この場にはリュカもいる。ぼくはぐっと言葉を飲み込んだ。

「……はぁ。そう言うけど、この家はどうするの？」

「思い切って、売ってしまうのも良いんじゃないかしら。売ったお金を持参金として持っていければ、お母さんも安心して再婚できるわ。ベルナールさんの助けにもなるし、世のため人のためにもなって、良いじゃない！」

「そんな……。父さんが真面目に働いて買ったこの家を、売るなんて……。家族の思い出だってあるのに……！　ぼくは絶対に反対だからね！」

思いもよらなかった母さんの言葉に、さすがのぼくも声が大きくなってしまう。すると、声を聞きつけたリュカが、一人遊びをやめて心配そうに近寄ってきた。

「にぃにー。ぽんぽん、いたい、いたい？　だいどーぶ？」

「リュカ……。にいには大丈夫だよ。ありがとう……。大きな声を出してごめんね」

頭を撫でると、リュカはぼくに向かって「んっ」と両手を上げる。お望み通り抱っこすると、小さなお手々でぼくの頭を撫でてくれた。

「よちよち。いたい、たーい、あっちけー！」

その優しさに、涙が込み上げてくる。リュカをぎゅっと抱きしめて、母さんに向き合った。

「この話は、もうリュカの前ではしないで」

「……そうね」

さすがに母さんも「しまった」と思ったのだろう。この日はそこで、話が終わった。

それからも、リュカのいないところで何度か話し合う。けれど、ぼくと母さんはどこまでも平行線で、家の雰囲気は最悪だった。


そうこうしているうちに父さんの三周忌も無事に終わり、年明けにリュカの三歳の誕生月を迎えた頃。うちに、ダミアン商会の見習いがやってきた。

「旦那様が、このあと時間があれば来てほしいと言ってましたよ」

（もしかして、お願いしていた件のことかな）

その伝言を受け取ったぼくは、エミリーさんにリュカをお願いして、さっそく商会へと向かう。

実はあの昼食会の後、ぼくはベルナールの情報を集めてもらえないかと、ダミアンさんにお願いしていたのだ。きっと、そのことで何か収穫があったのだろう。

最近のダミアン商会は国内に五つある主要な都市にも支店を出して、手広く商売をしている。ぼくに支払われる契約金からもわかるくらい、儲《もう》かっているようだ。

そうなると、商売先は庶民だけではなく、貴族になることもあるだろう。情報だって勝手に集まってくるはず。そう見込んで、情報収集をお願いしたのだ。

（それに、ダミアンさんくらいしか頼める人がいないし……）

以前より、忙しさも相当増していると思う。そんな中でダミアンさんを頼るのは躊躇《ためら》われたけど、ぼくもなりふりなんて構っていられない。

お願いするにあたって、もちろんいくつか商売のネタを提供したので、これは立派な商談だ。商人にタダで何かをお願いすることほど、怖いものはない。

（お願いしたは良いけれど、鬼が出るのか蛇が出るのか）

久しぶりに訪れた商会で、ぼくは商談部屋に案内される。あまり待つことなく、ダミアンさんも部屋に入ってきた。

ダミアンさんは相変わらず、立派なビール腹だ。その柔和な笑みは前世の恵比寿様みたいで、なんとも福々しい。

「ダミアンさん、こんにちは。忙しいところ、ごめんなさい」

「ルイ、元気そうで安心したよ。こちらこそ、急に来てもらってすまないね。頼まれていた件で、いくつか話さねばと思って……まあ、まずは座っておくれ」

「はい」

促されて、ソファに座る。上等な革を使っているのだろう。ソファは手触りが柔らかく滑らかで、体を包み込むような安定感があった。

「では、さっそくだがね。まずはベルナール・ド・モンフォールについてだ。貴族家の三男で、結婚歴があるのは間違いないようだよ」

「そう、なんですね……。それは嘘じゃなかったんだ」

「ベルナールの前妻は、それなりに裕福な商家の出身でね。その親戚筋に聞いたから、間違いない。だが、本当に聖職者なのかまではわからなかった」

「えっ。わからなかったんですか？」

ぼくが驚くと、ダミアンさんは口髭を触りながら続きを話した。

「うむ。ベルナールが司祭を務める教会は、存在したのだが……。出入りが女性ばかりで、近所でも教会だとは思われていなかったのだよ。ただ、番頭や手代が言うには、そこで何やら怪しげな小物を売りつけているとか、財産の寄進《きしん》を勧められるとか。そんな話を客から世間話で聞いたそうなのだよ」

「じゃあ、母さんはやっぱりそこで……」

半ば予想していたことだけど、これでベルナールが黒幕なのは確定だろう。

「これ以上となると、新教会の本部に問い合わせるしかない。そうなると、探っていることが相手に知られてしまう恐れがあるからね。ひとまず、調べられることはこのくらいだろう。あまり力になれなくて、すまないね」

「とんでもない。十分です。本当に、ありがとうございます」

ぼくは頭《かぶり》を振る。危険を承知でここまでの情報を収集してくれたダミアンさんには、感謝しかない。

「あ。そうだ、一つだけ。モンフォール家について、ダミアンさんは何か知っていますか？」

「モンフォール家か……。確か、先々代までは貿易商人で、官職を買って貴族になったはずだよ。いわゆる、新興貴族というやつだ。貴族としては、決して家柄は良くない。しかも、先代がうまく立ち回れなかった結果、閑職に回されて、ずいぶんと懐具合が寂しいと数年前までは商人の間で噂されていたのだが……」

「何かあったんですか？」

ダミアンさんの思わせぶりな言葉に、ぼくはいやな予感がしてならなかった。

「面白いことに、最近は羽振りが良いそうだよ。ことあるごとに商人を屋敷に呼んでは、豪遊しているのだとか」

「豪遊……。領地からの収入があるとか、俸給《ほうきゅう》が良くなったという訳でもないんですよね？」

「そのようだね」

「それは、限りなく黒に近いんじゃ……」

「私もそう思うがね。確かな証拠はないし、相手は腐っても貴族だ。一介の商会や、ましてや庶民がどうこうできる相手ではないよ」

もし、ベルナールが集めた金が、実家であるモンフォール家に流れているとしたら。ずぶずぶの関係も良いところだろう。そうじゃなくても、あくどいことに手を染めていそうな匂いがぷんぷんする。

なんて厄介な存在に目をつけられてしまったんだろうかと、ぼくは頭を抱えた。しかも、今のダミアンさんの話で、ある疑惑が深まってしまった。

「実はぼく、少し前から疑っていたことがあるんです……」

「それは何かな？」

「――魅了もしくは洗脳といったスキルを、ベルナールが持ってるんじゃないか、って」

ダミアンさんがはっと息をのんだ。

「それは……わからん……。そんなスキル、少なくとも私は聞いたことはないが……」

「でも、そうじゃないと、母さんがあそこまで変わってしまった理由がつかないんです。それに、今のダミアンさんの話だと、教会には女性ばかりが出入りしてるって」

ぼくの脳裏には、父さんと母さんと三人家族だった時の記憶が蘇る。母さんはいつも優しく笑っていて、四季折々には手ずから服を仕立ててくれた。それに、ぼくをことあるごとに抱きしめるのが、好きだったんだ。

「母さんは、父さんが生きていた頃は、何よりも家族を大切にしてました。少なくとも、たった数年でぼくとリュカを放っておいても気にも止めなくなるような、そんな薄情な母親じゃなかった」

「……もし仮にスキルの影響があるとしたら、事は急を要するかもしれん。すでにルイたちは、ベルナールに目をつけられてしまっている」

ダミアンさんは、おもむろに懐から一通の手紙を取り出し、ぼくに差し出した。

「ルイ、君の祖父母からの手紙だ」


父さんが亡くなってから、ぼくは年に数回、祖父母と手紙のやりとりをしていた。

祖父母と付き合いがある商会と、ダミアン商会も取引があるらしく、たいていは二つの商会経由で手紙を送り届けてもらっている。

この世界に郵便システムなんてものは存在しないので、手紙を送ろうと思ったら旅商人や旅芸人に有料で届けてもらうことがふつうだ。でも、それだって途中で捨てられてしまったり紛失されたりして、相手に届かないこともよくある。

名のある商会経由は行商ついでなので時間はかかってしまうけれど、信用問題に関わる分、一番確実だ。とはいえ、少なくない料金がかかるはずなのだけど、代金は祖父母が前もってすべて支払ってくれていた。

(ソル王国から隣のアグリ国までなんて、一体どのくらいの値段になるのか……。恐ろしい)

だから、祖父母がどうやら裕福らしいということは、うっすらと気づいていた。

そういった事情があるにせよ、なぜいまここでダミアンさんが手紙を差し出したのか。その意図がわからなくて、ぼくは戸惑ってしまった。

「まあ、読んでみればわかる」

さあとダミアンさんに再び促されて、ぼくはやっと手紙を読み始めた。

『親愛なる孫たちへ
お元気ですか？　なかなかかわいい孫のあなたたちに会うことができず、寂しく思っています。

季節ごとに送られてくる手紙が、私たちの唯一の楽しみです。

最近、ようやく夏の手紙を受け取りました。

ルイが事細かく書いてくれるので、すくすくと成長しているリュカの様子が、目に浮かぶようでした。

この手紙が届く頃にはもう三歳かと思うと、幼子が成長するのは本当にあっという間で、感慨深い思いでいっぱいです。

（中略）

ところで、ルイ。あなたたちの母については、少しですが聞き及んでいます。

私たちは歳が歳なのでそちらに出向く事はできませんが、あなたたちのあまり良くない状況に、心配でいてもたってもいられません。そこで、一度そちらに人を遣《や》ることにしました。

長く我が家で働いてくれていて、信用がおけるドニという者です。

晩秋には出発して、雪で国境が閉ざされてしまう前には、そちらに到着できるはずです。あなたたちが安心してそちらで暮らせているのであれば、それに越したことはありません。けれど、もし何か困っていることがあれば、遠慮なくドニを頼ってください。

それと……もちろん、ルイとリュカが良ければですが。ドニとともに、もし二人が私たちの元に来てくれるのであれば、大いに歓迎します。

愛をこめて。心配性のあなたたちの祖父母　マルタン・ヴァレー、イネス・ヴァレーより』

「これは、どういう……？」

いつも通り、気遣いに溢《あふ》れた手紙に胸が詰まる。ラベンダーの香りを忍《しの》ばせた手紙は、どこか温かみがあった。

けれど、「あなたたちの母については、少しですが聞き及んでいます」とは一体どういうことだろうか。

祖父母に心配を掛けたくなくて、ぼくは母さんのことを手紙に書いたことはなかったはずだ。

「それは私だ。毎回、ルイ宛ての手紙と一緒に、私宛ての手紙も受け取っていてね。何かルイたちに困ったことがあれば、助けになってほしいとお願いされていたのだ。それもあって、ルイたちの近況は私からも伝えていたのだよ」

「そうだったんだ……」

「その手紙にある通り、そろそろドニ氏が到着してもおかしくない頃合いだ。……ルイ。ドニ氏が到着したら、リュカを連れてこの国を出てはどうだろうか」

「それは、ぼくたちに祖父母の元に行けと？」

「うむ。国を出てしまえば、下級貴族のモンフォール家が手出しをしてくることはないはずだ。それに、君たちの祖父母は代々続くワインの生産者でね。ヴァレーといえば、隠れた銘醸地《めいじょうち》として有名なのだよ。大地主として葡萄の栽培から、醸造、販売までを一手に行っている。その伝手も影響力も、モンフォール家以上だろう」

「えええっ！　そんなこと、父さんは一言も言ってなかった……」

「そうであろうな。マルクは跡を継ぐのがいやで、家を出たと聞いた。後ろめたさに明かさなかったのも、無理はない」

まったく知らなかった父さんの過去に、ぼくは目を丸くした。

（父さんってば、やっぱり良いとこのおぼっちゃんだったんじゃないか……！）

「マルクは一人息子だったからな。ヴァレー夫妻の元に行くのであれば、ルイかリュカのどちらかを跡継ぎに、となる可能性はある」

「跡継ぎ……。そんなこと、突然言われても……」

「うむ。戸惑うだろうが、悪い話ではない。跡継ぎともなれば、手厚く保護されるだろう。そうでなくても、ルイ、君はまだ十三歳だ。少なくとも、成人する十六歳まではきちんとした大人の庇護《ひご》を受けるべきだと、私は思うよ」

（……ダミアンさんの言う通りだ）

何より、リュカはまだ三歳だ。幼いリュカを安心して育てていくのに、環境はとても大切だと思う。経済的余裕も、社会的信用もあるらしい祖父母に頼れるのなら、頼った方が良いことはぼくでもわかった。

「でも、家や母さんをどうしたら……」

「家については、良ければ商会《うち》が管理しよう。向こうでの生活が落ち着いたら、また考えれば良い。決めきれないなら、ひとまず人に貸すのも手だよ。人が住まない家は、どうしても傷んでしまうからね。そうやって家を残しておいて、将来、この国に帰ってきたければまた住めば良い」

「確かに……。そうできると、良いかも」

家を売らなくても済むのなら、売りたくない。ぼくはまだ、気持ちの整理ができていなかった。

「ただ、サラには酷なようだが、一緒には連れて行けないだろう。どんな理由があれ、ヴァレー夫妻にとっては、かわいい孫たちの育児を放棄して、息子以外の男に走った嫁だ。受け入れる事は難しいと思うのだよ。かと言ってここに一人残すのも、ベルナールのことを考えると難しいが」

「そう、ですよね……。でも、母さんは母さんだから。不幸にだけは、なってほしくないんです」

「であれば、一つ提案なのだがね。隣国であるローメン国の聖リリー女子修道院に、サラを受け入れてもらってはどうだろうか。女子修道院は男子禁制。外部との交流も、厳しく制限されていると聞く。ベルナールもおいそれとは手が出せないはずだ。サラも落ち着いて暮らせると思うのだよ」

八方塞がりな状況で、ダミアンさんのその提案はまさに救いだった。

「そこは、簡単に受け入れてもらえるんですか？」

「いや。それなりの寄付金が必要で、ふつうは無理だがね。今回に限っては、交渉の余地があるのだよ」

「交渉の余地？」

（なんだろう。ぼくに関係することなのかな？）

「実は、その聖リリー女子修道院の院長から、商談の話が来ていてね。先方は孤児院で使いたいと、粉ミルクやおむつなどを所望しているのだよ。安価に融通《ゆうずう》すると言えば、可能性はある」

「なるほど……。でも、女子修道院に入ったら、母さんとは二度と会えないんですか？　リュカはまだ三歳なのに、一生母さんと会えないのかと思うと……」

「そんなことはない。女子修道院に入ったからと言って、何もすぐに修道女《シスター》になるわけではないそうだよ。生涯信仰に生きると誓わない限りは、世俗に戻ることができると聞いている。表立っては言えないが、一種の女性のための慈善事業だ。だから、ルイがもう少し大人になって問題がなければ、サラを近くに呼び寄せることもできるかもしれん」

「そうなんだ……！　それなら……。ダミアンさん、その話、交渉をお願いします……！」

いくら前世の記憶があっても、まだ子どものぼくではどうしようもないことだった。

母さんを連れて行くか、ここに残していくか。そんな二択とは別の可能性を示して、手を差し伸べてくれる人がいる。感謝しかなくて、ぼくはダミアンさんに深く頭を下げた。

「本当にありがとうございます！　この恩は、いつか絶対に返します！」

「ははは。そうだな。では、ぜひルイには跡を継いでもらって、ヴァレーのワインを融通《ゆうずう》してもらおうか。あまりの美味しさに、ほとんどが国内で消費されてしまって、国外にはなかなか出回らないのだよ。幻のワインを取り扱えるともなれば、商会の名が上がる」

ダミアンさんが冗談めかして笑う。その気持ちがうれしかった。

これで、家も母さんのことも、目処《めど》はついた。あとは、ぼくの心一つだ。

脳裏に浮かぶのは、リュカの屈託のない笑顔。

（……リュカを守れるのは、ぼくしかいないんだ）

こうして、ぼくはリュカを連れて、「この国を出る」と決めた。


腹を決めたぼくはさっそく準備に取り掛かる。といっても、秘密裏にだ。

（母さんに怪しまれて、もしベルナールにバレたら……。妨害されるかもしれない）

そうでなくても、子どものぼくが大量の買い物をすれば、不審に思う人が出てくるだろう。

念には念を入れて、ダミアン商会で取り扱っていない品の買い物は、商人ギルドに依頼を出すことにした。一見、ぼくからの依頼だとはわからないように、ダミアン商会に間に入ってもらっている。

ドニ氏が到着しないことには、話は進まない。けれど、到着してから準備を始めたのでは、遅くなってしまう。

もうすでに季節は冬なのだ。この国はあまり雪は降らないけれど、物流はどうしてもゆるやかになってしまう。あれがほしい、これがほしいと思っても、のほほんとしていたら春まで手に入らない可能性があった。

だから、多少の損や無駄は承知のうえで、ものが買える今のうちに準備を進めておく。

この旅にはまだ三歳のリュカを連れて行くのだ。リュカのために、安全・健康・快適、この三つは絶対に譲れなかった。

「とはいえ、この世界、子連れ旅の難易度が高すぎる……！」

ぼくの口から、ため息ともつかぬ愚痴が漏れてしまう。

目的地であるアグリ国までは、大きな街道が整備されている。この国から、急げば馬車で三週間程の距離らしい。

けれど、ぼくたちの場合、その倍はかかるつもりで準備した方が良いとダミアンさんに言われた。幼児《リュカ》の体力を考えると小まめに休憩を挟み、雨雪の日は無理せずに休むのが良いだろう、と。

（確かに急ぐ旅じゃないし、ゆっくり兄弟二人旅を楽しみながら、おじいちゃんたちのところに向かえばいいか）

そうして、人海戦術を駆使して、必要な品物を何とか揃えることができた。

かなりの費用がかかってしまったけれど、必要経費だ。ヴァレーでの暮らしが落ち着いたら、また稼げば良い。

品物は商会の一室に集められたので、収納《ストレージ》にしまっていく。

収納《ストレージ》には時間の概念がない。だから、食料品も腐ることを気にせず収納できた。

それに、ぼくは魔力が多く、比例して収納できる容量も大きい。でなければ、この量の品物を収納することはできなかった。

収納ついでに、木板に購入品や相談事項をリスト化していく。メモ書き程度だけど、これがあるだけでも、ドニ氏との情報共有が円滑にできるはずだ。

▼収納《ストレージ》に保管

・医療品

・下級ヒールポーション×十本

・傷軟膏×五つ

・虫よけ薬×五本

・虫刺され薬×五本

・酔い止め薬×十本

・ヒール草×十束

・保湿薬×五つ

・包帯×二つ

・食料

・塩×二袋

・大豆×一袋

・パン×十食分

・チーズ（ハーフカット）
・木の実×一袋
・常備野菜×三食分
・ハム・ベーコン・ソーセージ×各三食分
・トマトソース×二瓶
・ピクルス×二瓶
・レバーペースト×二瓶
・ドライフルーツ×一袋
・水
・小樽×二つ
・水筒×三本
・調理道具
・ナイフ×二本
・鍋×二つ
・フライパン×一つ
・銀食器《シルバー》セット 二人分
・リュカ専用
・粉ミルク×二週間分

・哺乳器
・布おむつ×十枚
・おむつ用スライムシート×五十枚
・おまる
・おもちゃ
・抱っこ紐
・幼児用ハーネス

・布類
・古布×一箱分
・クッション×五つ
・マットレス×一つ
・毛布×四枚
・毛皮×二枚
・衣服×上下十セット×二人分

・雨具
・長靴×二つ×二人分
・かっぱ×二着
・傘×二本

・綿入りの温かい防寒具×二つ
・
・
・

▼要相談
・旅装。特にリュカ。
・移動手段。馬車や護衛の手配はどうするか。
・移動中の暖房・防寒手段。加湿はどうするか。
・野営道具。種類や購入の必要はあるか。
・母さんの説得方法。工房への根回し。

抜け漏れはあるかもしれない。けれど、旅の合間に立ち寄る町や村でも、補給はできるはず。だから、あまり気にしすぎないことにした。

（あとは、リュカが小腹空いた時用に、すぐに食べられる料理のストックを作って、と……）

まだまだ一息つくのは早い。準備することはほかにもたくさんあった。

次は、家の管理委託契約だ。

こちらはダミアン商会が契約書を用意してくれたので、内容を精査するくらいで問題はない。取り交わしは、ドニ氏の到着を待って行うことになっている。

さらに、ずっとナニーとして住み込みで働いてくれた、エミリーさんとの雇用契約について。

迷ったけれど、ベルナールのことは伏せ、国を出て祖父母の元に行くとだけ、エミリーさんに明かすことにした。

ぼくたちが国を出るのなら、必然的にエミリーさんの雇用は終了になる。

エミリーさんがいてくれたからこそ、ここまでリュカを育てることができた。

なのに事情を何一つ話さず、さよならも言わず、この国を去るような不義理はやっぱりできないと、そう思ったのだ。

リュカがお昼寝している隙に、子ども部屋でエミリーさんと話をする。

「――というわけで、ぼくとリュカは、近いうちにアグリ国の祖父母の元に行くことにしたんだ」

「そうですか……。まだ小さくて手のかかるリュカちゃんのためにも、その方が良いのでしょうね。それに、子育ては何かと物入りです。すべての責任を、まだ十三歳のルイさんが負わなくても良いと、わたくしも思います」

「エミリーさん。本当に、今までありがとう。リュカはエミリーさんに懐いているから、出発の時は泣いて暴れそうだよ……」

「生まれた時から、ずっと傍にいて面倒を見てますもの。寂しくなりますね……。あの、出国日はそのドニ氏がいらっしゃるまで、わからないのですよね？」

「うん」

ぼくがそう返すと、エミリーさんはにこやかに笑って言った。

「では、それまでは私もナニーとして務めさせていただきます」

「エミリーさん、いいの？　ぼくはすごく助かるけれど……」

雇用が終了するとなると、エミリーさんは次の仕事や住まいを探す必要があるはずだ。最後の最後まで、甘えてしまっても良いのだろうか？

「ええ、もちろん」

「……！　ありがとう！　ぼくたちの都合だから、給金とは別に違約金代わりの手当もだすよ。そのくらいでしか、返せなくて悪いけれど……」

「まあ！　むしろそこまで考えていただける方が、めずらしいです。ありがとうございます」

「それと、このことは母さんにはまだ内緒にしててね。お願い。ドニ氏が来てから、説得をする予定なんだ」

「ええ。わかりました」

これでやっと粗方の目処は立ったけれど……。

（これが最後にして、最大の問題かもしれない。……リュカにどう話そう）

この国を出て、兄弟二人で祖父母の元に行くこと。エミリーさんや母さんとは、お別れだということ。

幼児に言ってもわからないだろうから話さない、はおかしい。でも、幼児だからきっとすべてはわからない。

ぼくはいまだに、どう話すべきか決めかねていた。

今朝は朝食が終わると、そそくさと母さんは外出していった。エミリーさんも、今日は週に一度のお休みの日なので不在だ。

この機会を逃すと、次はいつ母さんが外出するかわからない。なので、ここぞとばかりに旅の間に食べる料理を作り置きしようと思う。

幸い、いつも通りなら母さんは一度外出すると夕方まで帰ってこないので、余裕はあるはずだ。

手洗いと洗浄《クリーン》を済ませ、作り置き用に分けていた材料を、収納《ストレージ》から取り出す。

そうして、ぼくがキッチンで下ごしらえを始めると、窓際で遊んでいたリュカがよちよちと近寄ってきた。

「にぃにー、ごあん、ちゅくってる？」

「そうだよー」

「りゅーも！　おてちゅだい、しゅる！」

食欲旺盛で食べることが好きなリュカは、最近お手伝いにも興味津々《きょうみしんしん》だ。

きらきらした青いお目々で「りゅーも、やりゅ！」と言われると、かわいいのだけれど困ってしまう。

（ぼく一人で作った方が、早いんだけどな～。まぁ、仕方ないか）

大人しく遊んでいてくれた方が、ぼくとしてはありがたい。けれど、断ると泣いてしまうので、リュカにも簡単なお手伝いをしてもらうことにした。

「それじゃー、リュカくん。にいにのお手伝い、してくれるかな～?」

「あーい!」

リュカがふんすと張り切って、右手を上げる。かわいい。

さっそく、リュカに生成りのエプロンを着せる。このエプロンは、胸にフェルト生地の黒猫ワッペンが縫いつけられている。リュカのお気に入りなのだ。

リュカの手洗いと洗浄《クリーン》を済ませ、まずは豆や野菜を洗ってもらう。

本人は椅子にちんまりと立って「んしょ、んしょ」と一生懸命洗っているつもりだけど、いかんせん水遊びしているようにしか見えない。

その様子を尻目に、ぼくも大鍋三つに水生成《ウォーター》と発熱《ヒート》で熱々のお湯をはった。その一つにリュカが洗ってくれた豆を入れて放置する。水戻しはさすがに時間がかかるので、湯戻しで時短して、豆の水煮を作るのだ。

残りの鍋にはそれぞれ芋と卵を入れて、火にかける。

豆・芋・卵はあればあるだけ助かる食材だし、今回は色々なメニューに化ける予定だ。

そこまでやってから、すっかり水浸しのリュカのエプロンに乾燥《ドライ》を掛け、次のお手伝いをお願いする。

「さて、次は玉ねぎの皮むきできるかな～?」

「できりゅ!」

幼児という生き物は飽きやすいものだけど、リュカはまだまだやる気があった。

「じゃあ、お願いね。でも疲れたら、にいににちゃーんと言うんだよ？　わかった？」

「あいっ！」

まずは一度、お手本を兼ねて一緒にむいてみる。

リュカのちっちゃな指先では、玉ねぎのてっぺんをつまむのは難しいようだ。なので、ぼくが少しだけむいて取っ掛かりを作ってあげると、あとは上手にむけていた。

リュカは黙々と集中していて、つんとかわいいアヒル口になっている。意外と、こういう作業は合っているのかもしれない。

リュカのお手伝いを見守りながら、ぼくも野菜を切ったり、粉類などをざっくり計量しておく。

しばらくすると、「ぐうぅぅぅ」と大きくお腹の鳴る音がした。ぼくではなく、隣のリュカからだ。

少しお昼には早い時間だけど、お手伝いをいっぱいがんばったためか、お腹を空かせてしまったのだろう。

「りゅー、おにゃか、ぐーぐー！」

「お腹すいたんだね」

「おにゃか、しゅいた〜」

とりあえず、へにょんと情けない顔のリュカに果物をあげる。その間に、ぼくは昼食作りだ。

まず、丸々大きくて、ずっしりとした冬キャベツを粗く千切りにする。

それに、チーズ・小麦粉・水・塩を入れて混ぜ、フライパンで蒸し焼きに。中までしっかり火が通ったらトマトソースをかけ、贅沢に目玉焼きまでのせる。なんちゃって洋風お好み焼きの完成だ。

これに、下ごしらえ済みの食材を組み合わせた、茹で鶏の温野菜サラダと豆のスープを添えれば、急いで作った割にはちゃんとした昼食になる。

「リュカ、お待たせ〜。よく噛んで食べるんだよ」

「あい！　いたっきまーちゅ！」

ほっぺを丸くして、もりもりと食べるリュカを見るのは楽しい。本当に、良い食べっぷりだ。

ぼくとしてはやっぱりお好み焼きにはソースが良いとか、出汁や山芋がほしいとか、ないものねだりをしてしまう。

なので、正直、味に全然集中できないのだけれど、「美味しい！」と食べてもらえるのはやっぱり嬉しかった。

「リュカ、美味しい？」

「おいちい！　りゅー、にぃにのごあん、しゅきっ！」

「ははは。それは良かった」

（お手伝いをがんばって疲れているだろうから、食べ終わったらお昼寝しちゃいそうだな）

リュカは結局、お好み焼きをもう一枚おかわりして、ごちそうさまをした。このちっちゃな体の、どこに入っているのだろうか。それほどよく食べた。

「リュカ、お腹いっぱいでしょ。お昼寝しよっか」

「やー！　おてちゅだい、しゅるっ！　ねにゃい！」

リュカは嫌々とぐずったけれど、もうまぶたは閉じてしまいそうだ。首もかくんかくんしている。

「お昼寝して、起きたらまたお手伝いしてね」

そう言いくるめ……もとい約束して、体温の高いリュカをゆらゆらと揺らす。リュカは何かむにゃむにゃ言った後、すんなり眠ってしまった。

今日はぼくしかいないので、リビングに毛布を敷いて、起こさないようにそっと寝かせる。リュカが赤ちゃんの頃、背中スイッチ対策で身につけた技がきらりと光った。

寝かしつけに成功してしまえば、もうぼくの勝ちだ。

リュカには悪いけれど、起きる前にすべて終わらせてしまおう。よし、と気合を入れると、ぼくは怒涛《どとう》の勢いで、残った作業を片付けていった。

下ごしらえはほぼ終わっているので、あとは煮たり焼いたりするくらいだ。

二〜三時間かけて、なんとかぼくはリュカの目が覚める前に、料理を作り終わる。

サンドイッチ・芋のガレット・豆と芋のクロケット・お好み焼き・蒸しパン・鶏肉と豆のトマト煮込み・野菜のスープ・シチュー・ニョッキ・マッシュポテト・マッシュ豆・ゆで卵・茹で鶏・温野菜など……。

我ながら短時間でよくここまでの品数を作ったものだと、謎の達成感があった。

（リュカの食いつきが良くて、かつ飽きが来ないものを数多くって張り切ったら、むしろ作り過ぎちゃったかもしれない……）

備えあれば憂《うれ》いなし。ぼくとリュカだけではなく、ドニ氏が食べることもあるかもしれない。そうぼくは自分を納得させ、リュカをお昼寝から起こしにかかった。

また会う日まで

リュカの三歳の誕生月も終わる頃。以前にもうちに来たことがあるダミアン商会の見習いが、また「旦那様がお呼びですよ」という伝言を残して帰っていた。

時期的に、ドニ氏が来たのかもしれない。いよいよかと思うと、なんだか胸が変な感じがした。

ぼくはリュカをエミリーさんに任せ、商会を訪ねる。すると、ダミアンさんと見知らぬ大男が、すでに話し込んでいた。大男は革製の胸当てなどの装備を身につけ、まるで冒険者のような格好だ。

「おお、ルイ。よく来た。さあ、お待ちかねのドニ氏がいらしたぞ。……この子が、ヴァレー夫妻の孫のルイですよ」

「この坊ちゃんが……。俺はヴァレー家自警団長のドニと申しやす。やっと会えましたな！」

ドニ氏は日に焼けた顔でニカッと笑い、丸太のような腕でぼくの背中をばんばんと叩いた。ふつうに痛い。それに何というか、だいぶざっくばらんで豪快な人のようだ。

「げほっ。ル、ルイです……。ドニ、さん？」

「俺は使用人ですんで、ドニで結構ですぜ。敬語もよしてくだせぇ」

「？　はぁ……。わかった、よ」

さっそく席について、ドニが持参した祖父母からの書状と、商人ギルド発行のギルドカードをぼくも確認させてもらう。

さらに、全くの別人が遣いを偽るという可能性も考えてこっそりドニを鑑定した結果、間違いなく本人だった。ベルナールのことで、ぼくは少し疑心暗鬼になり過ぎているようだ。

「ダミアンさんに先に話を聞きやしたが、坊ちゃん方はアグリ国はヴァレーに行くおつもりで？」

「うん。ぼくと三歳になる弟のリュカの二人だね。子連れだし、冬場だから無理は承知なんだけど、なるべく早く出発できないかな？」

「うーむ。そうですなあ。俺らも着いたばかりなんで、根回しと準備の時間はくだせぇ。それに、国境沿いは雪が降り始めてやしたから、今頃はもう通行できませんぜ？　早く出発しても、国境手前の町で春を待つことになりやすが、それでも良いんですかい？」

「うん。ドニがよければ、それでお願い」

「へえ。承知しやした」

「あ、そうだ。一応、必要だと思うものは、ぼくも準備しておいたんだ」

購入品リストなどをまとめた木板を、ドニに渡す。その木板に目を通したドニは、なぜか目を瞬かせたあと、ぼくを見て頷いた。

「坊ちゃんは、用意周到というよりも心配性の母ちゃ……いいえ。何でもありやせん。それにしても、良くまとまってますな。これなら、想定よりも早く出発できそうですぜ」

前半はボソボソっと小声で言われたので、聞き取れなかった。けど、リストは役に立ったようだ。

「多少の漏れは、俺らで準備すれば良いですし。移動は旦那様方が心配して、ヴァレー家でも一等頑丈で、揺れの少ない馬車で来ておりやす。護衛も、ほかに自警団のものが二人来てますんで、安心してくだせぇ」

「自前の馬車は助かる……！　でも、護衛が三人って少なくない？」

「いえいえ、十分でさあ。季節柄、野盗や獣《けもの》の類《たぐい》は滅多に出やせんし、街道は国の兵士たちが定期的に見回っていやす。それに、俺たちもちったあ腕に覚えがあるんですぜ？」

ドニは冗談めかしてそう言うと、ぐっと盛り上がった自分の上腕二頭筋をぱんぱんと叩いてみせた。

「はは……。それなら安心、かな。で、ほかの二人は？」

「いまは宿の手配や、関係各所への挨拶回りなんかで出払ってますんで、後ほど紹介しやす」

「お願い。あとは、旅装ってどうしたら良い？　馬車の中で暖はどうとるの？」

「へい。旅装は、綿入りや毛皮を重ねて、暖かくしてくだせぇ。何より大事なのは、靴ですな。雨雪が染み込まない・底が硬い・脱ぎ履きがしやすいものが良いですぜ。暖については、馬車には火の魔石を使った小さな炬燵《こたつ》やあんかがあるんで、だいぶ暖かいと思いやす」

「火の魔石って、火山とか地熱地帯でたまに採れるっていう……？　そんな貴重なものまで持たせてくれるなんて……」

想像以上に至れり尽くせりで、ありがたいやら申し訳ないやらで僕はしばし絶句してしまう。

（……どうなるものかと思ってたけど、防寒具はありもので大丈夫そうだし、寒さもおじいちゃんたちのお陰で何とかなりそうだ。乾燥が心配だけど、濡れタオルを干すとか水生成《ウォーター》でミストを出して加湿すればいっか）

「そうだ。野営道具はどうすればいい？」

「それは一応、準備がありやす。ただ、ソル王国からアグリ国までは、街道沿いに点々と村や集落があるんで、そうそう野営をすることはないですぜ。小さな子どもにも、良くありやせんし」

「万が一の備えがあるなら良いんだ。ぼくとしても、リュカのために絶対にちゃんとした宿に泊まりたいし」

「へえ」

ひとまず、ぼくが心配していたことは、だいたい潰せたはずだ。

「……あとは、母さんをどう説得するか、か」

「ああ、そうだ。ルイ。修道院の件だが、受け入れてもらえるそうだよ。その代わり、だいぶ契約を譲歩することになってしまったがね」

「！　良かった……！　譲歩は全然良いんです。ダミアンさん、ありがとうございます！」

「うむ。では私は、引き続き修道院と、サラの勧める工房に根回しを進めるとしよう」

ダミアンさんは忙しいだろうに、なんてことないかのように引き受けてくれた。ぼくはもう、ダミアンさんに足を向けて寝られない。

「となると、問題はいつ切りだすか、ですぜ」

「うん。でも、話をしたところで、きっと母さんは素直に頷いてくれないと思うんだよね……」

母さんにしてみたら、いきなり家族も仕事も家も、恋人さえも奪われるのだ。それに、修道院に入れば、戒律の厳しい生活が待っている。簡単に納得してくれるとは思えなかった。

「俺としちゃあ、話すだけ話して、あとはどうあれ修道院まで護送していくのが良いと思うんですがね。見張りを兼ねて、女性の護衛や下女も用意しやすから、そうそう逃げだすこともできませんで」

「……結局、それしかないのかなあ」

「むしろ問題のある家人を修道院に入れるのに、貴族でもこんなに手厚くはしませんぜ。ふつうは問答無用の力尽くでさあ」

「母さんに手荒なことはやめてね。穏便にね」

「へえ。それはもちろん」

そうして、ダミアンさんとドニと段取りを詰めていく。母さんが姿を消せば、ベルナールには自ずとバレてしまうだろう。そうなる前に、ぼくたちも間髪をいれずに出発することが決まった。

そうして、しばし待つこと数日。ドニから、母さんの修道院行きに伴う護衛たちが決まったと連絡があった。

ドニたちの泊まる宿で、作戦会議を行う。

「女性の護衛は珍しいって聞いてたから、こんなに早く決まるなんて思ってなかったよ」

「へい。そこはまあ、昔のツテを頼ったり、いくばくか金子《きんす》を積んだりしやした」

「わあ、やっぱりそうなんだ……。ぼく、払い切れるかな……」

ここ数ヶ月で、かなり散財している。最近、商人ギルドで確認する時間がなかったけれど、残高はがっつり目減りしていることだろう。

わずか十三歳でお金の心配をしている自分に、ぼくは思わず遠い目になった。

「旦那様から、孫のためなら金は惜しむなと言付《ことづ》かってますんで、坊ちゃんは心配されんでも大丈夫ですぜ」

「えぇえ！　ありがたいけど、大丈夫かな……」

「それだけ、孫がかわいくて仕方ないんでさあ。賭けても良いですが、ヴァレーに着いたらお祭り騒ぎの大歓迎ですぜ」

「はは。そうだと良いけど。それなら、がんばって祖父母孝行するよ」

「そうしてくだせぇ」

ここ数日で、ドニとはだいぶ打ち解けてきた気がする。

ドニは豪放磊落《ごうほうらいらく》な性格でいかにも体育会系という見た目なのに、意外とまめな気遣いもできるので、親しみやすかった。

「母さんには、明日の朝話そう。それで、どうなるにせよ、そのまま修道院に向けて出発する。午前中に王都を発てれば、道中も楽だよね?」

「へい。野宿は避けられると思いやす」

「それで、明後日の朝にはぼくたちも出発か……」

家族の思い出は、もちろんある。ぼくが子どもの頃、美人で優しい母さんは子ども心に自慢だった。でも、ここ数年の母さんは……。

だから、寂しいというよりも「やっと離れられる」という安堵の気持ちの方が近いのだ。

それに、薄情かもしれないけれど、この王都から出たことがないぼくは、初めての旅にだんだんとわくわくし始めていた。

(観光気分って訳には行かないだろうけど、ちょっとくらいは良いよね?)

ドニたちに、無理なわがままを言うつもりはない。けれど、せっかくの機会なのだから、見聞を広めながら向かいたいと思っていた。要は、物は言いようなのだ。

「明日は俺も同席しやす。旦那様方のことは、俺から話した方が信憑性《しんぴょうせい》がありやしょう」

「うん。そうだね。一緒にいてくれると、ぼくも助かるよ。ありがとう」

(いよいよだ……)

どう転んでも、母さんとの別れがすぐ近くに迫っている。そう思うと、その夜、ぼくは緊張でなかなか寝つけなかった。

寝不足で迎えた翌朝。珍しく、冬晴れの澄んだ朝だった。

朝食を食べ終わった頃合いに、ドニが母さんの護衛たちを引き連れて我が家を訪れる。

人様の家を訪問するには非常識な時間にもかかわらず、ドニたちを歓迎して招き入れるぼくに、母さんは驚くやら訝《いぶか》しむやらで忙しそうだった。

「ルイ、こんな時間に一体なんなの？　この人たちは誰？」

「……母さん。大事な話があるんだ」

きっと、これがお別れになる。エミリーさんからリュカを受け取って、そのまま自室に下がってもらった。

リュカはきょとんとした顔で、ぼくの膝に大人しく座っている。

まだ幼いリュカは、きっと今日のことは忘れてしまうだろう。それでも。ぼくのエゴかもしれないけれど、最後くらいは母さんと一緒に過ごさせてあげたかった。

「……母さん。この人はドニ。父さんの実家からの遣いだよ」

「ドニと申しやす。マルク様のご実家である、ヴァレー家で自警団長を務めておりやす」

「ヴァレー家……？　あの人の実家……？　そんなこと、初めて聞いたわ……」

「ぼく、父さんからおじいちゃんたちのこと、聞いてたんだ。それで、時どき手紙のやりとりをしてた」

そう言えば、手紙のことは母さんには言っていなかった。隠していたわけではないけれど、母さんはそうは思わなかったみたいだ。顔が少し怖くなっている。

「……ルイ。あなた、お母さんに隠れて、こそこそとそんなことをしてたのね……」

「別に、隠そうと思って隠してたわけじゃないよ。でも、母さんは自分のことばっかりで、そんな余裕なんてなかったよね？　そのうち、仕事を始めたり、家にいないことが多くなったりして……。いつ話せば良かったたって言うの？」

「それは……」

いけない。ちょっと頭に血が上ってしまった。言い争いがしたいわけじゃないんだ。ぼくは何回か深呼吸をして、呼吸を整える。

「……そんな状況を、おじいちゃんたちはすごく心配してくれて、良かったら自分たちのところに来ないかって言ってくれたんだ。だから母さん……。ぼくとリュカは、おじいちゃんたちのところに行くよ」

「そんな……！　なんで……」

母さんは突然の話に、ふるふると身を震わせている。

リュカはそんな母さんが怖いのか、きょときょとと落ち着かない様子だ。リュカのお腹に回したぼくの腕を、小さなお手々でぎゅっと握ってきた。

「ねえ！　ルイ！　そんな、見ず知らずの人のところに行かなくても、この国でずっとお母さんと一緒にいればいいじゃない！　ベルナールさんも、四人で家族になろうって、せっかく言ってくれてるのに……！　ルイはお母さんの幸せを願ってくれないの……⁉　ひどい、ひどいわ……！」

「だから、それは……」

何をどう言っても母さんには言葉が届かないような気がして、ぼくは口ごもる。

「……はあ。大人しく聞いてやしたが、伝え聞く以上にひどい状態ですなあ。こりゃあ坊ちゃんが逃げたくなるのも、無理ないですぜ」

「うるさいわねっ！　あんたは黙っててよ!!」

母さんは尋常じゃなく、ヒステリックに喚《わめ》く。……本当に、こんな人だっただろうか？

「いんや、言わせてもらいやすがね。坊ちゃん方は、ヴァレー家に来れば、そりゃあ下にも置かないほど大事にされますぜ。衣食住や金の心配をすることなく、教育も十分に受けられやす。ここにいるより、よっぽど良いと思いますぜ」

ドニはそう言って、肩をすくめる。ぼくたちを庇うように、母さんとの間に立ってくれているその背中は、頼り甲斐があった。

「それに、そのベルナールってやつは、ちょっと調べただけでも、きな臭えうわさばかりでいけねえ。あんた、十中八九、騙《だま》されてますぜ」

「ベルナールさんは素晴らしい人よ！　あんたたちが間違ってるのよっ！」

「……はあ。男ってえのはですね、真剣に結婚したいっていう女には、ちょっとした花や装飾品《アクセサリー》を贈って気を引いたり、あれこれがんばるもんです。まかり間違っても、金をせしめようなんてこと、しないもんですぜ」

「そんなこと……」

ドニの言葉に、母さんも心当たりがあったらしい。動揺したように肩を落とした。

（そう言えば、あやしい置物とかが部屋にあるのを見たけど、母さんが恋人らしいプレゼントを受け取ってるそぶりなんて、全然なかった）

「……それなら……お母さんも一緒に行くわ……。そうよ、家族ですもの。それがいいわ」

「はあ。それは無理な話ですぜ」

「っ……！　なんで！　あんたにそんなこと、言われなきゃいけないのよ！　私は母親よっ！」

母さんが激昂《げっこう》して、大きな声をあげてぼくたちに詰め寄ってきた。

ドニが母さんを近づけないように、手で制止してくれている。それを尻目に、ぼくはとっさにリュカの耳を塞いだ。

「ふぇっ、にぃに〜〜〜、ごあいぃ。びえ〜〜〜ん」

一歩遅く、リュカは泣き出してしまった。その両脇を持ち上げ、くるっと向かい合わせに変えてから抱きしめる。良かれと思ってリュカを同席させたけど、やっぱり間違いだったのかもしれない。ぼくの胸に顔を押しつけて、震えているリュカの背中をとんとんする。ぼくは後悔でいっぱいだった。

「リュカ、ごめん。ごめんね。にいにがいるからね。大丈夫、怖くないよ」

「ぐすん、ぐすん」

「……はあ。それが母親のすることですかい？　常識的に考えて、かわいい孫たちをほったらかして男に走った息子の嫁を、誰が歓迎するとでも？　いくら人の良い旦那様方でも、我慢の限界ってのがあるんですぜ」

「……！」

ドニの低い声に怯《ひる》んだのか、母さんの声が詰まる。普段のおおらかなドニとは違った様子に、ぼくも内心びびってしまった。

(ひえぇえ。さすが、自警団長……！)

「ルイ坊ちゃんはお優しいんで、そんなあんたでも母親だと言ってるんでさあ。ここに残して行っても、ベルナールの餌食《えじき》になるだけだから、と。あんたを受け入れてくれるように、修道院に話をつけて……。大した息子じゃねえか」

「修道院……？」

「あんたには、お隣のローメン国にある聖リリー女子修道院に入ってもらいやす。いまのあんたはまともじゃねえ。男《ベルナール》とも坊ちゃん方とも離れて、神さんの元で己を省《かえり》みた方が良い。しばらく静かに暮らせば、落ち着いて周りを見られるようになるでしょうよ」

「なんで……。そんな、今さら……」

母さんは呆然として、ついにはしくしくと泣き始めた。きっと色々な感情が振り切れて、許容量を超えてしまったのだろう。

見計らったように護衛たちが部屋に入ってきて、母さんを外へと促す。もう抵抗する気力もないようで、母さんは大人しくされるがままだった。

ぼくもリュカを抱っこしたまま、その後ろをついていく。家を出ると、通り沿いに二頭立ての馬車が停まっていた。すでに準備は万端なようだ。

(母さん、こんなに小さかったかな……。これでお別れなのに、なんて言葉をかけたら良いのか、わかんないや……)

ぼくは母さんの姿を目に焼きつける。浅く息を吸って、声を絞り出した。

「母さん……。その、元気でね。もし、生活が落ち着いて気持ちの整理がついたら、手紙をちょうだい。ぼく、待ってるから……」

「……」

「さあ、リュカ。リュカも、母さんにバイバイしよう?」

「……やあ〜〜」

リュカは泣き止んだけれど、まだひっつき虫になっている。ご機嫌ななめちゃんだ。

仕方なく、ぼくが立ち位置を変えて、リュカの顔を母さんの方に向ける。そして優しく、小さなお手々を振って見せた。

「ほら、リュカ。バイバイ〜」

「……ばい、ばい」

「〜〜〜」

母さんはリュカの手を取ると、額にあてて、しばらくうつむいたまま啜《すす》り泣く。

そして、そっと護衛に促され、馬車に乗り込むと……静かに去っていった。

ぼくはリュカを抱っこしたまま、馬車が見えなくなるまで、ずっとその後ろ姿を見送る。風が痛いほど冷たくて、抱えたリュカの温かい体温がひどく沁《し》みるようだった。

(さよなら。母さん……)

まだ耳に残っている、母さんの優しい子守唄。「宝物よ」と言ってくれた青い瞳の輝きに、温かく柔らかい腕。恥ずかしかったけれど、抱きしめられると安心できた。……ここ数年は、そんなこともなかったけれど。でも、ぼくは覚えている。

（どうか、これからは心穏やかに）

ぼくが願うのは、ただそれだけだった。


母さんとの別れの翌日。ついに、ぼくたちの出立日がやってきた。

ひっそりと旅立つつもりだったけれど、朝早くにもかかわらず、ポリーヌさんやダミアンさん、エミリーさんが見送りに来てくれていた。

「はあ～～～、寂しくなるねえ。ねえ、あんた」

「ああ。そうだね……。でも、これが一生の別れという訳ではないだろう。契約のこともある。それに、ルイたちの生活が落ち着いた頃に、私も行商ついでに一度はヴァレーに行こうと思っているんだ。……良いかな？」

「ダミアンさん……ありがとうございます。ぜひ、来てください！　楽しみにしてます。本当に、今までお世話になりました！」

「では、また会う日まで。……ああ。契約金の支払いは、アグリ国の商人ギルドでも確認できるから、時どきは確かめるように」

「はい」

ポリーヌさんとハグをしたあと、ダミアンさんと握手を交わす。この人たちがいなかったら、ぼくたち家族は一体どうなっていたかわからない。

どれだけ感謝しても足りないくらいだ。アグリ国に行ったとしても、できる形で少しずつ恩を返して行きたい。

「ルイさん、リュカちゃん。アグリ国に行っても、どうかお元気で」

「エミリーさん、今まで本当にありがとう。リュカがこんなに素直で元気に育ったのは、エミリーさんのおかげだよ」

「いいえ。そんなことはありませんわ。ルイさんが、しっかりされていたからこそです」

「えみー、だっこー」

別れの挨拶をしていると、ぼくの足元にいたリュカが、いつものようにエミリーさんに抱っこをねだる。

リュカにとっては、生まれてからずっと当たり前にそばにいた人だ。上品で落ち着いたエミリーさんに、本当によく懐いていた。

（あれ、もしかして……。リュカ、エミリーさんを母親だと思ってるとか、ないよね……？）

ふと、ぼくはまさかの可能性に気づいてしまった。

（いやいやいや。そんなことは……ある……かも？）

いやな予感を感じつつも、名残惜しげに最後の抱っこをしたエミリーさんから、リュカを受け取る。エミリーさんの目尻には、涙がきらりと光って見えた。

「さあ、リュカ。エミリーさんにバイバイするよ」

「？　ばいばい？　えみー、いっちょ」

「エミリーさんとは、ここでバイバイなんだ。にいにとリュカは、これからおじいちゃんとおばあちゃんのところに行くんだよ」

「ばいばい、ちあう！　えみー、いっちょ！」

「リュカちゃん……」

頑として「バイバイじゃない！」と言い張るリュカが、かわいそかわいくて困る。

「さあ、坊ちゃん方。そろそろ出発しますぜ！」

「ああ。うん。それじゃあ……みんなもどうか、元気で」

ぼくはリュカを抱っこしたまま、二頭立ての馬車に乗り込む。

すると、本当にお別れなことを察知したリュカは、海老反りになっていやがった。耳元で泣き叫ばれて、ぼくの鼓膜が破れそうだ。

「やあああああ、ばいばいちない～～～！　えみー、いっちょお～～～！　びえええええええん」

「わあ、ちょっと、落ちるから！　リュカ、落ち着いてっ」

「おっと。危ないですぜ」

すかさずドニが支えてくれて、そのままビチビチと活きの良いリュカをがっちりと捕獲してくれている。

そのあまりの暴れっぷりに、みんな泣き笑いで苦笑してしまった。なんとも締まらないけれど、リュカの叫び声を響かせたまま、馬車はゆっくりと走りだす。

「いってらっしゃーーーい」

見送る声が何度も後ろから聞こえて、溢《あふ》れてきた涙をぐっと拭《ぬぐ》う。

「いってきまーーーす!!」

馬車の窓から身を乗り出して、ぼくは力一杯手を振る。姿が見えなくなって、やがて声も聞こえなくなるまで、ずっと。

涙を乾かす追い風が吹く。

こうして、ぼくとリュカは優しい人たちを故郷に残し、アグリ国へと旅立ったのだ。

第二章　旅路

旅のはじまりとリモンのシトロノー村

馬車を走らせてからしばらくして、大きな川沿いに出た。王都ミネライスを流れるロート川だ。豊かな水量を誇り、きらきらと穏やかに水面《みなも》が揺らぐ。冬で水も冷たいだろうに、数隻の小舟が川を下っていた。川辺には、釣りをしている人影もある。

窓から見える限りずっと先まで、道は続いていた。馬車はこの川沿いをひた走っていくようだ。

出発からずっと泣き叫んでいたリュカは、まだ少しひっくひっくとしゃくりをあげているけれど、やっと落ち着いてきた。

その涙と鼻水でドロドロの顔を、濡らした布で優しく拭いてあげる。真っ赤なほっぺとお目々が、かわいそうだ。

そのまま、黙ってひっつき虫のリュカを抱っこしていると、だんだんと体温が上がってきたのを感じた。朝も早かったし、泣き疲れたせいで眠くなってきたのだろう。

(寝ちゃう前に、一度水分補給をさせないと……)

これだけ泣いて、さぞや喉も渇いているはずだ。そう思って、ぼくはリュカに声を掛ける。

「リュカ、喉渇いたでしょ? お水飲もっか」

「……あい」

水筒を渡すと、リュカはごくんごくんとすごい勢いで果実水を飲む。あっという間に半分近くを空にしたところで、「はふぅー」と満足そうにため息をついた。

喉の渇きが癒されるといよいよ眠気に抗えなくなってきたみたいで、かわいいあくびを一つ二つ。ぼくが静かに背中をとんとんしてあげていると、リュカはぐっすりと眠ってしまった。

馬車のなかは、思っていたよりもゆったり広々している。赤で統一されたソファ座席は素材が良いのかとても柔らかく、三歳児をのせたぼくのお尻や太ももを優しく受け止めてくれた。

対面には大男のドニが座っているけれど、それほど圧迫感も感じない。

中央に設置されたテーブル型炬燵《こたつ》は暖かく、さらにほかほかの幼児を抱えたぼくは、寒さ知らずだった。

ぼくの口からも、ついあくびが漏れる。すぴーすぴーというリュカの寝息を聞いているうちに、いつしかぼくの意識も薄れていった。


「坊ちゃん方、王都を出ましたぜ。起きて、昼メシにしやしょう」

ドニの声でぼくは目が覚めた。起こしてくれるのはありがたいけれど、寝起きにおっさんの顔がぬっと映るのは、精神衛生上あまりよろしくない。

「……もうそんな時間なんだね」

「よく眠っていやしたよ」

「ん〜〜〜うにゅ〜」

「リュカもおっきするよー。ほら、おはよう。お腹空いてるでしょ？　ごはん食べよう」

「……んぅ……ごあん……」

食いしん坊のリュカは、「ごはん」の言葉に反応してやっと起きてくれた。ちっちゃなお手々で、くしくしと目を擦《こす》っている。

馬車の外に出ると、田園風景の林道が広がっていた。

（んんん～気持ちいい～）

清々しい空気に思いっきり伸びをすると、肩周りや腰が音を立てる。三歳児を抱えて眠っていたから、知らず知らずのうちに体が縮こまっていたようだ。

リュカもぼくの真似をしてか、万歳している。かわいい。

ぼくたちが人目につかないところで小用を済ませると、先に干し草と水を馬にやっていたチボーとブノワもやってきた。

この二人は自警団のメンバーだ。

騎馬で馬車を先導していたチボーは、自警団最年少。童顔のそばかす面で、とても二十代には見えない。身軽で斥候《せっこう》が得意ということで、今回のメンバーに抜擢《ばってき》されたらしい。要はていの良い使いっ走りだ。

馬車の御者を務めるブノワは、自警団No.2。馬と馬車の扱いは、自警団でもピカイチなのだそうだ。もっさりした髭に顔が覆われていて、顔立ちはよくわからない。見た目は、まるっきり熊に見える。無口な人で、ちゃんと話しているところをぼくはまだ数回しか見たことがなかった。

「いやー、腹減ったっすねー」

「(こくこく)」

ドニが、適当な布を敷いてくれたので座る。手渡された昼食は、しっかりと噛みごたえのある堅パンのサンドイッチだった。

ありがたいけれど、子どものぼくとリュカにこれは食べにくい。仕方がないので、ストックしてある柔らかいパンと、シチューを食べることにした。

こんなに早くに出番がやってくるとは思わなかったけれど、備えあれば憂いなし、だ。

シチューは出来立てをすぐ収納《ストレージ》にしまっておいたから、まだ熱々だった。お皿に盛ると、ミルクの良い香りが食欲をそそる。

(はあ～。我ながら、美味しそう……)

その匂いに、大人たちも生唾を飲む。物欲しそうな視線に負けて、結局、ぼくはシチューを全員に振る舞った。

寸胴鍋いっぱい作ったので、五人でも十分食べられる。ありがたく食べてほしい。

「おー！　このシチュー、めちゃくちゃうまいっす！　まろやかほくほくで、野菜がゴロゴロ！食べ応え十分っす！　ルイ坊ちゃん、料理上手っすね！　良い嫁さんになるっすよ！」

「……うまい」

「おい、チボー！　うるせえぞ！　馬鹿なこと言ってねえで、黙って食え！」

シチューは、寒い冬に沁《し》み渡る美味しさだった。隠し味に入れた、チーズの塩気とコクが効いている。

大人たちも、がつがつと美味しそうに食べていた。

ブノワは無口かつ無表情で静かだけど、その分チボーが喋る喋る。さらに、まるで漫才の掛け合いみたいにドニがいちいち突っ込むので、とても賑やかだ。

家族とエミリーさん以外に手料理を振る舞ったことも、こんなに賑やかな食事も、今世では初めてのことだった。

(こういうの、なんか良いな)

ほっこりしつつ、ぼくも食べながらリュカのお世話をする。

野菜を小さくして、少し冷ましてからあげたので、リュカは必死にもりもりと食べていた。よっぽどお腹が空いていたのだろう。

(うーん、これだけだと、リュカはお腹いっぱいにならないかも)

大人に近い量を盛ったのだけど、リュカはぺろりと食べてしまった。案の定「おかあり！」と催促してくる。困った。

「腹一杯まで食べさせてやりたいのは、山々なんですがね。夕方には宿を見つけたいんで、そんなにゆっくりとはしてられませんぜ？」

「そうだよね……」

時間ばかりは仕方ない。食べ足りなくて不機嫌なリュカを宥《なだ》めながら、さっさと後片付けを済ませ、馬車をまた走らせる。

順調に滑り出したところで、ぼくは収納《ストレージ》のストックから蒸しパンを取り出して、リュカに手渡した。

「むちぱん、おいちー！」

昼食後にもかかわらず、あぐあぐと蒸しパンを二個も食べたリュカは、やっと満足して機嫌を直してくれた。

（本当に、ボロボロ落とさずに、手で持って食べられる系のストックを作っておいて良かった！けど、この調子だとすぐに無くなっちゃいそう……。こまめに仕入れたり作ったりして、在庫を切らさないようにしないとだめだな……）

初っ端から、リュカの食欲が恐ろしい。そんな旅のはじまりだった。


時折、小休憩を挟みながら、人っこひとりいない道を進むことさらに数時間。

おそらく小麦や大麦などの穀物を収穫し終わったあとの、寂寥《せきりょう》とした畑ばかりが続く景色に見飽きた頃。ぽつんと見えてきた村……というより十戸ほどの小さな集落で、ぼくたちは宿を取ることにした。

「坊ちゃん方、今日はここに泊まりますぜ」

「……ドニ、ここに本当に宿があるの？」

「へい。まあ宿というより、小屋ですかね。この集落で管理している小屋を、一晩だけ借りるんでさあ。狭い上にベッドくらいしかありやせんが、悪くはありませんで。雨風凌《しの》げる屋根もありやすし、馬車の火の魔石を取り外して持ち込むんで、暖もとれますぜ」

（もしかして、この世界のちゃんとした宿の基準って、結構低い……？）

今世に生を受けて十三年。慣れたつもりでも、まだまだ知らないことはたくさんある。ぼくは改めて、この世界の常識にカルチャーショックを受けて、気が遠くなりそうだった。

「な、なるほど……。でも、宿はいいとして食事は？　食堂なんてなさそうだけど……」

「そちらも村人に金を払って、作って持ってきてもらうんでさあ」

「ああ。なるほど。……そうしたら、できるだけリュカが食べやすいものを作ってもらえないかな？　ポリッジとかミルク粥とかで良いんだけど……」

「へい。わかりやした。頼んでおきやす」

「お願い」

ぼくは我慢できるけど、食べ盛りのリュカには毎食お腹いっぱい食べてほしい。ストックは、あくまでもストックでしかないのだ。

「ルイ坊ちゃん、今日はここで一泊して、明日も早朝から出発しやす。そうすると、夕方には少し大きめの村に着けるはずなんで、そこで二泊の予定ですぜ。ある程度大きな村では、まる一日は休養日を設けますんで、そのおつもりで」

「うん。そうだね。休みながらのんびりいこう。急ぐ旅でもないしね」

「へい」

そうして、その日借りた宿……というより小屋は、普段は物置にでも使っているのだろう。隅の方には農具が立てかけられていて、左右に二つずつベッドが置かれていて、奥には小さな暖炉がある。

「こんな辺鄙《へんぴ》な村で万が一もないとは思いやすが、守られる坊ちゃん方も一応知っておいてくだせぇ。勝手な行動をされると、守るに守れやせんから」

そう言うとドニは、旅をするうえで必要な防犯対策を一つずつ説明してくれた。

「まずは、こういった小屋の場合、俺らが内外の点検をするまでは、あまり動かずに待っててくだせぇ。たまーに、物盗りが潜んでる可能性があるんでさあ」

「えっ……」

「たまーにですぜ。たまーに」

ドニはベッドの下や人が隠れられそうな物入れのなかを見たり、無造作に置かれた樽を軽く足で蹴って確認していく。それに、あえて板張りの床を踵《かかと》で叩くように歩いた。

「見落としがちなのが、床下や天井なんでさあ。床下の空洞や、天井の屋根裏・梁《はり》・ちょっとした隙間に身を隠して息を潜めている……なんてことも無きにしもあらずですぜ」

「へえ～」

(前世でも、海外旅行する時はホテルのベッドの下を確認して！　みたいな注意喚起を見た覚えがあるけれど、今世でも同じ……どころか、やっぱり安心できる治安じゃないんだな)

王都ミネライスを初めて出たぼくにとっては、自分がいかに平和ぼけをしていたのかが身に沁《し》みる。

農具の柄で天井の気になるところ突いているドニを見ながら、ちゃんとした護衛をおじいちゃんとおばあちゃんが送ってくれたありがたさを、実感したのだった。

「よし。問題ないですぜ。外は、今頃ブノワとチボーが見て回ってるはずでさあ。不審なやつはいないか、隠れられそうな茂みや影はないかってのが主ですがね。護衛が警戒してるぞと誇示する意味もありやす」

「ああ！　確かに、悪さを企んでるやつは護衛が警戒しているのを見たら、今日はやめておこうってなるかも」

「へえ。そうでさあ」

点検が済んでこれで終わりかと思ったら、ドニに手で制される。どうやらまだ注意があるようだ。

「部屋のなかを外から確認されたくないんで、木の外窓は開けないでくだせぇ。それと、坊ちゃん方は出入口から一番遠いベッドが、毎回定位置になりやす」

「うん。わかったよ」

護衛対象のぼくたちが、一番安全な場所で寝ることは理解できる。異論はない。

「最後に、寝る前にベッドを一つ動かして、出入口は塞いじまいやす。夜は俺たち三人が交代で見張りをしやすから、小用のときはその時起きている護衛に言ってくだせぇ」

「交代で見張りって……そんな、寝不足になったりしない？　大丈夫？　こんなところで襲われることもないだろうから、みんな夜は寝た方が良いんじゃ……」

正直、出入口を塞いでしまうのであれば見張りはいらないんじゃないかと思って、ぼくはそう言う。けれど、ドニは頭《かぶり》を振って断った。

「俺たちは訓練してやす。それに、それが護衛の役目ってもんでさあ。……もし気になるなら、坊ちゃん方には早く寝てもらえると助かりやす。夜が長ければ、その分俺たちも寝る時間が増えるってもんですぜ」

「それは任せて」

なんて言ったって、幼児のリュカは寝るのが早い。そのうえ、一度寝たら朝までぐっすりだ。必然、リュカの生活リズムに合わせているぼくも、たっぷりと睡眠時間を取っていた。

「小屋を借りる時の注意点はこんなもんでさあ。もっとちゃんとした宿に泊まる時の注意は、またその時に」

「うん。ドニ、ありがとう」

ぼくはそういうと、改めて部屋をぐるっと見回す。

一応、掃除はされてはいるみたいだけど、ずいぶんとほこりっぽかった。茅葺《かやぶ》きの屋根からは、劣化した茅《かや》なのか何なのかわからないものがぱらぱらと落ちてくる。このまま寝たら、肺がやられそうだ。

（防犯対策の次は、掃除が必要かあ……）

仕方がないので、除塵《じょじん》殺虫殺菌をイメージしながら、ぼくは洗浄《クリーン》を重ねがけする。効果はわからないけど、やらないよりかはマシだ。

ベッドもすべてわら布団だったので、ぼくたち兄弟が使うベッドには持参した羊毛の寝具を敷いて、やっと納得した。

外の見回りに行っているブノワとチボーの帰りを待って、早めの質素な夕飯を済ませる。自分たちに洗浄《クリーン》をかけて横になったところで、ぼくの記憶は途絶えた。

無自覚に疲れていたのと、慣れない場所でもドニたちがしっかり守ってくれるという安心感があったからだと思う。

小脇に抱えたリュカのほかほか体温のおかげで、ぼくは朝までぐっすりだった。


次の日から数日は、牧歌的な田園風景をのんびりと進んだ。風は冷たいけれど、遮るもののない冬の日差しは、意外と温かい。

すぐそばを流れていたはずのロート川は、少しずつ蛇行しながら道を外れていき、いつの間にか見えなくなってしまった。

畑の畝《うね》と畝《うね》の間を、ゆるやかに曲がりくねりながら道は延々と続いている。二頭立ての馬車が一台、やっと走れるくらいの道幅だ。

向かいからもう一台馬車が来たら、すれ違うのは無理だろう。もし来てしまったらどうしようと内心思っていたけれど、いまのところは取り越し苦労だった。

代わりに、ときどきロバの背に荷物をのせた農民を見かける。農作物などを市に売りに行くのか、それとも買った帰りなのだろう。

「おうましゃ〜ん。ばいば〜い！」

「リュカ坊っちゃん、ありゃあロバですぜ」

「う？　りょば？」

四つ足の動物は何でも馬だと思っているリュカが、すれ違い様に窓から手を振る。すると、端に寄ってぼくたちが通るのを待っていた農民が、手に持った棒を上げて挨拶してくれた。

そんな出会いも時どきありながら、道なりに走る。だいたい二時間に一度は、馬を休ませる意味でも三十分ほどの休憩を取った。

近くに小さな集落があれば立ち寄ることもあるけれど、たいていは道沿いの少し開けた場所で済ませてしまう。

ドニと一緒にぼくとリュカが草陰で小用を済ませてから戻ると、ちょうどチボーとブノワが荷台の上に積んでいた干し草を下ろして、馬たちに与えていた。水生成《ウォーター》でバケツに水を入れ、塩を混ぜたものも置いている。

「おうましゃん、かっくいい～ね～」

「さすが、リュカ坊ちゃん。わかってやすねぇ。馬車を引く牝馬《ひんば》ペアのデュースとエクラでさあ。なかなかべっぴんな馬たちだと思いやせんか？」

「オレの馬は、シャルルって言うんすよ！　賢くて速い、相棒っす！」

「（こくこく）」

大人たちはみんな、馬好きのようだ。甲斐甲斐しく馬の世話をしながら、自分のことのように自慢している。

確かに、芦毛の牝馬《ひんば》二頭は体がむっちりと大きく、長いタテガミと足元のふわふわした毛が優美だ。

チボーの馬も、黒鹿毛《くろかげ》というらしい黒と茶色のグラデーションの毛並みに、牡馬《ぼば》らしく筋肉の引き締まった体つきをしている。

「くしゃ、もぐもぐ～。おいちいね～」

どの子も喧嘩することなく、仲良く食事をしている様子を、リュカは飽きずにずっと見ていた。

「こっからならいいですぜ」とドニに言われた位置から、微動だにせずに。

「リュカ坊ちゃんは、馬が好きなようで」

「どうだろう？　動物が珍しいだけかも？」

ドニとおしゃべりしながら、馬たちの食事が終わるのを待つ。この時間は小用や柔軟体操が済んでしまうと、退屈だった。

「そうだ、坊ちゃん方。見てるばかりもつまらんでしょう。良い機会でさあ。暇つぶしに、馬ににんじんをやってみますかい？」

「馬ににんじん？」

「へえ。にんじんは、馬が大好きなおやつなんでさあ。穏やかで優しい馬ばかりなんで、きっとおやつをやれば仲良くなれますぜ」

リュカをひょいっと抱き上げたドニは、チボーの腰にぶら下がった袋から勝手にぶつ切りにんじんを三つ取り出すと、ぼくに一つ手渡した。

ドニはリュカを抱えたまま馬に近づいて、お手本を見せてくれる。

「コツは広げた手のひらの真ん中ににんじんを乗せて、口まで持っていくんでさあ。近づけ過ぎなくても、馬は自分から来て勝手に食いやす。ただ、間違ってもにんじんを指で持たねえでくだせぇ。がぶりと噛まれちまいやすから。……ほら、デュース。おやつだ」

デュースと呼ばれた牝馬《ひんば》が顔を前に突き出し、唇で舐め取るようににんじんを食べた。ごりごりと咀嚼《そしゃく》音がする。

「おうましゃん、たべちゃー！」

間近でその様子を見たリュカが、きゃっきゃとはしゃぐ。

ぼくもお手本通り、黒鹿毛《くろかげ》の牡馬《ぼば》……シャルルに、ゆっくりとにんじんを差し出す。湿った鼻息がふんふんと手のひらにあたってくすぐったい。けれど、我慢していると食べてくれた。

（おお～。こうしてみると、馬ってかわいい、かも？）

「さあ、リュカ坊ちゃんも、手をパーにしてくだせぇ」

「あい！」

「エクラ、やさ～しく頼むぜ」

ドニがリュカの小さな手のひらににんじんを置く。そのにんじんを、もう一頭の芦毛の牝馬《ひんば》がおっとり丁寧に食べた。まるでドニの言葉を理解して、リュカを怖がらせないようにしてくれているみたいだ。

「ひゃ～～～。くしゅぐった～」

最後のサービスとばかりに、エクラに手のひらをべろんと舐められたリュカが、きゃらきゃらと笑い声をあげる。

さらに、被さってきたドニの大きな手と一緒に馬の鼻先を撫でさせてもらうと、リュカはもうにっこにこのご機嫌だった。

「にぃに！　おうましゃん、か〜いい〜！」

リュカはすっかり馬たちが好きになったみたいだ。

それから、休憩のたびに馬たちと触れ合うのが、ぼくとリュカの楽しみとなった。


さらに、旅を続けること数日。畑ばかりだった景色は終わりを告げ、いまは鬱蒼《うっそう》とした森のなかを進んでいる。生き物の気配が少ない森は、どことなく寒々しい雰囲気だ。

森を通る道は、山と言うほどではないけれど、多少の起伏があるので話すこともままならない。最悪、舌を噛んでしまう。

大人もぼくも、まだ我慢できる。でも、三歳児のリュカにとってお話しない・動かないというのは酷なことだ。おもちゃや手遊びで気を逸らすのも、そろそろ限界にきている。

「にぃに〜。おしょと、いきちゃい〜！」

ぼくの膝に顔を突っ伏している、リュカの背中を撫でる。

（退屈でぐずりかけてるから、もう小休憩にしてもらって、外で遊ばせた方がいいかな……）

そうぼくが考えているうちに視界が開けて、少し先に村が見えた。ナイスタイミングだ！

「坊ちゃん、今日は早いですが、あの村で宿を取りやす」

「うん。わかった」

村に近づくと、風に乗って柑橘系の匂いがふっと漂ってくる。何かと思って外を眺めると、村まで真っ直ぐ続く道の左右に、見渡す限りのレモン畑があった。

木々の緑のなかにたわわに実った黄色の果実が、鮮やかな水玉模様を描いている。畑のあちこちで、収穫作業をしている人たちが大勢いた。

「わーーー！　すごいっ！　レモンだ！　ほら、リュカ、お外を見てごらん」

「う？」

「おお。ルイ坊ちゃんはリモンを知ってるんですかい」

この世界、ものの名前は基本的には前世と同じなのだけど、時折、ちょっと違うものもあった。リモンも、その一つなのだろう。

「うん。ダミアン商会で聞いたことがあるよ。爽やかな甘酸っぱさと香りで、癖になる美味しさだって。冬でもこんなに実ってるんだね」

「ははは。むしろ、リモンは冬のいまが旬ですぜ？　このシトロノー村はリモンが特産なんで、今晩の食事には新鮮なリモンがたくさん出てくると思いやす。楽しみにしてくだせぇ」

ドニが、何やら人の悪い顔でニヤッとしている。

きっと、リモンを初めて食べるぼくの反応を楽しんでやろう……とでも思ってるのだろうけど、残念。知ってるんだな。

（それにしても、良い香りだなあ。今世に農薬なんてないだろうし、皮まで美味しく食べられるんだろうな）

レモン……いや、ややこしいからリモンで良いか。リモンがあるとは思わなかった。ぜひ、しばらくは困らない程度に買っていきたい。

リモンはそのまま食べてもいいし、食材として料理に入れてもいい。それに、調味料にもできる。塩リモンは万能に使えるし、山椒や唐辛子っぽい風味のハーブと組み合わせても良い。

（ああ。リモンのことを考えると、よだれが出てきそう）

砂糖やはちみつが簡単に手に入るのであれば、ジャムにしたりシロップにしたりと、もっとバリエーションが広がるのに……！　でも、ないものねだりをしてもしようがない。

「ねえ、ドニ。ぼく、できればリモンを買っていきたいんだけど、時間ってあるかな？」

「へえ。それなら、この村に二〜三日滞在しやしょうか。ここは商人もよく来る大きな村ですから、ついでに馬を休ませたり、馬車の点検もやっちまいやす。お目当てのリモンは、早朝から昼過ぎまでの間、村の広場に市が立ちやすから、そこで買えますぜ」

「いいね！　そうしよう」

思わぬ旅の出会いに、ぼくの心はるんるんと浮き立っていた。

その日の夕食は、村に唯一の食堂でとる事になった。広く開放的な店内には、六人掛けのテーブルが通路を挟んで二列ずつ、奥までずらっと並んでいる。最奥には、小さな舞台もあった。きっと時間によっては、演奏などの見せ物があるのだろう。

どのテーブルもほぼ満席で、がやがやと賑わっている。客は村人もいるようだけど、会話に耳をそばだてていると、出稼ぎの季節労働者や仕入れに立ち寄った商人も多いようだ。

食堂のメニューはドニの言ったとおり、見事なリモン尽くし！　特産ということで、食べ方を広める意味もあるのだと思う。中には、味の想像がつかないものもあった。

迷いながら注文し、待ちに待った一品目。『リモンと冬野菜のサラダ』が運ばれてくる。

ちなみに、幼児のリュカには刺激が強すぎるので、リモンを抜いた同じメニューを出してもらった。

「「「「いただきます（いたっきまっちゅ）」」」」

食事始めの挨拶をしても、誰も手を出そうとしない。なので、まずはぼくが先陣きってサラダを取りわけて食べ始める。

大人たちはニヤニヤしていたけれど、ぼくが平然とリモンを食べたのを見て、面白くなさそうに自分たちもサラダに手をつけ始めた。

（ふん、だ。そう簡単におもちゃにはならないぞ）

サラダは、焼き色のついたネギ・冬キャベツ・蒸した根菜・ディルなどのハーブ数種類に、リモンの果肉がどっさり。それに、リモン果汁・塩・オイルを混ぜたドレッシングがかかっている。

咀嚼《そしゃく》すると、リモンの果肉がぷちぷちっと弾けて、溢れ出る果汁に耳の下がきゅっとした。爽やかな香りが鼻を抜けて、酸味の中に野菜の甘さが広がる。美味しい！

「オレ、野菜は苦手っすけど、これなら食えるっす！」

「チボー、だからおめえはいつまで経ってもヒョロいんだ。もっと野菜を食えっ。おらっ」

「わあ、団長～！　さすがにそんなには食えないっす！」

「（もぐもぐ）」

大人たちが騒がしいなか、ぼくはしっかりと自分の分を確保して、マイペースに食べ進める。栄養満点のサラダを食べ終わると、次に大皿でどーーーんとでてきたのは、リモンのクリームパスタだった。

すりおろしたリモンの皮が、ミモザの花みたいに鮮やかでとても綺麗だ。

手打ちなのだろう、きしめんに近い生パスタにクリームがよく絡んでいる。くるくると欲張って巻いたパスタを、ぼくは口一杯に頬張った。

（ん～～～。麺がもちもちで、さっぱりコクうま！　クリームの滑らかさで、酸味が和らいでて食べやすい！　それに、この隠し味はガーリックとチーズかな？　良い仕事してる～）

「いやー。これもうまいっすね！　さっぱりしてるから、いくらでも食べられそうっす！」

「俺は酒といえばエールなんですがね、これは白ワインが飲みたくなる味ですぜ」

「……酒」

「おい、護衛仕事中だぞ。酒は飲むんじゃねぇ」

「団長が酒なんて言うからっすよ！　そんな堅いこと言わずに、一杯二杯くらい、飲んでも良いじゃないっすか！」

「（こくこく）」

大人たちには酒欲が刺激される味だったのだろう。酒を頼む、頼まないで揉めている。

「はあ～。仕方ないなあ。ワインを水差し一つだけ注文して、三人で分けて飲んだら？　それくらいなら酔わないでしょう？」

見るに見かねてぼくが妥協案を言うと、大人たちはぱあっと顔を輝かせた。

「「「さすが、坊ちゃん！」」」

なんだかんだ、全員飲みたかったのだ。現金すぎる。

リュカはそんなダメな大人たちには目もくれず、口をクリームまみれにしながら、あむあむと食べていた。まんまるに膨らんだ、ほっぺがかわいい。今日もいっぱい食べて大きくおなり。

パスタももちろん美味しかったけれど、残ったクリームソースをパンで拭《ぬぐ》うのも、また美味しかった。少し行儀は悪いけれど、お皿はぴかぴかだ。

次に、白ワインと一緒に運ばれてきたのは、リモン果汁と肉の煮込みだった。

肉は猪とか鹿だろうか。鶏肉ではなく何かのジビエだった。王都ミネライスは肉といえばほぼ鶏肉だったので、ジビエは初めて食べる。

少し臭みを感じるけど、リモンの香りでそこまで気にならない。むしろ、ほんのり辛いハーブと、肉の上に添えられたリモンバターのコクもあって、ガツンと食べられた。

（ああ！　リモンバター！　その手があったか！）

全然考えていなかった使い道に、ぼくは俄然《がぜん》リモンを買わなくては！　という気持ちになった。

まんまと食堂の目論見に嵌《はま》っている。

肉は適度な噛みごたえがあって、育ち盛りには十分な満足感だ。少し重いかな？　とも思ったけれど、脂とバターのこってりさをリモンが上手に覆い隠して、最後までさっぱりと食べられた。

「はあ～。お腹いっぱい。ごちそうさまでした」

「ごっしょーしゃまでちたっ」

ぼくもリュカも、もうお腹いっぱいだ。でも、大人たちはまだ食べ足りないようで、チーズや麦のリゾットを頼んでは、ぱくぱく食べている。

それなのに、ワインはちょびちょび飲みなのがおかしくて、笑ってしまった。

すべての料理を綺麗に食べ尽くし、ワインを最後の一滴まで飲み干して、やっと全員がお腹いっぱいになる。大満足の夕食だった。


翌朝。宿で朝食を済ませ、ぼく・リュカ・ドニの三人で市にやってきた。チボーは馬の世話、ブノワは馬車の点検で別行動だ。

市は村のちょうど中心地にある広場で開かれていた。規模は小さいけれど、リモンを仕入れに訪れた商人や村人で賑わっている。

（石畳、でこぼこして歩きにくいなあ。人も多いから、リュカは抱っこしておいた方が良いかも）

リュカはぼくと手を繋ぎ、短い足でご機嫌に歩いている。……と思った瞬間、石に躓《つまず》いて転びそうになったところを、ドニがひょいっと抱えて肩車した。

「きゃあああ！　たかーい！　しゅごーい！」

目をぱちくりさせたあと、リュカは初めての肩車に大興奮だ。きゃあきゃあと喜び、はしゃいでいる。がっしり筋肉質な大男の肩車は、安定感があってさぞかし眺めが良いことだろう。

「これなら、リュカ坊ちゃんが迷子になる心配はないですぜ。ルイ坊ちゃんも、心置きなく市を楽しめやすでしょう？」

「……うん。そうだね。ありがとう」

リュカは、父親の存在を知らない。それは仕方のないことで、今まではさして気にして来なかった。でも、この喜びようを見てしまうと、ぼくの胸はもやっとする。

だって、まだ子どものぼくでは、父さんの代わりに肩車をしてあげることも、高い高いをして喜ばせることもできない。

（これからは、いっぱいミルクを飲もう……！）

ぼくは密かにそう決意した。幸い、父さんは大柄な体格だったので、望みは十分にあるはずだ。

「ルイ坊ちゃん、何を突っ立ってるんですかい？」

「ううん、行こう」

気を取り直して、市を見て回る。特産なだけあって、見渡す限り目にも鮮やかな真っ黄色だ。

ほかにも、リモンの隙間を埋めるように、冬野菜・チーズ・焼きたてパン・干したハーブ類・ワインなどの酒・手仕事の工芸品などが売られている。

気になるものが多くて、目移りする。物欲を刺激されるけど、まずはお目当てのリモンだ。ひときわ賑わっている店が気になって、ぼくたちは足を止める。

「自慢の朝採れだよ！　食べてみなっ」

威勢の良いおじさんが、輪切リモンを一枚試食させてくれた。

ぼくとドニは、遠慮なく皮ごといただく。朝採れリモンは爽やかな香りが強くて、噛むとじゅわっと果汁が溢《あふ》れてきた。

(酸っぱ～い！　でも、甘みもあって、美味しぃ！)

顔をきゅっとしかめたぼくたちを、リュカは不思議そうに見ている。

「にぃに～。しょれ、おいち？」

「美味しいよ。リュカも食べてみる？」

「たべりゅ！」

昨夜、リュカは結局リモンを食べなかった。でも、せっかくの機会だ。一枚だけなら、ものは試しで食べさせてみても良いだろう。

……それに、初めてリモンを食べるリュカの反応を、見てみたいというのもある。

さて、食いしん坊のリュカは、さすがにリモンは拒否するのか、それとも泣くのか。考えるだけで楽しくなってきた。

(ごめん、リュカ。楽しんでるにぃにを許して……)

「あ～ん」と雛鳥のように待っているリュカの口に、輪切りリモンを一枚放り込む。何の疑いもなく、リュカは二～三回もぐもぐすると、ピタッと動きを止めた。

そして、目にうっすらと涙を浮かべ、顔をくしゃりとさせると……。

「ひやぁ～～～、ちゅっぱあ！」と叫んだのだ！

これには我慢できず、ぼくは吹き出してしまった。すごく良い反応だ。

ドニやリモン店のおじさん、それに周りのお客さんもくすくすと笑っている。いつの間にか視線を集めてしまっていたようだ。

「くくっ……。リュカ、リモン美味しい？　ごくん、できる？」

「ちゅっぱ！　にぃに、ちゅっぱ！」

「っふふ、そうだね、ちゅっぱいねっ……」

しきりに酸っぱいアピールをしたリュカだけど、吐きだすことはなく、ちゃんともぐもぐごっくんした。

ぼくは、笑いすぎて出てきた涙を拭《ぬぐ》う。お詫びに、口直しの水をあげようと収納《ストレージ》から水筒を取り出した瞬間、リュカがまた叫んだ。

「りもん、もっと～～～！」

まさかのおかわり要求だった。これにはさすがに驚いてしまう。

「え、リュカ、もっと？　リモンを？」

「あい！」

「えぇえ。嘘でしょう？　リモン、酸っぱかったよね？」

「ちゅっぱあ、おいちい！」

「嘘～～～！」

ぼくたちのやりとりを見ていたおじさんが、特別にもう一枚くれた。

リュカはお利口に「ありあとー」とお礼を言って、躊躇《ちゅうちょ》なく頬張る。酸っぱさに顔も肩もきゅっとなっているけれど、本当に食べられるようだ。

(リュカって、意外と渋い趣味をしてたんだな……)

おじさんにお礼を言って、その店でリモンを一箱買う。あとで宿に届けてくれるとのことだったので、お願いして店を後にした。


その後もお店を冷やかしつつ、気になったものを購入していく。チーズはいくらあっても困らないし、彩色豊かな絵付けがされた器は一点ものばかり。どれを買うか迷ってしまう。

のんびりと一巡して、そろそろ宿に戻るかというところで、ぼくは思いもよらなかったものを見つけてしまった。

(あれは……リモンのはちみつだ!)

その瓶詰めは、物陰にひっそりと置かれていた。もう少しで見逃すところだった。危ない危ない。

確かにあれだけのリモン畑であれば、はちみつもとれるだろう。とろりとした純粋な黄金色は、とても綺麗だった。

(うわ~。美味しそう……)

ごくん、と生唾を飲む。大瓶一つで銀貨二枚。だいたい庶民の平均日給くらいと思えば高いけれど、産地だから安い。きっと王都ならこの倍はする。それに、ここで買い損ねたら、次はいつ手に入るかもわからない。

悩んだ末、買い占めたい気持ちをぐっと堪《こら》えたぼくは、大瓶を三つ購入した。

ほかにも見落としはあるかもしれないけど、もう市が終わるお昼時だ。後ろ髪を引かれつつ、宿に帰る。すでに戻っていたチボーたちと合流して、ぼくたちは食堂に向かった。

食堂は、外のテラス席までぎゅうぎゅう詰めの満員御礼だった。

店内の一番奥の舞台からリュートの明るい音色が聞こえてくるので、ちょうど今が生演奏の時間なのだろう。真昼間から赤ら顔の客たちが大声で歌い、ジョッキを掲げた腕を互いにクロスして一気飲みしている。

看板娘と言うには花盛りを過ぎた恰幅の良いおねえさま方が、両手に驚くほど大量のジョッキを抱えて、忙しくなく通路を行き交っていた。

仕方なくしばらく待っていると生演奏が終わり、席を立った客と入れ替わりにやっとぼくたちがその空いた席に通される。

空きっ腹を抱えながらメニューを選んでいると、ぼくはデザート用の剥き身リモンを見つけて、真っ先に注文してしまった。

実は、はちみつが手に入ってからずっと、ホットリモンが飲みたくて仕方なかったのだ。

すぐに出てきたリモン果肉を、スプーンで少し潰す。そこに、買ったばかりのはちみつをこそこそ取り出して垂らした。これだけでも十分美味しいけれど、水生成《ウォーター》と発熱《ヒート》で熱々のお湯を注ぎ、よくかき混ぜたら完成だ。

はちみつは量が限られているので、ぼくとリュカの二人分だけ作る。大人は知らん。

ふうふうと息を吹きかけると、湯気が顔に当たった。鼻をくすぐる甘酸っぱい匂いを楽しみながら、ぼくはホットリモンを啜《すす》る。

「あ〜〜〜、美味しい〜」

「にぃに、おいちい！」

朝から市を歩き回って疲れていた体に、酸味と甘味がじんわりと沁《し》み渡った。

リュカも、ぬるめに淹れたホットリモンを気に入って、ぐびぐびと一気飲みしている。食事前なのでおかわりはなしだ。

（純粋な甘味なんて、いつぶりだろう？）

本当にひさしぶりの甘い余韻に、ぼくはうっとりしてしまった。そして、気が緩んだせいか、ふと思いついたことを何気なく言ってしまう。

「リモンってワインで割ったり、お酒に漬けたりしても美味しそう」

「「「！！」」」

独り言のようなその言葉に、大人たちがギランと目をぎらつかせて、ぼくを見てくる。ふつうに怖い。

「……坊ちゃん、それはどういうことで？」

「え、いや……。白ワインにリモンとはちみつを入れて飲むと、美味しそうだなーって。それか、酒精が強いお酒にリモンとはちみつを漬け込むのも、また一味違って良いと思うんだよね。水が出てきた頃にそのまま飲んだり、お湯で割って楽しんだり、なんて。あはは……」

「なんすか、それ。めちゃくちゃ美味そうじゃないっすか……！」

「（こくこく）」

今すぐ飲みたい、と顔に書いてある大人たちにため息が漏れる。

「……ぼくのはちみつは分けてあげられないから、食堂に別料金で用意できないか交渉してみたら？」

ぼくのその言葉に、大人たちは我先にと気弱そうな給仕に詰め寄り、無理を言ってはちみつ入り白ワインリモンを作ってもらっていた。

さっそく一口飲んで、その美味しさに目を輝かせている。

人が美味しそうに飲んでいるのを見て、試してみたくなるのは仕方のないことだろう。伝播《でんぱ》するかのように「あれ、ちょうだい」と、メニューに載っていない注文がほかの客からも次々と入り出してしまった。

（……なんというか、ご迷惑をおかけして申し訳ない）

にわかに活気づいた店内に、給仕たちはてんてこ舞いだ。ぼくは肩身を狭くし、存在を消すことくらいしかできなかった。

その後、はちみつ入り白ワインリモンやリモンの火酒《かしゅ》がこの村で大流行し、新しい名物となるのはまた別のお話。

リモンの村を発ってから、数日後。

生憎の悪天候で、しとしとと雨が降り続いていた。吐く息が白い。ぬかるみに車輪を取られて立ち往生は避けたかったので、ぼくたちは通りかかった村にしばらく逗留《とうりゅう》することにした。

ドニいわく、いまは全旅程のうち、五分の一を進んだところらしい。国境はまだまだ見えないけれど、焦らずゆっくりと進んでいけば良い。

この雨では村を見て歩くこともできない。なので、リュカのお絵描きを見守りながら、ぼくはベッドでごろごろしていた。久しぶりに馬車の揺れから解放されて、のびのびと過ごしている。

同室のドニは、上半身裸で筋トレをしていた。あんまりにもむさ苦しいので、視界に入れたくない。ちなみに、チボーとブノワとは部屋がわかれている。

(あ〜〜〜、ごろごろ最高……)

思えばここ数年、こんなにゆったりと過ごしたことはなかった。毎日、家事と育児に追われていた覚えしかしない。

三歳になったリュカはまだ手助けは必要だけど、自分でできることが多くなった。もうぼくがあれこれとすべてをやる必要はない。

そのうえ、いまは旅の最中《さなか》で、基本上げ膳据え膳だ。ドニをはじめ、大人が三人もいる。ぼくは気が楽で、気持ちに余裕があった。

(……そう言えば、おじいちゃんとおばあちゃんのことは聞いたことがあったけど、ヴァレーについてはあんまり知らないなあ)

ドタバタで、聞こうと思って忘れていたことをぼくは思い出した。聞くなら、ひまな今しかない。

筋トレが一段落したのを見計らって、ドニに聞いてみた。

「ねえ、ドニ。聞いても良いかな。こういう時じゃないと、なかなか落ち着いて話せないし」

「へい。そうですね。何を話しやしょうか」

「ヴァレーって、ワインの名産地なんだよね？　おじいちゃんたちは大地主で、代々続くワインの生産者だって聞いたけど、本当？」

「本当ですぜ。旦那様で八代目と聞きやした。元々は小麦などの穀物を育てていたそうですが、三代目から葡萄を育て始めたとか。それが今ではヴァレーのワインはそりゃあうまいと評判になって、商人たちがこぞって買い求めに来るんでさあ」

汗のにじむ額や上半身を濡れタオルで拭きながら、ドニが答える。

「へえ～。そんな昔からっていうことは、おじいちゃんたちって、もしかして貴族なの？」

「いいえ、貴族ではありませんで。じゃあ、何かと言うと難しいんですが。収穫時期には畑に出ることもありやすが、普段はワイン商たちの相手や、帳簿の管理をしていることが多いですぜ。ああ、あとは、たくさん抱えている小作人や醸造所の職人たちの世話もありやすね」

「ふーん。つまり、おじいちゃんたちは経営者《オーナー》ってことでいいのかな？」

「ああ、そんなところですぜ」

（なるほど……。人をたくさん雇って、手広くワインを作ってる感じなのかな。お金に糸目をつけない感じがしてたけど、そりゃあ裕福なわけだ）

どうりで父さんも、庶民にしては学があると思った。文字・計算・国の歴史や、生きていくうえで必要な常識は父さんから学んだものだ。

「……そんな家なのに、跡継ぎの父さんがいなくなって、揉めたんじゃない？」

「あ〜〜。黙っててもどうせヴァレーにつけばわかることですから、正直に言いやすが……。揉めに揉めやしたね」

「そうだよねえ。……今さらだけど、ぼくたちがおじいちゃんたちのところに行って、大丈夫なのかな？　もうさすがに、新しい後継者の人がいるよね？」

ダミアンさんはぼくかリュカが跡継ぎになるかも、なんて言っていたけれど。父さんが家を出てもう十数年経つのだから、別の跡継ぎが決まっていない方がおかしい。

（いざヴァレーに行っても、跡継ぎさんに邪険にされて居心地悪いっていうのはやだなあ。ましてや冷遇されたりしたら……）

「それはご心配なさらず。実は、未だに決まってないんでさあ。直系の孫である坊ちゃんたちが来てくれれば、むしろ後継者問題にカタがつくんじゃないかと、みんな歓迎してるんですぜ」

「え!?　跡継ぎ、まだ決まってなかったの!?」

「へい。そりゃあ旦那様たちも、探そうとはされてたんですぜ。けれど、積極的に継ぎたがるやつは、金に目の眩んだものばかり。親戚筋でこれはという方も、本人が望まなかったり、実はギャンブル癖があったりと、なかなか決まりませんで……」

「それはそれは……」

（確かに、歴史ある由緒正しいお家《いえ》なだけに、変なやつには継がせられないよな……）

ドニはやっとシャツを着て、ベッドのうえで胡座《あぐら》をかいた。

「それに、最近は国の方針が変わってきてるのも、悩みどころでして」

「？　どう変わってきてるの？」

「アグリ国は気候も穏やかで、農作物がよく採れるんですがね。今度は採れすぎることが問題になってるんですぜ」

「採れ過ぎて問題に……？　ああ、もしかして、値崩れするとか？」

「へえ。さすがは坊ちゃんですぜ。そこにすぐに気づくとは。国も、採れ過ぎた分を近隣国に売ろうとしたんですが、量が多すぎて収納《ストレージ》には仕舞いきれないんでさあ。そのまま運んでも、大半が途中でダメになっちまって、捨てざるを得ない状況でして……」

「それはすごくもったいないね」

（こういうの、前世のニュースでも見たような……。ああ、そうだ。「豊作貧乏」って言うんだ）

「にぃに～。かけた～！」

そこで、リュカがふんすと前衛的な絵を見せてきたので、頭を撫でて褒める。えへへ～と照れくさそうな笑顔に、ぼくも笑みが浮かんだ。

そのまま、リュカはぼくの隣に寝転んだので、とんとんする。どうやら眠くなってしまったようだ。

リュカを起こさないように、ぼくとドニは声の音量を抑えて話を続ける。

「そんなこともあって、国を挙げて農作物の加工や改良に力を入れようってことになったんですが。いかんせん、小作人たちは体を動かすことは得意でも、頭の方はからっきしで……」

「それは確かに荷が重いね」

「へぇ。ヴァレーは葡萄をワインに加工できてるんで、よそに比べればまだマシですがね。ただ、旦那様としては、万が一葡萄がダメになっちまった時のことを考えて、もう一つ何か特産がほしいそうなんでさあ」

「ふーん。共倒れを避けるため、かな」

農業はどうしても天気に左右されるものだ。不作の年もあれば、病害虫などにやられてしまうこともある。第二、第三の柱を模索するのは、経営者としては正しい判断だろう。

「そこで、ルイ坊ちゃんですぜ。なにせダミアン商会と専売契約を結ぶほど、新しいことを発想できる才能があって、人柄も地頭も良い。そう噂で漏れ聞いてたんですぜ。もしそれが本当なら、そんな方が継いでくれればヴァレーは安泰だと、みんな坊ちゃんに期待してるんでさあ」

「そんなふうに噂されてたなんて……」

思わぬ大きな期待に、ずっしりと肩が重い。噂が独り歩きしていそうで怖かった。

「正直、跡継ぎって言われても、まだ全然想像できなくて……。だから、ヴァレーに着いたら、おじいちゃんたちと話して決めるよ。ぼくはまだヴァレーのことも、葡萄やワインのことも、何も知らないからね。まずは知るところから始めないと」

「それもそうですな。まあ、頭の良い坊ちゃんなら、大丈夫でしょうて」

ドニはニヤッと笑うと、横になってすっかりくつろいでいる。

ぼくは大変な状況から逃げだすことに必死で、ヴァレーに着いてからの生活をまったく考えていなかった。

（でも、行くと決めたのは、ほかならぬぼくだ）

おじいちゃんたちが、跡継ぎほしさだけで手を差し伸べてくれた訳ではないとわかっている。手紙からは、ぼくたちを純粋に心配する気持ちが伝わってきた。

その優しさに甘え、庇護を受けるだけ受けて、厄介な後継者問題は我関せず、なんて真似はぼくにはできない。かといって、流されるのもだめだ。ましてや、リュカに背負わせるなんて、あり得ない。

かたわらで、すやすやと眠るリュカの寝顔を眺める。大それたことは、望んじゃいない。兄弟二人、ただ穏やかに暮らせたら、ぼくはそれで良いんだ。

（……跡継ぎのこと、しっかり考えないと）

響いてきたドニのいびきに顔をしかめながら、ぼくはリュカの顔にかかった前髪をそっと手で払い除けた。

宝石湖のビジュラック村

ぼくたちが『藍紫色《シアン》の宝石』と呼ばれる美しい湖で有名なビジュラック村に着いたのは、昨日の日暮れのことだ。その頃にはもう辺りは暗く、楽しみにしていた湖はほとんど見えなかった。

そのこともあって、ぼくは遠足当日の子どもみたいに今朝は早起きだ。

寝ぼけ眼のまま、同室のリュカとドニを起こさないように、そっとカーテンを捲《めく》って外を眺める。

さすが、美食と窓から湖を望める絶景の高級宿《オーベルジュ》という謳《うた》い文句は、伊達ではなかった。

紫紺から群青へと濃淡を描いていた空が、だんだんと明るくなってくる。世界が光を取り戻していくにつれて、湖が霧を纏《まと》った姿で現れた。その遥か遠く先には、白の山脈と呼ばれる山々が、霧の間から垣間見える。

(わあー……。さすが『藍紫色の宝石《シアン》』と言われるだけあって、ものすごく綺麗だ……。早起きして良かった)

まるで、うっかり神々の世界に迷い込んだかのような光景に、ぼくは静かに息を呑む。

少しだけ朝の湖を堪能するつもりだったのに、刻一刻とうつろう色彩にいつまでも目が離せなかった。

「ふわあぁ。あれ、ルイ坊ちゃん、もう起きてたんですかい」

「う〜、にぃに〜。おあよ……」

「ドニ、リュカ、おはよう。なんだか、わくわくして目が覚めちゃって……」

結局、ぼくはドニたちが起きるまで、ぼんやりと湖を眺めていたらしい。声を掛けられて、夢から覚めたように意識を取り戻した。

同時に眠気が戻ってきて、頭もまぶたも重たく感じる。あくびを噛み殺しながら身支度を整えると、お寝坊なチボーとブノワを叩き起こして、宿の隣に併設された食堂に向かった。

朝食はベーグルみたいなパンに、サーモンの燻製・炒り卵・チーズを挟んだサンドイッチだ。それに、温かい澄んだ色のスープがついている。

（このサーモン、燻製の香りが香ばしくて美味しい！　スープも魚介出汁なんて前世ぶりだ……）

料理に使われている魚介は、すべて湖で獲れたものを使っているらしい。魚介に飢えていたぼくは、言葉を忘れて貪《むさぼ》ってしまった。

ドニが奮発して予約を取ってくれたこの湖畔の宿は、これまで泊まった中でも一番だ。部屋からの眺めも雰囲気も食事も文句なしに最高で、ぼくは心から旅を満喫していた。

朝からお腹いっぱい食べると、早起きだったぼくも幼児なリュカもおねむになってしまう。

村や湖を見て歩きたい気持ちはあるけれど、諦めて二人で優雅に朝寝を楽しんだ。たまにはこんな日があってもいいだろう。

そうして、すんなりと起きられたのは、お昼頃だった。

「さて、どうしやすか。宿で食べても良いですが、せっかくなんで昼メシがてらちょいと村を見て回りやすか？」

「賛成！」

ドニの鶴の一声に、ぼくは飛びついた。

全員で外へと繰り出す。たっぷり寝て元気いっぱいのリュカは、ドニの肩車できゃっきゃしていた。

湖から村を縫うように流れている川沿いを歩く。所々に小舟が泊まった停泊場があって、前世にテレビで観た水の都・ヴェネツィアみたいな雰囲気だ。

（水がすごく透明。あ、魚が泳いでる！）

穏やかな川面と、赤茶色の瓦屋根の家々が並ぶレトロな景観に、心が洗われるようだった。

村のあちこちを散歩しつつ、通りがかりにたまたま開店していた食堂で、昼食をテイクアウトする。

ついでに給仕に聞くと、冬は閑散期で開いているお店が少なく、漁師もほとんど漁に出ないのだとか。

「夏なら市もあるし、小舟で河から湖をぐるっと周ることもできるんですけどね」

「そうなんだ……」

新鮮な魚介を仕入れたいと思っていたぼくは、当てが外れてがくっと肩を落とした。これればかりはどうしようもないので、時期が悪かったと諦めるしかなさそうだ。

気を取り直して、ぼくたちは湖まで戻って来るとほとりのベンチに腰掛ける。

朝の霧が嘘のように、透明度の高い明るい青の水面《みなも》が、日に照らされてきらきらと光っていた。

最高のピクニック日和だ。

湖にはぼくたち以外の人気はなく、しんと静かだった。そこに、楽しそうな声が響く。

「まーて～」

「きゃあああ～」

ドニと追いかけっこしているリュカが、甲高い声を発しながらよちよちと逃げていた。

逃げた先では、チボーとブノワが大人気なく通せんぼ。回れ右したリュカは結局ドニに捕まって、高い高いの刑に処されている。

（ははは。元気だな）

湖を眺めながら食事や遊びを楽しんでいると、空の端が徐々に橙色に変わってきた。冬は日没の時間が早いのだ。

ずっとリュカの相手をしてくれていたドニが、チボーたちと交代したのか、どかっとぼくの隣に座る。

「いやー、まいったまいった。子どもってのは、本当に元気ですぜ」

「でも、きっとこれで疲れて、夜もしっかり寝てくれるよ」

そのまま二人並んで、黙って湖を眺める。憂いを帯びたような湖も美しくて、魅入られたように時間が過ぎた。

「にぃにー！」

遊びは気が済んだのか、ていやとチボーの手を振り払って、リュカはぼくに向かって一生懸命走ってくる。抱き上げると、冷たいほっぺが顔に当たった。

「そろそろ、宿に戻ろっか」

「あーい！」

湖でのんびりと贅沢な時間を過ごしたぼくたちは、宿へと歩き出した。

待ちに待った夕食だ。日中、村を歩いて回り、湖で遊んだのでお腹がぺこぺこだった。

宿で腕を振るう料理人の旦那さんは、元王宮料理人なのだとか。

昨夜、ぼくたちが食事を絶賛すると、女将さんが給仕の合間に自慢げに教えてくれた。だから、今夜の食事も期待が持てる。

「今夜の料理は、王都の方々は見慣れないかもしれません。湖で獲れた、新鮮な旬のフラット貝を使った料理です。とても美味しいので、ぜひ試してみてください。白ワインともよく合いますよ」

その言葉に、大人たちはさっそく食前酒を注文していた。まったくもう。

「小さなお子さんは好まれないことが多いので、大人とは別の料理です。大人の方も、もし食べてみて合わないようでしたら取り換えますから、気軽におっしゃってください」

（そんな前置きが必要だなんて、フラット貝って一体どんな味なんだろう？）

ぼくたちが不思議に思っていると、すぐに前菜と食前酒が並べられた。

前菜は、薄く切ったパンにクリームチーズ・貝のペースト・茸のソテーがのったカナッペだ。茸とバターの焦げた良い香りがする。

リュカには半身に切ったゆで卵に、クリームチーズと白身魚のソテーがのったサラダが出された。こちらもなんだかおしゃれで美味しそうだ。

「「「「いただきます（いたっきまっちゅ）。乾杯～！（っぱ～い）」」」」

カナッペを手でつまんで食べると、貝の旨みがぶわっと口に広がった。この味は……牡蠣だ！

磯の風味は全くしない。でも、茸の香りとよく合って、もう一つまた一つと食べたくなる。

（この村、というかソル王国自体が内陸の国だから、湖は淡水のはず。そういえば、今まで気づかなかったけど、サーモンも淡水だと獲れないんじゃ……？？　どういうこと？）

前世の知識と照らし合わせると、この世界の生態はやはり前世とは少し違うのかもしれない。混乱しそうになるけれど、考えても答えはでない。そういうものだと割り切るしかないだろう

そんなことより、ぼくには目の前の美味しい食事の方が大切だった。美味しいは正義だ。

さくっと前菜を食べ終えて、わくわくしながら次の料理を待つ。

フラット貝中心のコース料理であの前置きだとしたら、もしかしたらもしかするかもしれない。

「お待たせしました。生フラット貝です。こちらはお好みでリモンを絞りかけるか、このワインビネガーとエシャロットのソースをかけて、食べてください」

(うわあ！　やっぱり来た！　生フラット貝だ！　ここでこれが食べられるなんて！)

ぼくは白くつやつやに輝き、見るからにぷりっと美味しそうなフラット貝に、目が釘付けだった。

ちなみに、リュカにはかぼちゃとサーモンのチーズ焼きがココットで出されている。スプーンで食べられるので、幼児には大変ありがたい。

大皿に隙間なく並べられた大きなフラット貝は、一人三つは食べられるだろう。ぼくは争奪戦も辞さない覚悟だったけれど、生の貝に大人たちは怖気づいていた。

「……生の貝なんて食って、腹壊さねえのか？」

「オレ、生はちょっと無理かもっす……」

「おい、ブノワ。お前、先に食ってみろ」

「(ふるふる)」

誰が毒味役をするか押しつけあっている。そんな醜い大人たちは放っておいて、ぼくはリモンをたっぷり絞りかけ、ちゅるんっと食べた。いや、飲んだ。

（……ああ！　美味しぃ!!）

身は大きくぶりんぶりんで、噛むごとに貝の凝縮した旨みが口いっぱいに広がる。

やっぱり磯の香りは感じられないけど、その分リモンの香りが強いので、これはこれでむしろ良い！

「坊ちゃん、生の貝をそんなに嬉々として食うなんて……」

「男っすね」

「（じー）」

「もぐもぐ。こんなに美味しいのに。みんなが食べないなら、ぼくが全部食べるから」

「……そんなに美味いっすか？」

「ものすごく」

きっぱりと言い切ったぼくに、チボーが恐る恐る一つ食べてみる。初めは顔を歪めていたのに、次第に目を輝かせて「うまいっす！」と叫んだ。

それを聞いて、ドニとブノワもやっと食べ始める。二人ともチボーと同じように目を輝かせると、白ワインをがぶがぶ飲んだ。

（みんなして現金なんだから）

食わず嫌いをしていたのに、今では目の色を変えて、貝と白ワインのループを楽しんでいる酒飲みな大人たちには呆れてしまう。

あっという間に、あんなにあったはずの生フラット貝は、食べ尽くされてしまった。空殻がお皿の上で山になっている。

「あら、みなさん食べられたようで良かった。生はやっぱりいやがる方がいるんですけど、フラット貝はこの村の隠れた特産なんですよ」

皿を下げに来た女将さんが、にこにこしながらそう言った。

この世界では食材に火を通すのが当たり前なので、王都ミネライスでは特に生食はゲテモノ扱いされる。

それに、貝は独特の苦味があるし、感触を好きではない人もいる。好みがくっきり二分されるので、前置きがあったのは納得だった。

次の料理は、フラット貝のほかに白身魚や野菜がたっぷり入ったミネストローネだ。ぎゅっと凝縮した魚介と野菜の旨みに、元気が湧き出てくる。

生フラット貝で冷えた胃がスープで温まった頃に、女将さんが次の料理を運んできた。絶妙なタイミングで料理が提供されるのも、この宿の良いところだ。

「こちらは、旦那自慢のベシャメルソースを使った、フラット貝のグラタンです。宿でも一二を争うくらい大人気なんですよ。お子さまはフラット貝の代わりに白身魚です」

殻を器にした、見た目も豪華なグラタンだ！　湯気すらも美味しそうに見える。

スプーンを入れると、大きな身が丸々一つ入っていた。熱々なので、よだれが出そうになるのを堪えながら、ふうふうと冷まして一口食べる。

「んんん……！」

貝はもちろん美味しい。でもそれ以上に、貝の旨みを纏った濃厚なベシャメルソースが最高だった。しっとりと滑らかな舌触りで、味に奥行きがある。さすが元王宮料理人。ソースが本当に秀逸だ。

「……にぃに、しょれ、なあに？」

一人だけ深皿のグラタンだったリュカが、ぼくたちが食べている貝の殻に興味を持ったみたいだ。きょとんと不思議そうに見ている。

「これもグラタンだよ。リュカのはお魚で、にぃにたちのは貝のグラタンなんだ」

「かい？　おいちい？」

「とっても美味しいよ」

「りゅーも、かい、たべちゃいっ！」

「うーん。火が通ってるから、幼児が食べても大丈夫なはず。……じゃあ、にぃにのをちょっと食べてみる？」

「やっちゃー！」

一応、女将さんにも問題ないことを聞いてから、リュカにあげる。喉につまらないように貝を一口サイズに切り、少し冷ましてから殻に戻して渡した。

リュカはスプーンで上手にすくって食べる。

「むぐむぐ……。かい、おいちい！」

「はは。なら良かった。子どもは貝の苦味は苦手だと思ってたけど、リュカは好みが渋いね」

「それを言うなら、ルイ坊ちゃんもですぜ。二人とも、将来はとんでもねえ大酒飲みになりやすな！」

「間違いないっす！」

「（こくこく）」

ぼくも、リュカの白身魚のグラタンを少しもらって食べてみる。こちらも文句なく美味しい。

それに、気のせいでなければ、このベシャメルソースは白身魚に合うように調整されている気がする。フラット貝のものと比べると、さっぱりと優しい味わいだ。

女将さんたちはリュカが食べやすいように気を遣ってくれるし、それでいて料理にも手を抜いていない。ぼくはすっかりこの宿のファンになってしまった。

（お願いしたら、ストック用の料理を作ってもらえないかなあ。この料理が、旅の間でも食べられたら幸せなんだけど……）

あとで、女将さんに交渉してみよう。いまは閑散期でお客さんは少ないようなので、頼めば作ってくれるかもしれない。

ぼくがそう考えていると、最後の料理がやってきた。

「最後の料理は、フラット貝のオイル煮です。そのままでも、焼きたてのパンにのせて食べても美味しいですよ。お子さまは、シザーズシュリンプのソテーをどうぞ」

スキレットに、たっぷりと贅沢に注がれたオイルの湖には、フラット貝の剥き身が隙間なく敷き詰められている。

ぐつぐつという音と、暴力的なバジルとガーリックの香りに、どうしようもなく食欲がそそられた。

「「「「ごくっ……」」」」

四人で競うように取り分け、少し冷ましてから身をそのまま頬張る。まだ中は熱々で、涙目になりながらほふほふと味わった。

（火がしっかり通って、身が引き締まった貝も美味しい！　バジルとガーリックの組み合わせなんて、反則すぎるよ……！）

丸パンを手に取ると、ソル王国では珍しいふかふかと柔らかいパンだった。これならぼくもリュカも食べられる。

パンに貝をのせてぱくり。その次はパンをオイルに浸し、たっぷりのバジルとガーリックごとスプーンですくってぱくり。もう結構食べたはずなのに、いくらでも食べられそうだった。

むさ苦しいおっさんたちが唇をテカテカにテカらせて、お互いを指差しあってゲラゲラと笑っている。その様子を見て笑っている、ぼくの唇もきっと。

そうして、すっかり食べ終わる頃には、うっすらと汗ばむくらいだった。はち切れそうなお腹を抱えて、ぼくたちはちょっぴり臭う幸せのため息を吐き出したのだ。

お料理教室

(なんでこんなことになったんだろう……?)

ぼくは自前のエプロンを着て、本職の料理人と厨房で肩を並べていた。

そもそも。こんな摩訶不思議な事態になったきっかけは、夕食おわりにストック用の料理を作ってほしいと女将さんにお願いをしたことだった。

「料理を作って売ってくれないか、ですか?」

「はい。ここの料理がすごく美味しくて。旅の間も、ぜひ食べたいなあって」

「そうはいっても、保存が効かないからすぐ腐ってしまいますよ」

「ああ。それは大丈夫です。ぼく、生活魔法の収納《ストレージ》が使えるんで。これでも、結構な量を仕舞っておけるんですよ」

「あら、そうなんですね。……あなたー、いまちょっといいかしらー?」

女将さんに呼ばれて、厨房からぬっとゲジ眉ゴリマッチョな男性が顔を出した。

「なんだ」

「このお客さんが、料理を作って売ってほしいんですって」

「……。材料費と手間賃がかかるが、いいか?」

ぎろっと睨まれたのできっぱり断られると思ったけれど、意外にも了承が返ってきた。

「！　もちろんです！」

「なら、作ってやる。量はどのくらいだ？」

「できれば四～五品で、一品につき五人前はあると嬉しいんですが、大丈夫ですか？」

「それなら問題ない」

「じゃあお願いします！　楽しみにしてます！」

ぼくが喜んでいると、ドニたちが呆れた顔をしてこちらを見ていた。

「ルイ坊ちゃんは、リュカ坊ちゃんのことを食いしん坊だと言いやすが、俺たちからすればルイ坊ちゃんもよっぽどの食いしん坊ですぜ」

「そうっすよねー。この兄にしてこの弟あり、って感じっすよねー。っていうか、ルイ坊ちゃんのうまい手料理を食べて育ったから、リュカ坊ちゃんは食いしん坊になったんじゃないっすか？」

「おお、絶対そうだぜ！」

「（こくこく）」

何やら外野がうるさいけれど、無視だ。でも、旦那さんは手料理のくだりになぜか興味を持ったようだ。

「坊主、料理するのか」

「え、はい。一応……。といっても簡単な家庭料理ですけど」

「いやいや、坊ちゃん、謙遜《けんそん》はダメっすよ。そりゃあ本職には負けるかもしれないっすけど、こないだ食べさせてくれたシチュー、めちゃくちゃ美味かったっすよ！」

「チボー、うるさい」

「ふむ」

口の軽いチボーが、ぺらぺらと茶々を入れてくる。褒めてくれるのは嬉しいけれど、さすがに本職の前で言われるとバツが悪い。

「……坊主。明日の昼飯のあと、ひまか？」

「え、はい……」

「なら、手伝え。それと、もし何か珍しい料理や食材を知っていたら教えてくれ。手間賃は負けてやる。内容によっては、材料費もだ」

「それは……」

正直、魅力的な提案だ。この旅で結構お金を使ってしまっているので、節約できるならしたい。でも、美味しいものは食べたい。

「俺は、元王宮料理人だ。その技を一つでも盗んで、弟にうまいもんを作ってやれ」

そんなことを言われたら、やらないわけにはいかない。

「やります！」

「その意気だ」

煽られて衝動的に受けてしまった。でも、旦那さんの言うとおり、こんな機会はなかなかないだろう。

「……ただ、良いんですか？　ぼくなんかが厨房に入って」

「誰でも良い訳じゃない。が、坊主なら構わん」

「旦那さんがいいなら……。邪魔にならなければいいけど」

「調理は俺がやる。坊主は下ごしらえを手伝え。それなら問題ない。それでも心配なら、坊主の知っている目新しい料理の情報で帳消しだ」

「やけに、目新しい料理にこだわりますね」

　ぼくの言葉に、旦那さんは難しい顔をしてため息をついた。

「……昔、王都で修行していた時は、ほかにも修行しているやつがたくさんいた。流しの料理人もだ。そいつらが作る、故郷の郷土料理や荒削りな創作料理。俺はよく、そこから学んだものだ」

「？　なるほど？」

「この小さな村に自分の店を持ったいま、そんな機会はない」

「ああ、要は新しい料理に飢えてる、と……」

「そうとも言うかもな」

「……わかりました。それならいくつか知ってる……はず。なら明日、魚介を多めに仕入れることって、できますか？」

「ああ。わかった。仕入れておく」

　そして冒頭に戻る。

「さて、坊主。作りたいものはなんだ」

「パン包み・天ぷら・フライ・パエリア・ワイン蒸しの五品です。知っている料理はありますか？」

「パン包みとフライはわかるが、ほかは知らん」

「それなら、良かった。作り方はこの木板にまとめてあります」

「……ふむ。この木板はもらえるか？　手間賃・材料費はなしでいい」

「はい！」

太っ腹な旦那さんの言葉に、ぼくはほくほくだ。

旦那さんはぼくが書いた木板を読むと、作る順番や段取りの見当をつけている。一つ頷くと、ぼくに仕込みの指示をだしつつ、テキパキと魚介の仕込みや調理をこなしていった。

ナイフで大きな魚をおろすその鮮やかで無駄のない手捌きは、惚れ惚れとするようだ。

（やっぱり本職の料理人はすごい……！）

ぼくは野菜の仕込みをしながら、その手捌きを感心して見ていた。

「技を盗め」と言ったくらいだ。端《はな》から、手取り足取り教えてもらえるとは思っていなかった。

でも、旦那さんはぶっきらぼうな喋り方で、ところどころコツを解説してくれたのだ。

特に勉強になったのは、パン包みに使う予定のベシャメルソース。基本中の基本のソースだ。これ一つで、色々な料理に応用できる。

ぼくが瞬きを忘れて凝視していると、旦那さんは火の強弱はこう、いつ何を入れるのか、どのくらい混ぜるのか、塩加減はこのくらい、と事細かに作って見せてくれた。

その後はぼくにも作らせて、ここはこうすると良いとアドバイスまで！

（これでもう、失敗せずにベシャメルソースを作れる……！）

グラタン・ラザニア・シチュー・パスタ、どんと来いだ。今回、これが一番の収穫だったかもしれない。

二人でさくさく調理を行い、夕方の仕込みに余裕で間に合う時間に、すべての料理を作り終えたのだった。


今回作ったのは計五品。二人で少しずつ味見をする。作ったものの特権だ。

一品目の『パン包み』は、前世でいうクロックムッシュに近い。

手持ちの食パンにチャーとという白身魚・サーモン・フラット貝のペースト・ベシャメルソースを挟んで、オーブンでこんがりと焼いた。

（これにチーズか目玉焼き、もしくはシンプルにバターだけ乗せても美味しそう……）

手早くガッツリ食べたい時に重宝するし、四等分に切ればリュカも食べやすいだろう。

二品目は『天ぷら』だ。

旦那さんがこだわって調整した衣を纏わせて、魚介と野菜を揚げる。特に、甘味のある芋やかぼちゃはリュカが気に入ると思うので、多めに揚げてもらった。

「これは塩で食べるのか？」

「基本はそうです。リモンの皮をすりおろして塩と混ぜても、爽やかになっていいと思いますよ」

三品目の『フライ』は、天ぷらを揚げるだけではオイルがもったいないので、ついでに揚げてもらった。いわゆるフィッシュ&チップスだ。

衣に旦那さん特製のブレンドハーブを混ぜたおかげで、香りがとても良い。トマトソースも美味しいけれど、元日本人のぼくにとってはコレジャナイ感が強かった。

(フライはやっぱりタルタルとソースで食べたい……)

つぎは四品目。ぼくが一番楽しみにしていた『パエリア』だ。

シザーズシュリンプやフラット貝などの魚介や野菜がどっさり。その下の大麦が見えないくらいだった。

「……！　美味しい！」

「うまいな」

旦那さんが毎朝丁寧に仕込んでいるというチキンスープが、いい仕事をしている。肉と魚介の旨みをたっぷり吸った大麦に、涙が出そうになった。これは、リュカが目の色を変えて食べそうだ。

ぼくもうっかり米欲がかき立てられて、味見以上に食べてしまいそうになった。危ない。

最後、五品目の『ワイン蒸し』は、酒蒸しをアレンジした料理だ。

たくさんの魚介・ガーリック・ネギ・塩少々に白ワインをたっぷり注ぎ、蓋をしてさっと弱火で煮る。これにパスタを入れてもいいし、パンにつけてもいい。アレンジの幅は結構広いのだ。

大人向けにシンプルな塩味だけど、辛味をつけるとお酒が進む一品にもなる。

「はあー。たくさん作りましたね……。ありがとうございました。材料もいっぱい使わせてもらって……。勉強になりました」

「ああ。……坊主は、筋がいい。きちんと修行すれば、良い料理人になる」

「ははは。そうですか？」

本職の料理人に褒められると、やっぱり嬉しい。それに久しぶりにちゃんと料理をして、あながち、ドニたちが言っていたことは間違いではないと気づいてしまった。

ぼく自身が「美味しいものが食べたい！」と思っているのは確かにそうだけど、リュカの「おいちい！」が聞きたくて、ぼくは料理しているようなものなのだ。

陰気なソンブル村と風の民

その日、宿を取ろうとしたソンブル村は、いつもとは少し様子が違った。

いつもなら、騎馬のチボーが先に村人と交渉をして、宿として泊まれそうな場所を確保する。

そうしたら、村人の案内で馬車を移動させるのだけど、今回は一向にチボーが戻ってこないのだ。

カーテンを開けて窓から外の様子をうかがうと、どうやら交渉が難航しているように見える。

「だから！　なんべんも言わせんなっ！　この先にも村はある。宿はそこで取んなっ！」

「はあ!?　何言ってんっすか！　もう日が暮れるっていう時間に、馬車を走らせる馬鹿がどこにいるんすか！」

おそらく村長らしきもじゃもじゃ頭の中年男とチボーが、馬車のなかにいても聞こえるくらい、大きな声をあげて口論しだした。

中年男が、なぜそんなに頑なのかはわからない。ぼくたちとしても、そんな態度なら無理に泊まりたくはないのだけど、もう西陽はだいぶ傾いている。

（だ、大丈夫かな……。チボー……）

「ぐすん。にぃに～。りゅー、ちゅかれたぁ……」

「ああ、そうだよね。今日もずっとお利口さんだったもんね」

疲れと空腹でぐずり出したリュカが、ぼくのお腹に顔をぐりぐりと押しつける。地味に頭が鳩尾《みぞおち》にめり込むのだけど、甘んじて受け止めた。

「はあ……。しょうがねえ。ルイ坊ちゃん。ちょっくら行ってきますんで、俺が出たらしっかり内扉のかんぬきを掛けてくだせぇ」

「うん。わかった」

微動だにせず、どっしりと座っていたドニも、さすがに痺れを切らしたのだろう。しぶしぶ腰に剣を佩《は》いて、外に出て行った。

ぼくはドニに言われたとおり、内扉のかんぬきを掛けながら、その後ろ姿を見送る。

「……おい、あんた。宿を貸せないってのは、どういう了見だ」

「そ、そんな剣なんて持って、お前らみたいな余所者が、この村に何の用だ！」

いきなりぬっと登場した大男のドニに、中年男はびびって腰が引けている。でも、威勢はまだ衰えていないのか、ドニにまで噛みついた。

「宿を、貸せない、理由は、何だと、聞いている」

「ちっ……。か、貸せねえなんて言ってねえ。ほかにも村はあるって言っただけだ」

ドニの超絶ドスの効いた声に、中年男は苦し紛れの言い訳を並べ始める。

ぼくには聞こえなかったけれど、ダメ押しにドニが中年男に何かをぼそっと言ったようで、中年男の顔色がみるみる悪くなった。ついでに、なぜかチボーも。

「金なら払う。一晩宿を借りたら、俺たちは大人しく出ていくさ」

「……しばらく使ってねえ小屋だ。用意させるから、少し待て」

中年男は搾り出すように言うと、そそくさとどこかに消えていった。

ドニはその姿を一瞥《いちべつ》すると、馬車に戻ってくる。

「坊ちゃん。すいやせんでした」

「ううん。何とか屋根のあるところに泊まれそうで良かったよ。……でも、どうしてあのひと、あんな態度だったんだろう?」

「閉鎖的で、余所から来る人間を拒む村もありやす。ここは一晩過ごしたら、さっさと出発しやしょう。わかってるとは思いやすが、決して一人にはならないでくだせぇ」

「うん。もちろん」

中年男は用意させると言ったが、待てど暮らせど戻ってこない。

本格的に泣き出してしまったリュカをゆらゆら揺らしながら、ぼくは馬車のすぐ外を歩いて待つ。

もちろんドニも一緒に。

騒ぎを聞きつけたのだろう村人たちが、家の戸をうっすら開けて、ぼくたちを見ているのがわかる。

もう西陽は地平線に近い。家の暖炉や蝋燭の光が線となって、いくつも外を照らしていた。

(……なんだか、大変な村に来ちゃったなあ)

うとうとしているリュカを抱っこしながら、ぼくはそう心の中でぼやく。このときの嫌な予感がまさか的中するとは、露ほどにも思っていなかった。


結局、しかめっ面した中年男が戻ってきたのは、日が半分以上沈んだ頃だった。さっさと乗り込んだ馬車の外から、チボーがまた中年男に絡まれている声が聞こえる。

「おい、お前ら。子どもを二人も連れて、こんな時期にどこ行こうってんだ」

「……」

「なんだ、言えねえことなのか？　えぇ？」

案内中、中年男はこちらのことを根掘り葉掘り聞こうとしてきた。

かと思えば、チボーが護衛の役目として、村に食堂はあるのか、干し草や食材を買えるところはあるのかと仕方なく尋ねると、「そんなの余所者に教えるわけねえだろ。自分たちで何とかしろっ」の一点ばりなのだ。

(何したいんだろう、このひと……)

漏れ聞こえてくる会話を聞くだけで、ぼくはぐったりな気分だった。

そして、あろうことか、中年男は村はずれの小屋にたどり着くと、用は済んだとばかりにさっさと帰ってしまったのだ。ろくすっぽ説明もせずに。

仕方なく、ぼくたちは小屋のそばに馬車を停めて、なかに入る。

しばらく使っていなかったという言葉は本当のようで、室内はかなり雑然としていた。

とりあえずスペースを作るために大急ぎで物を端に寄せました、という感じだ。

（過去一、ひどい……）

まずはすでに恒例の、防犯確認だ。この村の信用度が低いせいか、ドニがいつもより念入りに調べている。すると、どこかでカタンと物音がした。

「「「！」」」

さすが、自警団。その物音に一瞬で警戒体制に入ったドニたちが、剣を抜く。

ぼくは寝入っているリュカを抱っこしたまま、訳もわからないうちにブノワに庇われていた。チボーは扉をうっすら開けて、外の様子をうかがっている。

「おい、そこに隠れているやつ。出てこい！」

物音の発生源であるらしい部屋の隅のクローゼットに向かって、ドニが鋭く言い放つ。

……カタ……カタ……カタンと、震えるようにまた物音がした。

（っ、怖い……！）

今世では初めての危険に、ぼくは血の気が引いていく。ぎゅうっとリュカを抱きしめて、できる限り体を丸めた。

ドニたちが守ってくれるから、大丈夫。そうわかっていても、百パーセントではない。最悪、ぼく自身の体を盾にしてでも、リュカだけは守りたかった。

「団長、外にほかの仲間はいないっす！」

「おう」

チャキッとかすかに剣の音がしたあと、ドニがゆっくりとクローゼットに近づいていく。

扉に手をかけ、ばっと勢いよく開けたなかには……。

「ご、ご、ご、ごめんなさい〜〜〜！　ころさないで！」

両手を挙げ、降伏姿勢でガタガタと震えながら大泣きする、少年がいたのだ！　少年はまだ幼さが残る顔つきをしていて、年はぼくより一つ〜二つほど年下に見える。

「……殺さねえから、手を頭の上に置いて、そこに座れ」

少年だろうと、ドニは警戒を緩めずに床に跪《ひざまず》かせる。すると、いきなり少年の体をくまなく触り始めた。

相変わらず、少年は鼻水を垂らしながら、びえんびえんと豪快に泣いている。

「……よし、ナイフなんかは持ってねえ」

その言葉に空気が緩み、みんな剣を納めた。ぼくもほーっと大きく詰めていた息を吐き出す。今になって、膝ががくがくしてきた。

（……この騒ぎでも起きないリュカって）

よっぽど疲れていたのか、それとも大物なのか。とはいえ、すぴすぴと鼻詰まり気味のかわいい寝息に気分がほぐれたのは、助かったけれど。

「おい。なぜ、ここに隠れていた。盗みか」

「びえん……ぐすっ……えっぐ……。ち、ちがう」

「見たところ、風の民だろう。まさか、この村に住んでいるのか？」

（風の民……？）

確かによくよく見ると、少年はどこか懐かしい黒髪に浅黒い肌で、アグリ国では見かけない風貌をしている。長い前髪はひと房だけ金髪で、とても目を惹いた。

「ぐすん……おれ……おねがい、します！　たすけて……！」

そういうと、少年は見事な土下座を披露したのだ。

「質問に答えろ。それに、俺たちがお前を助ける義理なんてない。それこそ、村の誰かを頼れ」

「むらのみんなにも、たすけてっていった！　でも、かぜのたみはいやだって……びえええん」

少年は、ぽろぽろと見事な大粒の涙を流して泣く。

「それなら、俺たちだって無理だ」

「でも……このままじゃ……ぐすん……。かあちゃんといもうとが、しんじゃう！　おねがい、いもうとはまだ、あかちゃんなんだ……えっぐ……」

「！」

（母ちゃんと、赤ちゃんの妹……）

少年の悲痛な言葉が、痛いほどぼくの胸に突き刺さる。

「……助けてほしい、理由はなに？」

「ルイ坊っちゃん」

「ドニ。事情だけでも聞いてあげよう？　断るのは、それからでも遅くないよ」

「はぁ……。しょうがないでさあ」

やれやれとドニが肩をすくめる。ひとまず少年を立たせると、ぼくたちはテーブルについた。

こくりこくりと、ぼくが収納《ストレージ》から出したお茶を飲みながら、少年の話を聞く。リュカをベッドに寝かせたいけど、離すと起きそうなので抱っこのままだ。

少年はフルモアと名乗った。

フルモアは風の民の母親と、この村出身の父親との間に生まれた子らしい。生まれてから十一歳になる今まで、ずっとこの村で育ってきたのだとか。

少し発音が独特で聞き取りづらいところがあるのは、風の民である母親の影響かもしれない。

この村出身の父親がいるのにどうしてぼくたちに助けを求めるのかと思ったら、どうやらいま父親はほかの村に出稼ぎに行っていて、家には母親とフルモアと妹の三人しかいないのだそうだ。

「ねえ、ドニ。そもそも、風の民ってなに？」

「おっと、そこからですかい。風の民ってえのは、アグリ国の東も東。その周辺国を放浪しながら生きる、民族のことでさあ」

「へえ。初めて聞いた……。でも、その風の民だからって、何でここまで……」

はっきりと村八分のような、とは言い難い。けれど、ドニにはしっかり伝わったようだ。

「……国も家も財産も持たず、ほとんど身一つで旅に暮らしているといえば、聞こえはいいんですがね。風の民は『所有』の考えがなく、お前のものは俺のもの、俺のものは民族みんなのもの、みたいな考えなんでさあ」

「えっ。それって……。もしかして売り物とか、風の民以外の誰かのものとか関係なく？」

「へえ。しかも、根無し草で明日をも知れぬとなれば、その時その時の感情で行動するんでさあ。意図せずとも盗み、ころころと気分も言うことも変わる風の民に振り回されりゃあ……。騒動が起きないわけねえですぜ」

ドニが淡々と風の民について話す。

行く先々でそうやって揉め事を起こした結果、「風の民」はどこに行っても鼻つまみもの扱いなのだそうだ。あの中年男の余所者を嫌うぴりぴりした態度も、村に風の民がいるのが要因の一つなのかもしれない。

（でも、だからって、フルモアはこの村で生まれ育った子なのに……）

フルモアはぎゅっと唇を結び、両手を握りしめている。その瞳は、もう決壊寸前だ。

「かあちゃん、かぜのたみはやめた。ずっといえがほしかったたって、おれにいったんだ」

ぐいっと、フルモアは乱暴に涙を拭《ぬぐ》う。そして、にっと笑った。

「だから、おれはこのむらのこだ！　かぜのたみ、ちがう！」

フルモアの言葉が本当なら、彼らはやっとこの地に腰を落ち着けて、必死に生きようとしている家族にしか思えない。

どんなに冷たく邪険にされても、健気に村人たちと馴染もうとしていなければ、「このむらのこ」なんて言ったりしないとぼくは思うのだ。

「……それで、お母さんと赤ちゃんが死んじゃうっていうのは、どうして？」

「ん～っとね……」

たどたどしいフルモアの言葉を何とか聞き取ったところによると、母親が数日前から青い顔をして寝込むようになったらしい。

母乳を満足にもらえないからか、赤ちゃんも何だか元気のない様子なのだそうだ。

村の大人に助けを求めても、「寝てればそのうち治る」と取り合ってくれないと言う。

いても立ってもいられなかったところに、子連れの旅人……ぼくたちが村に来たことを小耳に挟んで、同じ子どもなら助けてもらえるかもと思ったらしい。

それで、村人の目につけば邪魔されるからと、単身密かに小屋に忍び込んだ……というのが、今回の顛末《てんまつ》のようだ。

「お母さんが、青い顔をしてた？　ほかには何かある？」

「ん～っと、めがまわるとか、あたまがいたいって。あ！　あと、からだがおもい！」

「……もしかして、赤ちゃんってつい最近生まれたの？」

「そう！　ふたつき？　まえ」

（話を聞く限りは、貧血みたいだけど……）

リュカが生まれる前に、ポリーヌさんや近所の主婦たちに聞いたことがある。出産後は血が足りなくて、めまいが酷かったと。

（多分母乳に含まれる鉄分も足りなくなってるから、赤ちゃんの元気もないんだ）

あくまでも、少年に聞いた情報から出した推測でしかない。しかも、素人判断だ。

「実際に見てみないと、やっぱり情報が少なすぎる」

「坊っちゃん。そりゃあ、だめですぜ」

ぼくがつぶやいた言葉に、ドニがすかさず待ったをかける。

「でも」

「いいえ、だめでさあ。護衛としちゃあ、みすみす坊っちゃんを危険な日に合わせるわけには、いきませんで」

「そんな、大丈夫だって」

「こればっかりはだめでさあ。諦めてくだせぇ。もし感染る病だったら、どうするんでさあ」

「それは……」

ドニの言うことはわかる。ブノワやチボーの顔を見ても、二人ともドニと同じ意見のようだ。ふるふると、諦めろと首を振っている。

「最悪、リュカ坊っちゃんにまで感染るかもしれないんですぜ？　助けたい。その気持ちはよくかりやす。……けれど、ほかの誰かを助けて、本当に守りたいもんが守れなかったときの後悔は、しんどいもんですぜ」

「……」

貧血だと思う理由は説明できない。会いさえすれば、鑑定ができるのに。もっとも、感染る病気の可能性もあるのも確かだ。

(ドニの忠告は正しいし、無下にできない。それに、ぼくだって大切なリュカを悲しませたり、危険な目に合わせたくないんだ。けれど……)

臆病な八方美人。ぼくの悪いところだ。

それがわかっていても、ぼくはフルモアを見捨てられない。……だって、この子はぼくだ。前世の記憶を持たず、頼りになる大人が誰も周りにいなかったかもしれない、ぼくなんだ。

「おねがい……リリー、いもうとのごはんだけ。あかちゃんのごはん、もってない?」

強くこぶしを握ったぼくの腕を、フルモアがくいくいと引っ張る。ぼくよりも年下なのに、細かい傷がたくさんついて荒れた手だった。

ぼくは、その手をしっかりと握ってフルモアの目を見る。

「赤ちゃんのごはんはあげる。でも、ぼくは直接、助けてあげられない。……だから、フルモア、きみ自身でお母さんと妹を助けるんだ」

「生活魔法は使える?」

「うん!」

(良かった……使えないって言われたら、どうしようかと思った)

内心ほっとしながら、どうしても捨てられなくて取っておいたリュカの哺乳器と粉ミルクを、収納《ストレージ》から取り出す。取っておいて、本当に良かった。

そう、ぼくが直接赤ちゃんの面倒を見てあげられないなら、フルモアにお世話の仕方を叩き込んでしまおう作戦だ。

ぼくがミルクの作り方を口頭で説明しながら、フルモアが手を動かす。

哺乳器に洗浄《クリーン》をかけ、水生成《ウォーター》と発熱《ヒート》でお湯を出したら、哺乳器半量で粉ミルクはさじ一杯。

「人肌……ちょっとぬるいかな？　くらいまで冷めたら、赤ちゃんにあげるんだ」

ぐっすり寝ているリュカが起きないのを良いことに、飲ませ方やゲップの仕方も実演して見せる。

ついでに、もうこのまま朝まで寝てしまいそうなリュカに、おむつをつけるところも見せた。

リュカは三歳。トイレの失敗は減ったけれど、夜はまだおむつをつけて寝ることが多いのだ。

フルモアにはもちろん後始末の仕方も教えたけど、最初はきっと怖気づくだろう。主に、大で。

でも、きっとそれも経験だと思う。

おむつ用スライムシートは、リュカもまだ必要なので全ては渡せない。なので、半分をフルモアに分けてあげた。

今はソル王国内の少し大きな町なら、おむつ用スライムシートはふつうに買える。ぼくたちは、その時に補充すれば良いのだ。

次に、収納《ストレージ》からレバーペーストの瓶を二つ取り出す。

王都ミネライスは養鶏が盛んだったので、もちろん内臓も食べた。これは王都のパン屋でたまたま見つけて、鉄分補給に良いとストックしていた虎の子だ。

「色は変だけど、女性の体に良いジャムだよ。そのままでも、パン粥に乗せて食べても良い。毎日、少しずつ食べれば元気になるから。あ、ナマモノだから、絶対収納《ストレージ》で保管するんだよ？」

「わかった！」

瓶もフルモアに渡す。次々とぼくがフルモアに物を押しつける様子を、ドニたちは呆れたように見ていた。

「あとは、やっぱり治療師か薬師に、お母さんを診てもらえると良いんだけど……。この村にはいないの？」

「いない……。でも、となりむらに、まじょばあがいる！」

「え！　魔女婆!?」

この世界にも、いやこの世界だからこそ、本物の魔女がいるのだろうか？　そう思うと、ぼくは少しだけわくわくした。

「さんば！　やくそう、いっぱいしってる」

「ああ。なんだ。産婆さんか」

「そんちょうに、まじょばあよんでっていったけど、だめだって……」

フルモアはしゅんとしょげて言う。

「ここから隣村まではどのくらい？」

「いったことないけど……。あさあるいていっても、おひさまがまうえにはこないって、いってた」

(っていうことは、徒歩で二～三時間くらいってこと？　馬車ならもっと早くだ)

思っていたよりもそう遠くはない。かと言って、まだ子どものフルモアを、見知らぬ村に歩いて行かせることもできない。

「……フルモアのお父さんは、いつ頃帰ってくる予定なの？」

「りもんのしゅうかくが、おわるころ。とうちゃん、はるがくるまえには、かえってくるっていってた。たぶん、もうそろそろ？」

(リモン……ってことは、もしかしてシトロノー村？)

確かに、シトロノー村ならこの村までほぼ一本道で移動しやすい。それに、リモンは冬が収穫時期だから、稼げそうではある。

下手に手を出すより、お父さんの帰りを待つべきだろうか。でも、お父さんが帰ってくるまで待って、もしお母さんの容体が悪くなったら？

(そうだ……。ぼくの父さんみたいに、大丈夫だって思ってたら、あっという間に容体が悪くなることだってあるんだ)

ぼくは迷いが吹っ切れて、ガバッと頭を下げた。ドニたちに向かって。

「ドニ、ブノワ、チボー。明日、隣村の産婆さんを連れてきてほしいんだ。お願いしますっ」

「坊っちゃん……。また、なんでそんなに肩入れするんでさあ。村のことは村のこと。無闇に俺たちが首を突っ込むのは、逆に気を悪くさせるだけですぜ」

「わかってる……」

ここで、泣くな。そう思うのに、涙が込み上げてくる。

「最初はたいしたことないって言ってたのに、ぼくの父さんは死んだ。それから、リュカを育てるのだって大変で、たくさんの人に助けてもらったんだんだ。自分は助けてもらっておきながら、フルモアを見捨てるなんてことできないよ……」

「おねがい、します！」

フルモアも、ぼくの隣で深々と頭を下げる。

「はあ……。仕方ないでさあ。そこまで言われちゃあ、ちょっくらひとっ走り、遣われにいきやしょうかね」

「！　ありがとう、ドニ……！」

「やったー！」

ぼくとフルモアは嬉しくて、ハイタッチ！　喜びをわかち合う。

「護衛としちゃあ、だめですがね。使用人からしてみれば、甘くても優しい坊っちゃんの方が、好ましいってことでさあ。それを支えるのが、使用人の役目ってもんでもありやすし」

「情がないやつより、全然マシっす！」

「（こくこく）」

ドニは頬をかいて、困ったように笑う。ブノワやチボーも、ぼくに親指を立ててくれていた。

気がつけば、窓の外はどっぷりと日が暮れている。チボーに付き添われて、フルモアは急いで家へと帰って行った。

「おいしいみるく、はやくいいもうとに、あげたい！　ありがとう！」と飛び切りの笑顔を残して。

翌日のお昼過ぎ。少し寝不足のぼくは、あくびをかみ殺しながら小屋で朗報を待っていた。早朝、隣村へと出発したブノワ。馬車をかっ飛ばし、太陽が中天に昇る前に産婆さんを連れて、戻ってきてくれたのだ。

いま、チボーの案内で産婆さんはフルモアの家に出向いて、診察をしてくれている。

「にぃに〜。ちゃんと、みててっ！」

「見てる見てる」

リュカは最近、フェクレールの町で買った馬の人形に、母さんお手製のくまの人形を跨《また》がらせて、乗馬ごっこをするのが好きなのだ。

飽きずに遊んでくれているのは良いけれど、いかんせんその様子をぼくに見ていてほしいという、謎のこだわりがあるのは困る。

おかげで、ちょっとでも気を逸らすと、リュカに怒られるのだ。

「ぱっから、ぱっから〜。ぎゅ〜〜〜ん」

（リュカ。にいに、馬はぎゅ〜んはしないと思うよ。あと、馬に熊を跨《また》がらせるのも、ちょっと……）

兄の心、弟知らずで遊んでいるのを眺めていると、扉がノックされる。

「オレ、オレっす！　ただいま戻りましたっす！」

「おい、チボー！　俺じゃなくて、ちゃんと名乗りやがれ！」

「いや～、名乗んなくても、団長だってオレってわかってるじゃないっすか」

そんな漫才みたいなことを言いつつ、ドニが内から扉を開ける。すると、杖で二人の間を割って、いの一番で部屋に入ってきた人物がいた。

「イーヒッヒッ。邪魔するよォ」

しゃがれ声が不気味に響く。真っ白な長い髪に、鷲鼻。折れ曲がった腰に、杖をつきながらもどこか機敏な動き。

真っ黒なローブ姿の老婆は、想像通りの「魔女」だった。

（唯一惜しいのは、三角帽子を被ってないことくらいかな……）

魔女婆は遠慮なんてすることなく、空いた席にどかっと腰を下ろす。

「アンタがアタシをここに呼んだんだってねェ。ヒッヒッヒッ」

「はいっ」

「あの母親は、血が足りなかっただけさァ。感染るもんじゃない。だから、血を造り浄めるイラクサの粉。それと産後の胎《はら》を整える、アタシ特製ローズヒップとラズベリーリーフの薬草茶。この二つを、しこたま渡しておいたよォ。イーヒッヒッ」

見た目は奇怪な魔女だけど、仕事っぷりは至極真っ当な魔女らしい。

確か、前世の記憶で鉄分はビタミンCと一緒に摂ると良い、というのはうっすら記憶にある。ローズヒップはビタミンC爆弾と言われていたはずだ。

「その、イラクサの粉ってなんですか？」

「ヒッヒッヒッ。これさァ」

魔女婆が取り出したのは、小さな壺だった。

「手を出しなァ」というので言われた通りにすると、小さなスプーンで粉末をひと掬い分のせられる。見た目は、抹茶みたいだ。

（鑑定）

【名前】イラクサ（粉末）
【状態】優
【説明】食用・飲用可。イラクサの葉を乾燥させ、粉末状にしたもの。血を造り、浄めるなどの効果を持つ。老若男女に使用可。

試しに鑑定をしてから、ぼくは思い切ってぺろっと舐めてみる。

（匂いは、なんとなく海苔っぽい？　味はほんのりミント風味のような……。でも、全然癖がなくて食べやすい！　これならリュカも嫌がらないかも！）

「ふつうに、美味しい！」

「イーヒッヒッ。そうだろうォ？　料理に混ぜても、お湯に溶かして茶として飲んでも良い。栄養たっぷりさァ。その壺は、おまけでアンタにやろう。奮発して支払ってくれたからねェ。そのちっこいのにも、食わせてやんなァ。ヒッヒッヒッ」

そのちっこいのと言われたリュカは、いつの間にかぼくの椅子の後ろに隠れていた。片目だけ顔を出して、魔女婆に釘付けだ。

「アタシは、依頼主には結果をちゃーんと伝える主義なのさァ。難癖つけられちゃ、商売あがったりだからねェ。さあて、用は済んだよッ。そこのニイサン、ほれ、無口で無愛想なアンタだよッ。こんなところまでアタシを連れてきたんだ。帰りも当然送ってってくれるよなァ。イーヒッヒッヒッ」

そういうと、魔女はブノワを追い立てて、風のように去っていった。

今から魔女を送っていくとなると、ブノワは日暮れまでに戻って来れるかギリギリの時間だ。ということは、必然、今日もここに泊まることとなる。

「坊っちゃん。預かってた金の残りっす。魔女さん、奮発して支払ってくれた、なんて言ってたっすけど、最初は五銀貨しか受け取ろうとしなかったんす」

「えええ！　診察と出張代、それに、こんな高品質な薬で五銀貨は安すぎだよ！　その倍は覚悟してたのに」

「そう思って、無理やり追加で五銀貨握らせたっす」

「でかした！　チボー！」

この村に来てから、初めて善性の大人に会ったかもしれない。強烈な印象だったけど、颯爽と人を癒し、去っていくのは痛快ですらあった。

「じゃあ、その余ったお金で、この小屋の延泊交渉してきてね」

「……はいっす」

とぼとぼと、肩を落として小屋を出ていくチボー。

何はともあれ、これで午後はゆっくりできるのかと、ぼくはリュカを抱き上げる。すると、かわいいそのお口からは、聞きたくなかった言葉がつぶやかれた。

「にぃに〜。い〜ひっひっ！　い〜ひっひっ！　……にてりゅ？」


結局、ブノワは一日で村と村を二往復した。

さすがに、その次の日の朝に出発……とはいかず。もう一泊休養をとったぼくたちは、やっと出発することになった。

（まさか一泊でもごめんだと思った村に、三泊もすることになるなんて……）

フルモアは、あれからちょこちょこ小屋に顔を出してくれた。

「かあちゃん、ぐっすりねれるようになった。いもうとも、みるくたっくさんのんでる！　ありがとう、るい！」

その満面の笑みを見ると、ぼくは心から良かったと思うのだ。

「坊っちゃん、そろそろ行きやすぜ」

「うん！」

小屋を出ると、フルモアと赤ちゃんを抱いた見知らぬ男性が、見送りに来てくれていた。

フルモアとは正直似ていない顔立ちだけど、きっとお父さんなのだろう。フルモアは手を繋いで、安心しきった顔をしている。

「るい！　とうちゃん、かえってきた！」

「本当に！　ありがとうぉございました！　昨日夜近くに、出稼ぎから帰ったんですぅ。俺ぁ、フルモアから話を聞いて、なんてぇお礼を言っていいかぁ……。ああ、魔女婆に払った十銀貨もぉ、どうぉか受け取ってぇください」

訛りがあるお父さんは、ぺこぺこと頭を下げる。そのポケットから取り出したお金を、ぼくはありがたく受け取った。

「おれ、いまはなんもかえせない。でも、ぜったい、いもうとまもる！　るいみたいに、ひとをたすけられる、かっこいいあにきになる！」

太陽みたいな眩しい笑顔で宣言したフルモアに、ぼくは嬉しくて恥ずかしい気持ちだ。

「あっあ～」

お父さんの腕に抱かれた赤ちゃんが、声をあげた。

まるで、フランス人形のように可愛らしい赤ちゃんだ。大きな黒瞳《くろめ》に、くるくるの金髪。頬にうっすらと紅が差して、元気そうに見える。

「元気になって良かったねえ～。ミルク、いっぱい飲んで大きくなるんだよ」

ぼくの人差し指を小さなお手々で握った赤ちゃんに、最初で最後の挨拶を告げて、馬車に乗り込んだ。

「さようなら～」

「「ありがとう～！」」

初めて、集落から旅立つ際に村人に見送ってもらう。馬車から見えなくなるまで、ずっとずっと、後ろの道に親子の姿は立っていた。

学びの町セージビル

ソンブル村に別れを告げてから、一週間。

ビジュラック村では遥か遠くに見えた白の山脈に、だんだんと近づいて来ている。相変わらず、山頂は雪で覆われていて、寒空にたなびく雲が美しかった。

白の山脈に近づくにつれて、少しずつ標高も高くなっているのだろう。馬車はゆるやかな上り坂を進んでいる。冷たい隙間風が、ぼくの顔を撫でた。

（リュカはもう少し厚着させた方がいいかな……）

お昼寝から起きておやつを食べているリュカの顔や背中を、冬服の間から触ってみる。小さな子どもの体温調整は難しいのだ。

「う？」

「リュカ、寒くない？　大丈夫？」

「だいどーぶ！」

「それなら良かった。おやつ、美味しい？」

「おいちい！　りゅー、こりぇしゅきっ！」

ぱあーっと輝く笑顔で、美味しそうにあぐあぐ食べている。

今日のリュカのおやつは、貴重なリモンのはちみつとイラクサの粉を使ったヨーグルト・パンケーキだ。リュカが手に持って食べられるように、小さめサイズで焼いている。

ぼくも味見したけど、ほんのりとした甘さともっちり食感が楽しい、飽きのこないおやつだ。

「坊ちゃん方、そろそろ着きやすぜ」

「わかったー。次はどんなところ？」

「次はセージビルっていう町ですぜ。国境近くでは一番大きな町で、学びの町とも言われておりやす」

「！　いよいよ国境が近くなって来たんだ……」

思えばもう一月半近く、のんびりと馬車の旅をしてきたのだ。故郷であるソル王国の王都が、ずっと遠くに感じられる。

「ねえ、ドニ。なんでセージビルは学びの町って呼ばれてるの？」

「へい。セージビルには、ソル王国でも有数の教会図書館があるんでさあ。その図書館目当てに、各地から聖職者・学者・研究者が多く集まっていやしてね。そいつらが町の子どもに読み書き計算を教えたり、私塾を開いたりして教育が盛んなんで、学びの町と言われてるんですぜ」

「へえ〜。そうなんだ……」

教会図書館というからには、聖職者じゃないと利用できないのだろうか？

今世、父さんが亡くなってからは独学だったので、きちんとした教育の場にぼくは興味があった。

『知識は力なり』と言う。これからの生活のために、短い期間でも学べるものなら学びたかった。

「セージビルには、どのくらい滞在予定？」

「春の雪解けまでなんで、おそらくひと月からふた月ほどかと。というのも、セージビルからこの先は、雪で道が悪くなるんでさあ。そのうえ、道沿いは白の山脈の麓《ふもと》でして、天候がころころ変わるわ、雨雪に降られると凍え死にそうになるわで、とてもではないですが冬は進めやせん」

「なるほど。それなら、滞在期間中に教会図書館に行ったり、私塾に通うことはできるかな？」

ぼくがそう言うと、ドニは難しい顔をして考え込んだ。

「教会図書館は広く門戸を開けていたはずなんで、問題ないかと思いやすぜ。ただ、私塾の方はツテや紹介状もありやせんし、滞在期間も短いとなれば難しいかもしれやせん」

「そっか。そうだよね。教会図書館は行ってみるとして、あとはただひまを持て余してるのもなあ……。それなら、何かヴァレーのために学べればと思ったんだけど」

ぼくが殊勝な様子でぼやくと、騙《だま》されやすい……もとい素直なドニは感心したようだった。

「坊ちゃん、さすがですぜ……！　私塾が無理なら、家庭教師という手もありやす。いくつか当たってみやしょう」

「ありがとう！　お願いね」

セージビルに滞在し始めてから早数日。

ぼくは護衛のブノワを伴って、念願の教会図書館に向かっていた。リュカがお昼寝する隙を見計らって、宿を抜けてきたのだ。

チボーが子守として残ってくれているけれど、不安が残る。ぼくはリュカが起きる頃には、宿に帰るつもりでいた。ちなみにドニは何やら忙しそうで、朝から別行動だ。

本当はもっと早く行きたかったのだけど、お留守番を察知したリュカがぐずったり、護衛たちの手が空かなかったりで、遅くなってしまった。

さすがにじっとしていられない三歳児を連れてはいけないし、ぼくも見知らぬ土地を一人で出歩くほど不用心ではないので、仕方がない。

宿から教会図書館までは、ほぼ一本道。おそらく、いま歩いているこの通りは参道のようなものなのだろう。

(教会図書館はお城ではないけど、なんだか城下町みたいな雰囲気の町だな)

古書店や怪しげな薬草を売る店、真昼間から酒を呷《あお》る男たちがたむろする食堂などなど。

ほのかに謎めいた不思議な光景に目を奪われつつ、薄暗くて古びた印象の狭い通りをしばらく歩く。すると、正面に教会図書館が見えてきた。

開いた門の内側には庭園が広がり、奥にある建物……おそらく図書館の屋根はドーム状になっていて、壁面には見事な彫刻が施されている。

警備が門と建物の入口に二人ずつ立っており、庭を巡回している姿も見えた。

「わぁー……。す、すごいところだね……」

「(こくこく)」

（今世では本はとても高価で貴重だから、この物々しい警備も当たり前、か）

ぼくが口をぽかんと開けて突っ立っているうちに、何人かが脇を通り抜けて行ったけれど、誰も咎《とが》められていなかった。

そのことに勇気をもらって、ぼくも恐る恐る門を潜り抜ける。子どもの来館が珍しいのか、奇異《きい》の目で見られたけど、止められることはなかった。

（緊張で、手と足が一緒になりそう……）

春や夏であればさぞや美しいだろうと思わせる庭園を抜け、建物入口の受付で名前や滞在先の宿などを記帳する。

気持ちばかりの寄付を支払ってから武器を預け、注意事項などの説明を受けたあとに、誓約書まで書かされた。

要約すると、もし本を破損したら罰金を支払うこと。ましてや勝手に持ち出したり、盗難をしたら、重大な犯罪として厳罰処分を受けること、という内容だ。

収納《ストレージ》のことなんて、とてもではないけど聞けるような雰囲気ではない。

（だ、大丈夫。ふつうに図書館を利用する分には何も問題ない、はず）

ブノワに無言で書庫の扉を指差され、ぼくは半ばヤケクソな気持ちで短い回廊を歩く。

（……こんな思いまでして来たんだから、せめて本の一冊でも読んで帰らないと割に合わない！）

そうして、鼻息荒く書庫に足を踏み入れたぼくだけど、思わず言葉を失ってしまった。

長い通路の左右には、等間隔に扉がある。ルームプレートに名前が書かれているのを見るに、個人専用の閲覧室になっているのだろう。さらに、壁一面を埋めるかのように、手前から奥まで高価で貴重な本がびっしりと隙間なく並んでいた。

天井には絢爛豪華《けんらんごうか》な絵が描かれていて、高い天窓から明るい光が天使のはしごのように降り注ぐ。

（すごっ……）

広い通路の真ん中に設置されたテーブルでは、学者か研究者らしき年配の男性が数人、黙々と本を読んでいる。

しんとした静けさが息苦しくて、ぼくはかすかに香が混じった古い本の匂いを浅く吸った。震える足を一歩一歩ゆっくりと動かして、本棚を見て回る。

（これが、全部本……）

床に絨毯《じゅうたん》が敷かれていて助かった。もし靴音が響いてしまったら、ぼくは回れ右をして、尻尾を巻いて帰ってしまっていたかもしれない。

書架の一つ一つに掲げられた分類を見るに、教会図書館にはさまざまな分野の本が集められているようだ。

聖書・聖典・神学など宗教関連の本が一番多いみたいだけれど、ほかにも言語・文学・美術・歴史・医学・自然科学・動植物学など、本当にたくさんの本が収められている。

ぼくなんかでも入れる場所なので、希少な本や稀覯《きこう》書は、別に保管されているのだろうけれど。

それでもこの教会図書館はこの世の叡智が集まった、まさしく知識の宝庫だった。

ぐるっと通路を往復してから、ぼくは植物学の棚に戻ってきた。

ヴァレー地方の植生や、葡萄の栽培について書かれた本を探してみるけれど、めぼしい本が見つけられない。

（やっぱり特定の地域とか、葡萄の栽培について研究する学者って珍しいのかな……）

がっかりしながら、ぼくはたまたま目に留まった『基礎薬草の栽培技術と効能』というタイトルの本を手に取った。著者は『植物学者 テオドア・フィールド』と書かれてある。

すぐ近くの席に座り、ぼくはゆっくりとページを捲《めく》った。

内容は『基礎薬草』という言葉の通り、古くから効能が信じられている薬草の研究がまとめられているようだ。

ガーリック・ジンジャーといった料理に使われることが多いものや、エキナセア・カモミールといった薬草が、基礎薬草として紹介されている。

ソンブル村で、魔女婆からもらったイラクサも載っていた。

（へぇ～。イラクサも基礎薬草だったんだ。知らなかった。……それにしてもこの本、すごくわかりやすい！　専門用語は少ないし、あってもちゃんと解説がある。薬草ごとに対応した症状や効能も書いてあって、まさにこの世界における家庭の医学書っていう感じだ）

著者の手書きなのか、ボタニカル・アートのような緻密《ちみつ》なイラストが多く描かれている。

久しぶりに本を読むぼくでも、一種の美術書を眺めるような感覚で読み進めることができた。

（ええ。末尾に、有効性を証明した臨床試験の結果や知見が簡潔にまとめられてる……！　この世界の学問レベルで、ここまでの研究をした『テオドア・フィールド』ってどんな人なんだろう……)

これでも、前世では理系の大学を卒業しているのだ。研究室にも入っていたし、必死こいて卒論をまとめた記憶もうっすらとある。だからこそ、この世界でこの本を書き上げることがいかに難しいのか、容易に想像がついた。

ふうとため息を吐き、ぼくが本を閉じて顔を上げた瞬間、誰かに呼びかけられる。

「もし、そこの少年」

「え? はい。ぼくのことですか?」

声の方に振り向くと、修道服を着たかなり年配の……それこそおじいさんと呼べる年代の男性が座っていた。

つるつるの剃髪《ていはつ》頭が光を反射して、少し眩しい。

「そうじゃ。きみのような年若い少年が、この図書館に来るのはめずらしくてのう。しかも、何やら熱心に本を読んでおるじゃろう? つい気になってしまっての」

「ああ。なるほど。確かに、ぼくみたいな子どもが、ここに来ることは少ないでしょうね」

「ほっほっほっ。悪く思わんでくれ。単なる好奇心じゃ。……ところで、その本を読んでいたようじゃが、感想はどうかの。ひまを持て余しているじいに、聞かせてくれんかのう」

このおじいさん、好々爺然《こうこうやぜん》と笑っているけれど、なかなかに押しが強い。

押し問答をして、悪目立ちをするのはいやだった。仕方なく、ぼくは口を開く。

「おもしろかったです。単なる民間薬ってだけじゃなく、薬効の客観的な立証にまで取り組んでいて、とても良くまとめられているなと思いました。ただ……」

「ただ？」

ずずいと迫ってきたおじいさんの顔が近くて、ぼくはのけ反りながら答える。

「えぇっと。基礎薬草って、ごくふつうの村人にこそ必要な知識だなって思ったんです。日々の生活に取り入れることで、ちょっとした病気なら防げたり、治すことができる。それなら、特に治療院がない村で重宝されるはず。……でも、この本だけだと、どう取り入れたらいいかわからないかもしれないな、と」

「ほっほっほう！　なるほど！　そういう観点もあるのう。して、それならどうするのが良いかのう。アイデアはあるのじゃろう？」

所詮、門前の小僧でしかないぼくの生意気な感想にも、おじいさんは楽しそうだ。むしろ、長い眉毛と垂れたまぶたに隠されていた目をカッと見開いて、ぼくを見ている。

（えぇえ！　なんでさらに興味津々《きょうみしんしん》になっちゃってるの⁉　ぼく、もう帰りたいんだけど……）

一人うきうきと興奮しているおじいさんについて行けなくて、内心引いてしまった。

「うーん、ぼくなら……。基礎薬草を使った、料理のレシピをつけます。喉が痛い時とか、お腹の調子が悪い時に何をどうやって食べると良い、とか。あとは、薬草茶のことを載せても良いかも。それで、完成図はこんな風に絵にして、文字を少なめにすれば村人でもわかる、はず」

「ほうほう。そうか。確かにそうすれば、『ちょっと試してみようか』という者も出てきそうじゃ

「はい。『美味しそう』は、十分きっかけになると思うんです」

うんうんと、おじいさんは頷いている。

「坊ちゃん、そろそろ……」

それまで、全く存在感を感じさせなかったブノワが、声をかけてきた。

（はっ。しまった……！）

手短に済ませるはずだったのに、気がつけばぼくとおじいさんはずいぶんと話し込んでしまっていたみたいだ。

もうとっくにリュカはお昼寝から起きて、「にぃに、いにゃい！」と泣き叫んでいることだろう。懐いているドニならまだしも、チボーはきっと上手にリュカを宥《なだ》められず、ぼくの帰りをまだかまだかと、やきもきしながら待っているはずだ。

「ブノワ、ありがとう。……すみません、もう帰らないと」

「もう帰ってしまうのか。それは残念じゃ。少年とはまだまだ意見交換したかったのじゃがのう」

「ぼく、ひと月はこの町に滞在する予定なので、また図書館で会ったときはぜひ」

「ほう。旅の方じゃったか。それはそれは。では、次に図書館に来たときは、受付にわしの名前を伝えて呼んでくれれば良い。それなら、確実に会えるはずじゃ」

「え。は、はあ。えっとぼくはルイ・ヴァレーです。その、お名前を聞いても……？」

「ほう、『ヴァレー』とは……。わしは図書館長のテオドア・フィールドじゃ。そして……その本を書いた著者でもある」

そう言うとおじいさん……いや、テオドア・フィールドさまは茶目っ気たっぷりに笑って、ウィンクを飛ばしてきた。

(……え？　え？　えええええ!!　まさかの著者ご本人んん!?)

あまりの驚きに、ぼくは大きな声を上げそうになる。けれど、寸でのところでここが書庫であることを思い出して、自分の口を両手で塞いだ。

なんとか声を堪《こら》えたぼくを、誰か褒めてほしい。

目を白黒させ、大混乱だ。ぼくの頭の中で、本人とは知らずに語った感想がこだまのように鳴り響いて、さあっと血の気が引く音がする。

――これが、のちに師弟とも呼べる関係を築くことになる、ぼくとテオドア・フィールドさまとの、初めての出会いだった。


おじいさん＝テオドアさまだった、という衝撃的な事実を知った後、ぼくは自分がどんな挨拶をしてその場を去ったのか覚えていない。

はっと気がついた時には、宿の前だった。それも、外の通りにまで響く、怪獣のようなリュカの泣き声を聞いたからこそ、意識を取り戻したのだ。

ぼくは慌てて宿の部屋に駆け込む。

「リュカ、ただいま！　にいに、帰ってきたよ～。チボーも、ごめん！　遅くなっちゃった」

「びえええ〜〜〜ん！　にぃに〜〜〜！　だっこ〜〜〜!!」

「ルイ坊ちゃん、遅すぎっすよ……！　何してたんすかっ！」

涙と鼻水で顔がぐちゃぐちゃのリュカを抱き上げると、「もう絶対離さないぞ」と言わんばかりに、ひっしとしがみついてきた。

心底疲れきって、死んだ魚のような目をしたチボーが言うに、リュカはお昼寝から起きてしばらくして、ぼくの姿が見えないことに気づいたらしい。

気を逸らそうと、チボーが肩車やお馬さんごっこをしたけれど、寝起きで不機嫌だったことも相まって、リュカはずっと泣き叫んでいたそうだ。

（チボー、よくがんばってくれた……）

そんなことがあってからというもの、リュカはぼくがどこに行くにも、雛鳥のように後をついて回るようになってしまった。

「にぃに、だめえ！　りゅー、おいてっちゃ！」

ほんの少しでもぼくの姿が見えないと、リュカはどこで覚えたのか腰に手を当て、ぷりぷりと怒るのだ。かわいいけれど、小用にまでついてくるのは困る。

（でも、懐いていたエミリーさんとお別れしたと思ったら、旅が始まって、いきなり知らない男が三人も一緒にいるようになって。リュカにとってはそれだけでも慣れないのに、ぼくまでいなくなっちゃったんじゃないかって、すごく悲しくて怖かったんだろうな……）

少しだけだから、すぐ帰ってくるから大丈夫。そう言って、好奇心を抑えられなかった自分を、

ぼくはものすごく反省する。

お詫びに、ドニたちも巻き込んでリュカと遊び倒し、たくさん抱っこをした。

(リュカ、重くなったなあ。赤ちゃんの頃はあんなに小さかったのに……。いつまで抱っこできるかな。ううん、それ以前に、いつまで抱っこさせてくれるだろう)

そんなことを思いながら、ぼくがどれだけリュカのことを大切に思っているのか、リュカに伝える。

元日本人男子としては言葉にするのが恥ずかしいのだけれど、やっぱり言葉にしなければ伝わらないこともあるのだ。

「にいにはね、リュカが一番大事なんだよ。ずっとそばにいるからね」

「えへへ～。ずっと、いっちょ！」

そうやって、数日リュカと一緒に過ごし、たくさん甘やかしたおかげで、後追いはだいぶ落ち着いてきた。

なかなかに激しい遊びにも、体を張って付き合ってくれた大人たちは、死屍累々《ししるいるい》とベッドに横たわっている。南無。

(とはいえ、正直そろそろぼくも外に出て、気分転換したいなあ)

リュカが大切なことに嘘偽りはないけれど、それとこれとは話が別だ。

元気があり余っている三歳児をずっと室内に留めておくのは可哀想だし、相手をするぼくも大人たちも飽きるし参ってしまう。

何か良い方法はないかと思っていると、ドニが懇意の商会から良い話を聞いてきてくれた。

「ルイ坊ちゃん。この地域のリュミネ教会は、子どもを預かって簡単な行儀作法や読み書きを教えてくれるそうなんでさあ。しかも、天気の良い日は、広い庭で遊べるんだとか」

「！　そこって、リュカやぼくも行けるの？」

「へい。ヴァレー家と懇意にしている商会が、紹介状を書いてくれるそうで。いかがしやしょう」

「ぜひ、お願いして！」

まさに天の助け。きっとその商会や教会から何か対価を要求されるのだろうけど、そんなめんどくさい交渉事は全部大人にぽいっと丸投げだ。

ぼくはありがたい話に、一目散に飛びついた。


そして、今日。まずはお試しで朝から昼までの半日、ぼくとリュカは件《くだん》の教会にお邪魔することになった。

ドニの案内で迷路のように入り組んだ裏路地を進み、十分くらい歩いただろうか。見えてきた教会は、赤煉瓦造りの趣《おもむき》ある建物だった。どことなく、前世の赤レンガ倉庫と雰囲気が似ている。

道の脇には、芝生が生い茂る庭園が広がっていた。隅の一角には畑も見える。冬だから緑が少なくて薄茶色ばかりが目立つけれど、質素ながらに温かい雰囲気だ。

正面奥の右手にはとんがり屋根の聖堂が、左手には洋館風の二階建て建物があり、渡り廊下で繋がっていた。

（へぇ〜。建物は思ってたよりもこじんまりとしてるなあ）

ちょうど聖堂から出てきた柔和そうな年嵩の修道女《シスター》が、ぼくたちを出迎えてくれた。

「ようこそいらっしゃいました」

「今日はお世話になります！」

「では、ルイ坊ちゃん、俺はここで。帰りはブノワかチボーを迎えに来させやす」

「うん。わかった」

ドニを見送り、修道女《シスター》の後に続いて左手の洋館風の建物に入る。

保育スペースになっている一階は、この世界にしては珍しく土足厳禁らしい。入口で靴を脱いでから室内にあがった。床にはふわふわの絨毯が敷かれていて、足の裏が気持ち良い。

部屋には、よちよち歩きの赤ちゃんからぼくと同じくらいの年齢の子まで、十数人の子どもたちがすでに集まっていた。みんな、床に置かれたクッションに思い思いに座っている。

なかには、兄弟姉妹で来ている子たちもいるみたいだ。お姉ちゃんらしき子が、ころころと床を転がる妹を追いかけている。懐かしい。リュカもあのくらいの頃、同じように床を転がっていた。

「リュカ〜、にいに、歩きにくいんだけど……」

室内に入ってからずっと、リュカは気配を消し、ぼくの足にぴったりとしがみついて隠れている。

どうやら人見知りをしているようだ。

（ぼくたちが住んでいた王都は、子どもが遊べるような場所なんてなかったし、身近に年の近い子もいなかったからな……）

ぼくが幸先の悪さに不安を感じていると、先ほど案内してくれた年嵩の修道女《シスター》が、子どもたちに向かって話しはじめた。

「みんな、おはよう。今日は初めましての子たちがいるから、ご挨拶しましょうね」

修道女《シスター》に促されて、ぼくとリュカは簡単に自己紹介をする。小さな子たちが、興味津々《きょうみしんしん》でぼくたちを見ていた。

「こほん……。ぼくはルイ。十三歳だよ。いまは旅の途中で、しばらくこの町に滞在する予定なんだ。短い間だけど、よろしくね。それと、この子はぼくの弟で……。さあ、リュカ、なんて言うんだっけ？」

「……りゅー、ちゃんちゃい、でしゅっ」

ぼくの後ろからリュカがひょこっと顔を出して、挨拶する。顔の横で、右手の親指から中指までを立てて、「三歳」を小さくアピールしているのがかわいい。

昨夜、寝る前に一緒に練習した成果が、ちゃんと発揮されていた。

「弟のリュカです。良ければ一緒に遊んでね」

ぺこりとお辞儀をすると、ぱちぱちと可愛らしい拍手が起こる。

「さあ、まずはみんなで元気良くお歌を歌いましょう」

修道女《シスター》の指揮に合わせてアカペラで歌う。その後は、子ども向けの神話の読み聞かせや、工作の時間だ。

小さな子たちはみんな揃って一緒のことをするみたいだけど、ぼくと同い年くらいの子たちは、部屋の隅で別の修道女《シスター》から織物や刺繍を習っていた。

ぼくは今日のところはリュカに付き添って、小さい子組に交ざる。

リュカは結局、歌の時間はずっとぼくにしがみついたままだった。でも、読み聞かせのパペット人形に興味を惹《ひ》かれてやっと離れてくれた……と思ったら、工作の時間には一人で機嫌良く粘土遊びをしていた。意外と順応性が高い。

「リュカ、何を作ってるの？」

「んとにぇ～、むちぱん！」

粘土遊びにまで食いしん坊の片鱗《へんりん》を覗《のぞ》かせるリュカに苦笑してしまう。ちっちゃなお手々から正体不明の物体が量産されていく様子を、ぼくは静かに見守った。

しばらく室内で遊んで過ごしたら、待ちに待った外遊びの時間だ。今日はとても天気が良いので、芝生遊びは爽快だろう。

「ぼくたちもお外で遊ぼっか」

「あい！」

片付けを済ませて、靴を履く。小さな子たちは、もう我先にと外に飛び出して遊んでいた。

そのうちの一人、リュカと同い年くらいの女の子が、ぼくたちに気がついてこちらにやってくる。

その子はリュカの前で立ち止まると、もじもじと恥ずかしそうにしつつも、手を差し出した。

「あのねー、ありすといっしょに、あーそぼっ！」

「う？　いっちょ？」

「うんっ！　あそぼー！」

「……あいっ」

リュカは首を傾げて迷いながらも、差し出された女の子の手を握る。すると、わあーっと女の子が走り出したのに引っ張られて、芝生を駆けていった。

そのまま、二人で追いかけっこや競争をしたり、虫でも見つけたのか急にしゃがみ込んで、芝生の草をぶちぶちと引っこ抜き始めたり。自然の中で、子犬のように無邪気に戯《じゃ》れあっている。

（二人がもうかわいすぎる……！　尊い……！）

あまりの可愛さに、ぼくはその場に崩れ落ちた。

リュカは、ずっとぼくにベッタリだった。このまま兄離れできるのか、ちゃんと友達ができるのかと、内心心配していたのだ。

でも、そんなぼくの心配をよそに、こうしてリュカに初めての友達ができて、きゃあきゃあと楽しそうに笑っている。

（ああ、でも……。ちょっぴり寂しいなあ……。むしろ、ぼくの方が弟離れできないかも）

ぼくはごろんとふかふかの芝生に寝転がった。空気は冷たいけれど、空は青く日差しが暖かい。

目を閉じて風を感じていると、リュカと女の子も近くにやってきて、ぼくのお腹や太ももを枕に寝転がった。

「おひさま、ぽかぽか～」

「にぃに、ねんね～？」

ぼくは寝たふりをする。そのまま、二人の舌足らずなおしゃべりに聞き耳を立てているうちに、うっかりうたた寝をしてしまったようだ。

修道女《シスター》の「お昼ですよー！」という声で飛び起きた頃には、外遊びの時間は終わっていた。

みんなでポテトパイとスープの昼食を囲む。食べ終わる頃にチボーが迎えに来てくれたので、ぼくたちは宿に帰ってきた。

宿に帰るや否や、リュカはお友達……アリスちゃんと一緒に遊んだことを話したくてしょうがないようで、自分からチボーたちに喋りかけている。よっぽど楽しかったのだろう。

「りしゅとー、おしょと、いっちゃ！」

「へ〜。リュカ坊ちゃん、良かったっすね！」

「（こくこく）」

「……この様子じゃあ、問題なさそうですな。正式に通う、と伝えておきますぜ」

「うん。お願い」

お試しは大成功だろう。むしろまた連れて行かないと、リュカが泣き出す可能性がある。

こうして、無事にリュカの教会通いが決まったのだ。


決まったことと言えばもう一つ。リュカが教会に行っている隙に、ぼくは教会図書館に通うことを目論んでいた。

ドニががんばって探してくれたけれど、結局ぼくが通えそうな私塾や家庭教師は見つからなかった。なので、大人しく自習に励むつもりだ。

「リュカが教会でお友達と遊んでいる間に、にいにもお勉強しに行ってきて良い？」

「あいっ！」

もちろんリュカにはちゃんとお伺いを立てた。でも、あとから修道女《シスター》に聞いたところによると、リュカは遊ぶことに夢中で、ぼくがいないことにそもそも気がついていなかったそうだ。

何はともあれ、やってきた二回目の教会図書館。

（そう言えば、次に来たときは、受付に名前を伝えて呼んでくれて良いってテオドアさまが言ってたな……）

きっと社交辞令だろうと思いつつ、いつか館内でばったり会ってしまった時が気まずい。

悩みながらも一応受付に伝えたところ、書庫の最奥にあるテオドアさま専用の閲覧室へと案内された。受付に促されて、ぼくは室内へと足を踏み入れる。

「ほっほっほっ。少年……いや、ルイ。やっと来たのう。首を長くして待っておったのじゃよ。さあ、遠慮することはない、その椅子にかけてくれんかの」

丸眼鏡をかけたテオドアさまは、茶目っ気まじりにぼくを温かく出迎えてくれた。恐る恐る、ぼくはテオドアさまに勧められた向かいの椅子に座る。

閲覧室は机と椅子が二脚あるだけの小さな部屋で、出窓から差し込む光があたりを優しく照らし出す。

壁は手の届く範囲はすべて薬棚になっており、その上は天井まで本・壺・薬草入りの瓶で埋め尽くされていた。窓際や床など至るところに植物が置かれ、束の薬草が干されているところがテオドアさまらしい。

「どれ、今日は何を学びに来たのじゃ？」

「えっと、もしヴァレー地方の植生や葡萄の栽培についての本があればと思って……」

ぼくがそう言うと、テオドアさまは「はて？」とつぶやいて尋ねてきた。

「もしやルイは、あのワインで有名なヴァレー家の子どもなのかの」

「そうです。……と言っても、ぼく自身も最近知ったんですが……。父が亡くなって、色々あったから……」

「そうじゃったか……。ふむ。では、わしで良ければ葡萄の栽培や、ワイン造りのあらましを教えようかの」

「でも、いいんですか？　忙しいんじゃ……？」

「ほっほっほっ。なあに、図書館長は名誉職での。さらには隠居寸前で、ひまを持て余しているのは本当のことなのじゃ」

ぱちりとウィンクをして楽しそうに笑ったテオドアさまは、言葉どおり葡萄栽培や醸造の本を薦《すす》めてくれたり、教会に残っている古い資料も見せてくれた。

昔、リュミネ教会では、葡萄を栽培してワインを造ることが多かったらしい。儀式に使ったり、売って貴重な収入を得たのだとか。

資料を補足するかのように、テオドアさまがおもしろおかしく話してくれるワインの歴史や当時の悲喜交々《ひきこもごも》に、ぼくは引き込まれる。数時間なんて、一瞬で過ぎてしまった。

それからというもの、ぼくが教会図書館に通うたびに、テオドアさまは植物学・哲学・文学・芸術といった様々な学問を、マンツーマンの家庭教師さながらに教えてくれるようになったのだ。

ルイとリュカ。それぞれのとある一日

「にぃにー！　あしょび、いこー！」

「えええ〜。まだ、教会に行くには少し早いよ？」

「いいの！　たくしゃん、あしょぶの！」

（にいには全然良くないんだけどなあ……）

宿の朝食を食べ終わると、すでに元気いっぱいのリュカがぼくを急かす。

リュカは、教会で仲良くなったお友達のアリスちゃんと遊びたくて仕方ないのだ。

ぼくとしては少し食休みをしたい。だけど、予備の着替えやハンカチなどが入った手提げ袋を持って、準備万端のリュカに根負けする。仕方なく、歩いて十分の教会に向かった。今日の護衛はチボーだ。

「おはようございます」

「ししゅたー、おあよう、ごじゃいましゅっ！」

「リュカくん、おはようございます。元気にご挨拶できましたね」

少し屈んだ修道女《シスター》とおはようのタッチをしたリュカは、うんしょうんしょと自分で靴を脱いで、入口の靴箱に入れる。

そして、部屋の後ろにある棚に手提げ袋をかけると、リュカは積み木で遊んでいた姉妹らしき二人に、さっそく話しかけた。

「おあよ！」

「お〜よっ」

「あー！　リュカくんだあ。おはよ〜」

妹の方は、まだ二歳になるかどうかくらいだ。両手に積み木を握って、ぶんぶん振り回しながら、よだれを垂らしている。

八・九歳くらいに見えるお姉ちゃんが、甲斐甲斐しく妹のお口を拭いてあげる姿に、ぼくはほっこりしてしまった。

「いっちょに、あしょぼー！」

「どっじょ！」

「いいよ〜。はい、どうぞ」

「ありあと〜！」

姉妹はリュカを快く受け入れて、積み木を手渡してくれる。

仲良く遊び始めた三人に、手持ち無沙汰でテオドアさまから借りた本を読んでいたぼくは、目を細めた。

（教会に通い出してから、リュカはできることがぐっと増えて、赤ちゃんっぽさも抜けてきたなあ）

きっと年の近い友達と遊んだり、話をしたりするのが良い刺激になっているのだろう。舌足らずは相変わらずだけど、語彙《ごい》やジェスチャーがかなり増えた。

これも、修道女《シスター》たちがさりげなくお行儀を教えてくれたおかげである。

まだリュカは三歳なので「元気にご挨拶しましょう」とか、「おもちゃを貸してもらったら、『ありがとう』を言いましょう」といった簡単なことでも、ぼくやドニたちとは違う大人から教わるというのは、貴重な経験だった。

ぼくは教会図書館に通う方が多いけれど、リュカの成長が見たいがために、たまの教会通いをやめられずにいる。

中身は大人に近いけれど、これも子どもの特権だ。

しばらくすると、アリスちゃんやほかの子どもたちが一斉にやってきた。子どもが十数人も集まると、賑やかを通り越して騒々しい。

「さあ、小さい子はこちらにいらっしゃい」

「「「はーい（あーい）」」」

修道女《シスター》の呼びかけで、六歳くらいまでの子が集まる。大きい子は、それぞれ読み書き計算の練習・織物・刺繍といった作業を始めた。

ぼくは引き続き本を読みながら、ほかの子の勉強を見てあげる。

だいたいいつも修道女《シスター》は二人、多くても三人しかいない。なので、自然と子どもたちもみんなで助け合っていた。

「今日はもののかたちで遊びましょう。行きますよ。……さん、はい！　まーる、ばつ、さんかく、さんかく、し・か・く。まーる、ばつ、さんかく、し・か・く」

修道女《シスター》の掛け声に合わせて、子どもたちが手で大きく丸・バツ・三角を作り、最後はLの形をした両手の親指と人差し指をくっつけて四角にする。

どの子も元気良く声をあげて、楽しそうだ。

「つぎは手を繋いで、大きなまるを作りましょう」

その言葉に、子どもたちが仲良く手を繋いで輪になり、くるくると回る。……と、先ほどリュカと一緒に積み木で遊んでいた二歳の女の子が、足をもつれさせて、ぽてんと尻もちをついてしまった。

まだよちよち歩きなので、足元が覚束ないのも無理はない。

「ふぇっ……え～～ん」

もっこもこ布おむつのお尻はさほど痛くないはずだけど、衝撃に驚いたのか、その子は泣き出してしまった。

リュカは泣いている子にすぐさま近寄ると、頭を撫でて慰める。

「よちよち。いちゃい、いちゃ～い、ばいば～い」

「ひっく、ひっく」

「だいじょぶ。いちゃいの、どっかいっちゃよ！」

「ぐすん……ぐすん……あ〜い」

リュカが両手を握って「しぇーの」で起こしてあげると、その子はすっくと立ち上がって、またみんなと一緒に遊び始めたのだ。

（〜〜〜尊い……！）

一部始終を見ていたぼくは、膝から崩れ落ちて床をばんばん叩きたい衝動を堪《こら》えて、手で口を抑える。

初めて教会に来たときは、人見知りを発揮してぼくの影に隠れていたリュカが、まさか率先して年下の子の面倒を見るとは思わなかった。

（ここではリュカも『お兄ちゃん』だもんな……）

きっとずっと兄弟二人、閉じこもったように暮らしていたら、ここまで柔らかく繊細な情緒は育たなかったかもしれない。

日々、目覚ましく成長する様を見て、ぼくはリュカを教会に通わせて良かったとしみじみ思ったのだ。


それから、しばらく経ったある日。ぼくはテオドアさまの案内で、燦々《さんさん》と早春の日差しが降り注ぐ教会図書館の南側に向かっていた。

「ほっほっほっ。ここはわしの隠れ家なのじゃ」

いかにもドッキリが成功した！　と言わんばかりに、楽しげなテオドアさまがぼくにウィンクをする。

それも無理はない。そこには、小さいながらも立派な温室があったのだ。

(この世界にも、温室ってあったんだ……！)

想像もしていなかった光景に、ぼくは目を見張り言葉を失う。

温室と聞いて思い浮かぶのは、ガラスなどの透明素材で建てられた建物だ。けれど、この温室は少し違っていた。

ぼくの身長の倍はある高い煉瓦の壁に、サップ・プランツ製の透明な板を何枚も組み合わせた屋根が立て掛けられている。いわゆる直角三角形の珍しい形をした温室のなかは、外側から見ても青々とした緑を茂らせていた。

「ちいと足元が悪いからの。気をつけるのじゃぞ」

「は、はい」

テオドアさまが、間口の扉に掛かった錠を鍵で開けた。

その後ろ姿に続いて、ぼくも恐る恐るなかに入る。室内はまさに、春のような暖かさだ。かすかに薬草の良い匂いがする。

「わあ〜。あったかい！」

「外は風が冷たかったからの。なおさらじゃろう」

厚手のマントや手袋でしっかりと防寒していても、寒さで縮こまっていた体からほっと力が抜けた。

（広さは五～六畳くらいかな？）

壁には何かの樹木が二本、沿うように枝を伸ばしている。さらに、ひと一人がやっと通れるくらいの通路を挟んで、斜辺側には花壇があった。

温室のなかははっきり言って狭いけれど、それでも建設コストは相当なものだろう。

（この温室一つで、いったいどれだけの人手やお金が掛かっていることか……）

金貨が数十枚羽を生やして飛んでいく姿を想像して、ぼくはつい身震いしてしまった。

「この温室はの、エスパリエ・ウォールという技術を使っておってな、日中どころか夜も冷え知らずなのじゃ」

「エスパリエ・ウォール？」

「そうじゃ。日中、日差しで温《ぬく》もった煉瓦の壁は、夜になるとゆっくりと熱を放つのじゃよ。さらに、壁のなかは空洞になっておっての。壁の裏にある小さな炉から火をつけて、温めることもできるのじゃ」

「へえ～！」

昼間に貯めた熱を、夜に使う。自然の蓄熱技術に、ぼくは感心しきりだった。

「この壁の樹は無花果《いちじく》での。熟した実は丸々と太って、それはもう甘くて美味いのじゃ」

「それは良いですね……！　この温室なら、ほかの果物も育てられそうだ」

「ほっほっほっ。その通りじゃ。昔はスグリを育てていた時期もあったかのう。……季節外れの、しかも質の良い果物は貴族に高く売れるからの。良い収入源なのじゃ」

何事も費用対効果ではあるので、温室栽培はソル王国でも有数の教会図書館くらいでしかできない贅沢かもしれないけれど。それにしても、すごい技術だ。

「さてさて、前置きが長くなってしまったのう。今日の講義は『基礎薬草の栽培技術と効能』の復習と応用じゃ」

「はい！」

テオドアさまはそう言って、花壇を指し示す。

花壇にはまだ肌寒い季節にもかかわらず、五種類の薬草が生い茂っていた。そのうち、カモミールだけは、すでに可憐な白い花を咲かせている。

「いまはセージ・ローズマリー・タイム・カモミール・ラベンダーが植っておる。どれも医学や料理において幅広く使われるものじゃ。さて、中でも風邪に重宝するものはどれか、覚えておるかの」

「ええっと、風邪はセージとタイム、だったかと。特に、タイムは咳によく効くはずです」

「正解じゃ。冬はどうしても風邪を引くものが多くなる。重宝する薬草なれば、覚えておいて損はないじゃろう」

そうして、しばらく実地で効能・栽培方法・採取方法を学ぶ。薬草は子どもや妊婦は注意が必要なものが多いので、学ぶのも真剣になった。

「……植物って不思議ですね。一見ただの草や花に見えるのに、こんなにもいろんな効果を持ってるなんて」

「そうじゃのう。先人たちが知恵と工夫を積み重ねた賜物じゃ」

ぼくはテオドアさまに教えてもらいながら、採取のついでに古い葉や花を剪定して、水生成《ウォーター》で土が湿る程度に水をやる。

前世ではベランダ菜園すらやったことがなかったので、初めての経験だ。

「……わしも長いこと植物と触れ合ってきたがの。薬草どころか、植物は知れば知るほど奥が深く、かくも美しいものかと驚かされるものじゃ」

「テオドアさまでもそうなんですね」

「もちろんじゃよ。色・形・数……。意味のないものなど、何一つないと気づかされるのう。必ず、すべてに意味があるのじゃ」

「意味……？」

ぼくは手を止めて、テオドアさまを見た。そんなこと、これまで考えたこともなかった。

「例えば色じゃ。無花果《いちじく》は未熟なうちは緑じゃが、熟すごとに赤くなるじゃろう？　あれは、鳥に果実を食べてくれと言っているのじゃ。種を運んでもらうためにの」

「ああ。なるほど……！」

確かに言われてみれば、自然界では実が赤くなるものが多いような気がする。

「葉は乾燥が強ければ厚く、湿気ていれば細長くと、環境に適した形でつくのじゃよ。そして、最たるは数じゃ！」

テオドアさまは、子どものように目を輝かせて語る。

老いてもなお、探究の意欲は衰えないどころか、ますます楽しくなって仕方ないというその様子に、ぼくは圧倒されるようだった。

「花びらの枚数をよくよく観察すると、たいていは三・五・八・十三・二十一・三十四・五十五と分類できるのじゃ」

「？　それが何か……？」

（あれ。なんだっけ。前世で聞いたことがあるような……）

思い出せそうで思い出せないもやもやに、ぼくは頭をひねる。

「三＋五＝八、五＋八＝十三、八＋十三＝二十一……。前の二つの数を足して次の数を得ると、不思議なことに規則性が見えてくるのじゃよ」

（規則性……。あ！　あああー！　思い出した！　フィボナッチ数列だ！）

ぼくは、前世で理系の大学を卒業している。大学の入試で、フィボナッチ数列の問題が出題されたことを、やっと思い出したのだ。

ぽんと手を叩いて口を開けたぼくに、テオドアさまは興が乗ったのか、うんうんと頷いている。

「ごく稀に花びらの枚数が四・七・十一のものもあるがの、規則性は変わらんのじゃ。はてさて、かような法則を、いったい誰が決めたのか……。植物自身か？　神か？　それとも、自然そのものか」

思慮深さを湛《たた》えた静かな瞳に、ぼくはぞわりと鳥肌を立てて唾を飲む。

（最初は変わった人だなあって思ったけど、とんでもない……！　めちゃくちゃすごい人じゃないか！）

前世では『自然界の神秘』とも言われていた数列に、この世界で独自にたどり着いたひとがいる。

そんなひとに教わっている事実に、ぼくは心から感謝するのだった。

春の雪解け

リュカは教会、ぼくは教会図書館で。そんなふうに充実した毎日を過ごしていたら、ひと月半なんてあっという間だ。

日に日に春めいてきたなか、ぼくは十四歳の誕生月を迎えた。今日はセージビルでも少しお高めな食堂で、みんなにお祝いをしてもらう。

「「「坊ちゃん（にぃに）、十四歳おめでとうございます（おめっとー）」」」

「ありがとう！」

ぼく……ううん、僕とリュカは果実水で乾杯だ。

大人たちは、僕が正体をなくさない程度ならお酒を飲んでもいいよと言ったせいで、嬉々としてジョッキを空けている。

（そんなにかぱかぱ飲んで、本当に大丈夫なのかな？）

一抹の不安を抱きつつ、次々と運ばれてくるご馳走におしゃべりの花が咲く。

あの時食べたあれが美味しかったとか、ヴァレーはどんな良いところがあるのかとか、取り留めない話が弾みに弾んで楽しい食事だ。

さらに食事の終わりには、思いがけずみんなからプレゼントをもらってしまった。

「筆まめな坊ちゃんに、こりゃあぴったりだと思ったんでさあ」

ドニから手渡されたのは、柄《え》にリーフ模様が彫られた品の良いレターナイフだった。

僕が手紙を書くことが多いのを知って、長く使える良い品をわざわざ探してくれたらしい。

「わあ……。ドニ、ありがとう！　大事にする！」

「喜んでもらえて良かったですぜ」

僕にしては珍しく満面の笑みでお礼を言うと、ドニは照れくさそうに頬をかいていた。

次いでブノワからは、チーズの詰め合わせだった。

チーズはそのまま食べても良し、料理に入れても良し。使い道がたくさんで、いくらあっても困ることはない。

それに、秘密にしていたわけじゃないけれど、僕の大好物なのだ。特にハードタイプには目がない。

「ブノワはなんで僕がチーズ好きだって気づいたの？」

「……勘だ」

不思議に思って聞いてみたら、まさかの野生の勘だった。さすが熊だ。

お次は……とチボーを見ると、高らかに陶器の小瓶を差し出してきた。

「じゃじゃーん！　オレからのプレゼントは、海の塩っす！」

「えええ！　海の塩⁉」

僕がこんなに驚くのにもわけがある。

というのも、ソル王国は海とは無縁の内陸なので、日々の暮らしで使う塩は岩塩だ。必然、国内に出回っている海塩は輸入物で、塩にしては高価だった。

チボーに聞くと、先日たまたま見て回った露店でこの海塩を見つけて、「これだ！」と即買いしたらしい。

「……大丈夫？　騙されてない？」

「ルイ坊ちゃん、疑うなんてひどいっすよ！」

そう言われても、心配なものは心配だ。悪質な商人だと、塩に砂を混ぜてかさ増しして売る……ということもあると聞く。僕は蓋を開け、手のひらに中身を少し出して鑑定してみた。

【名前】マリンブリーズソルト
【状態】可
【説明】食用可。セーファラーズ海国原産の海塩。海水特有の栄養が豊富。ほのかな甘みと、まろやかな塩味《えんみ》が特徴。風味が良い。湿気やすいので保管に注意が必要。

「おおお！　本物だ！　チボー、ありがとう。ぺろっ……うん。確かに深みのある良い塩だ」

「へへ、ルイ坊ちゃんは料理がうまいっすからね。その塩ならいつもの料理が何倍にも美味くなるって商人が言うもんすから、奮発したっすよ！」

鼻をこすったチボーが良いこと言ったとキメているけど、どうせこの塩で作った料理を自分たちにも食べさせてほしいという魂胆だろう。見え見えだ。

そうして、プレゼントももらったことだし、そろそろ締めかと思ったらまだだった。

ドニに椅子から下ろしてもらったリュカが、もじもじと恥ずかしそうにしながら、筒状に巻かれた絵を僕に差し出したのだ。

「あいっ、にぃに。おたんどーび、おめっとう！」

「リュカ、ありがとう……！」

受け取った絵のリボンをほどいて、丁寧に開く。そこには、人の顔が描いてあった。焦茶のわしゃわしゃ髪に、ぐるぐるの青い目。真っ赤な口は弧を描いている。

「……これはもしかして、僕？」

「しょー！　にぃに〜！　りゅー、にぃに、だーいしゅき！」

「……っ」

リュカが僕に抱きついてくる。その小さな背中を、絵を持った手とは反対の手で抱きしめた。

僕が最後に誕生月を祝ってもらったのは、十歳の時。まだ元気だった父さんと優しかった母さんが、二人でお祝いしてくれたのが最後だ。

だから、「おめでとう」と誕生を祝われる嬉しさを忘れかけていた。

（……生まれてきて、良かったなあ）

頬が温かい。これ以上ないとびきりのプレゼントに、僕は心からそう思うのだ。

僕の誕生月のお祝いからしばらく経ち、春もなかば頃。

セージビルはにわかに慌ただしい雰囲気になった。待ちに待ったアグリ国まで続く街道が、ついに雪解けで通れるようになったのだ。

そのため、僕たちと同じように足止めをくらっていた商人たちが、一斉に旅立ち始めた。

「ねえ、ドニ。僕たちはいつ頃出発するの？」

「この時期は、まだ寒さがぶり返すこともあるんでさあ。なもんで、少し様子を見て……七日後に出発しやしょうか」

「ふーん。そうなんだ。わかったよ」

諸々の準備は大人に任せる。僕とリュカはお世話になった教会やテオドアさまに、お別れの挨拶をして回ることにした。

「にぃに、りしゅと、ばいばい？」

「……うん。そうだよ。『ばいばい』だけど、またいつか遊びに来ようね。だから『またね』もしよう」

「……ぐすん」

リュカはせっかくできたお友達とのお別れに、しょんぼりとうつむいている。僕も、リュカにまたお別れを経験させてしまうことに、心が痛かった。

いよいよ教会に通うのも最後となったその日は、子どもたちが門まで見送ってくれた。

「アリスちゃん、リュカと遊んでくれてありがとうね」

「りしゅ……ぐすん。ばいばい……」

「りゅーくん。またね！」

「……あいっ。まちゃね」

アリスちゃんはリュカの両手を握って、元気に言う。そのあっけらかんとした笑顔につられて、リュカも泣き笑いの笑顔を返していた。

(アリスちゃん、ありがとう……！)

リュカが泣きわめくことを覚悟していた僕にとっては、アリスちゃんの潔い別れの挨拶はさまさまだ。

そして、教会図書館では、テオドアさまが僕の出立を惜しんでくれた。

「せっかく、久しぶりに見どころのある弟子と会えたと思ったんじゃがのう」

「弟子と言ってもらえて、うれしいです。僕も、もっとテオドアさまに教えてほしかった」

ひと月半では全然足りない。もしも許されるなら、きちんと弟子入りしたいほどだった。

「ほっほっほっ。なあに、学ぶことはどこでもできるものじゃ。読み終わった本の感想に、ヴァレーの植物や葡萄のこと。なんでも手紙に書いてくれれば、わしもうれしいのう」

「ありがとうございます！　遠慮なく、手紙を書きます」

「うむ。おお、そうじゃ！　時どきで良いから、ヴァレーのワインも届けてもらえんかのう。わしはワインが大好物なんじゃ」

テオドアさまが茶目っ気たっぷりに言ったその言葉に、僕はむしろ気持ちが楽になった。

僕が家庭教師の代金を渡そうとしても、テオドアさまは「わしが好きでやってることじゃからの」と言って受け取ってくれなかったのだ。

きっとテオドアさまの教えを、大金を積んでも受けたいという人は多いと思う。それがわかっていたからこそ、返せるものがない僕は気を揉んでいた。

「……もちろんです。楽しみにしててくださいね！」

一等上等なワインを贈って、テオドアさまを驚かせよう。そう心に決めて、テオドアさまと握手を交わす。

（いつか、また）

こうして、僕たちはお世話になった人たちに別れを告げた。

さあ、旅の再開だ。

リュカの才能

セージビルを出発した僕たちは、アグリ国に通じる街道を南東に真っ直ぐ進んでいる。

ぽかぽかとした温かい春の陽気に、僕とリュカは御者台に座らせてもらった。

「風が気持ちいい～！」

「ふあああ～！　しゅっご～い！」

ぽっかぽっかと響く蹄《ひづめ》の音に、立派な馬のお尻越しに広がる新緑と晴れた青い空。そして、ずっと先の白の山脈。爽やかな対比を描く風景と吹き抜ける風を、僕たちは楽しんでいた。

何日も似たような景色が続く。そこかしこから鳥の声が響くようになってきた。姿は見えないけれど、確かに森に住む動物たちの気配を感じる。

春は繁殖の季節なので、きっとオスがメスに必死でアピールしているのだろう。

とてものどかで平和だった。

その日も、僕たちはのんびりと街道を進んでいたけれど、ふと窓の外を見ると、騎馬で先導していたチボーが何かを見つけたらしい。

右手を大きく斜め後ろに伸ばした姿をしている。あれは、「止まれ」のハンドサインだ。

それをブノワも見たようで、「ホー」という掛け声が聞こえてきて、馬車がゆっくりと止まった。

すぐにチボーが騎乗したまま馬車に駆け寄ってきて、窓越しに緊迫した口調でドニに報告している。

「……団長、この少し先にアンデッド化した獣がいるっす」

「よく見つけた、チボー。んで、その獣っていうのは一体なんだ？」

「その、傷だらけでよくわからないんす……。たぶん、ミンクリスだと思うんすけど……」

「アンデッド化したミンクリスだと？」

ミンクリスといえば、人懐っこくてつぶらな瞳とふわふわの毛皮がかわいい、ペットとして人気の高い小動物だ。ぼくは市で高値で売られているのを、何度か見かけたことがあった。顔や毛皮は前世でいうところのミンク、尻尾はニホンリスに近いと思う。

ふつう、食物連鎖がある野生の動物はアンデッド化しにくいとどこかで聞いたことがある。動物の死骸は、ほかの動物に食べられて跡形も残らないことが多いからだ。

たとえ寿命や老衰で息絶えたとしても、人間のような知性がない限りはあっという間に分解され、土に還ってしまうらしい。

「団長。きた」

御者台に座っていたブノワが、小さな中窓を開けて報告してきた。どうやら、件《くだん》のアンデッドが近くに寄ってきたらしい。

「……はあ。街道に出たアンデッドは討伐推奨。仕方ねえ、ちょっくら行ってきますぜ。坊ちゃん方は、絶対に馬車から出ないでくだせぇ。おい、チボー。何があっても坊ちゃん方をお守りしろっ」

「はいっす」

ドニはそう言って、一人で外に出る。いつもは腰に佩《は》いている剣を抜く音がした。

僕は固唾《かたず》を飲んで、膝に座るリュカをぎゅっと抱きしめる。

腕に覚えのあるドニが、小動物に後れをとることはないと頭ではわかっていても、危険な事態に心臓がいやな音を立てていた。

「心配しなくても、団長は強いっすから！　ちょちょいのちょいで終わりっすよ！」

「……そうだよね」

けれど、予想に反して、一向にドニは戻ってこない。

僕よりも先にチボーが痺れを切らして、ブノワに詰め寄った。

「ブノワのおっさん！　団長は一体なにしてるんすかっ」

「団長、行く。逃げる。団長、引く。寄る。繰り返し」

おそらく、ブノワはドニとアンデッドがイタチごっこをしていると言いたいらしい。

（……なんで、そんなことをしてるんだろう）

その行動から、アンデッドに攻撃はおろか逃走の意思もないように思う。

「……何か理由があるのかな。助けてほしいとか、伝えたいことがあるとか」

そんなことをつぶやくと、腕の中のリュカがみじろいだ。

「にぃに、あにょねー。あかちゃん、たしゅけて〜って」

「えっ。リュカ？」

「？　う？」

「……赤ちゃん、助けてって言ってるの？」

「あいっ！」

僕には何も聞こえなかったけれど、リュカには何かの声が聞こえたようだ。

リュカはこんな時に嘘をつくような子ではない。もしその言葉を信じるなら、状況的に声の主はミンクリスしか思い当たらなかった。

「ブノワ、ドニに一度馬車に戻るように伝えてくれる？」

「（こくこく）」

ブノワの帰還を促す声がしたあと、しばらくするとドニは頭をかきながら戻ってきた。

「面目ねえ……。おちょくってるのか、ちょこまかとすばしっこくて、困っちまいますぜ」

「それなんだけど……。リュカが言うには、あのアンデッドは赤ちゃんを助けてほしいんだって」

「へ？　赤ちゃん？」

ドニは鳩が豆鉄砲を食らったような顔をした。

「うん。だから、剣をしまった状態で、一度アンデッドに呼びかけてみてくれないかな。剣を抜いてるから、警戒して近寄ってこないのかも？」

「アンデッドに納刀したままでとは、坊ちゃんも無茶を言いやすね……。だが、このままじゃ二進《にっち》も三進《さっち》もいかねえ。……わかりやした。一度だけやってみますぜ」

「ごめん……。でも、無理だけはしないで」

万が一アンデッドに噛まれたら、アンデッドになる……なんてことはないけれど、傷口が膿んで感染症などの病気に罹ってしまう可能性が高い。危険な賭けだ。

真剣な表情をしたドニが、再び外に出ていった。両手を挙げ、戦う意思がないことを示しながら、アンデッドに近づいていく。

僕はチボーに窓を開けることさえ止められたので、そこでドニの姿が見えなくなってしまった。

（ドニ……どうか無事で）

どのくらい、時間が経ったのだろうか。息を切らしたドニが、馬車に戻ってきた。……懐に、小さなミンクリスの赤ちゃんを一匹抱いて。

「ルイ坊ちゃん、リュカ坊ちゃんの言うことが見事に的中しやしたぜ」

ドニが言うには、警戒を解いたアンデッドのミンクリスは、時折後ろを振り返りながら森に入って行ったそうだ。

まるで「ついてこい」とでも言うかのような行動に仕方なく後を追うと、しばらくして一本の大木の前でアンデッドは立ち止まったらしい。

ここが目的の場所かと、その木の根穴を覗き込んだところ、三匹のミンクリスの赤ちゃんを発見した、ということだった。

「あのアンデッドは、親だったんでしょうな」

「そんな……」

ミンクリスが、なぜアンデッドになってしまったのかはわからない。でも、きっと赤ちゃんたちのことが心残りで、誰かに助けてほしくて、文字通り死んでも死にきれなかったのだろう。

「……赤ん坊たちは動いてませんで、三匹とも事切れてるもんだと思ったんですぜ。そうしたら、こいつだけかすかに動くのが見えやして、慌てて連れ帰ってきたんでさあ」

「そっか……。ほかの二匹は残念だけど、一匹だけでも生きてて良かった」

僕はドニから赤ちゃんを受け取ろうとして、ハタと気づく。

（……人に感染る病気とか、持ってないよね？）

生まれてから短い期間とはいえ、野生で生きてきた動物だ。心配になった僕は、念の為、鑑定をしてみる。

「鑑定」

【名前】ミンクリスの幼獣
【年齢】一ヶ月
【性別】メス
【状態】衰弱
【説明】嗅覚が発達している。換毛は年二回（夏・冬）。泳ぎが得意。雑食。昼行性。

（状態に『病』がないから、大丈夫なはず）

そうして、やっとドニから赤ちゃんを受け取った。赤ちゃんは手のひらほどの大きさで、まだ完全には目が開いていない。

それに『衰弱』とある通り、しばらく餌をもらえなかったのか、震えて弱々しい鳴き声をあげている。

「チボー、ちょっとミルク作って！」

「えっ、ちょっ、坊ちゃん！」

雑食とはあるけれど、赤ちゃんが何を食べるかはわからない。なので、ひとまず手持ちの粉ミルクをチボーに押しつけ……もとい渡して作ってもらう。一度フルモアに全て渡してストックのなかった粉ミルクだけど、非常事態に備えてセージビルで補充をしておいて本当に良かった。

チボーがミルクを作っている間に、僕は赤ちゃんに洗浄《クリーン》を軽めにかけて、生活魔法で準備した温かいおしぼりでさっと拭く。

綺麗になった赤ちゃんを柔らかく暖かい毛布で包んであげると、震えが止まった。

「お待たせー。ごはんだよ～」

チボーがやっとこさ作ったミルクを受けとり、布に染み込ませて赤ちゃんに含ませる。

食欲はあるようで、赤ちゃんは必死に布をちゅうちゅうと吸った。

(効率が悪いなあ……スポイトがあれば……)

「ひとまず問題なさそうで安心しやした。……俺は、三匹を弔《とむら》ってきやす」

ドニはそう言うと、また静かに馬車を出て行った。その背中を黙って見送る。

僕とリュカに慮《おもんぱか》って、ドニはなんでもないように振る舞っていたけれど、きっと損な役回りを押しつけてしまったはずだ。

「にぃに、あかちゃん、かあいいね～」

「かわいいね、リュカ。でも、触っちゃだめだよ。赤ちゃん、いまはちょっと具合が悪いから、見るだけね」

「……わかっちゃ！」

横から赤ちゃんを覗き込んでいるリュカは、うずうずと赤ちゃんを触りたそうにしていた。けれど、まだ力加減のできない幼児が弱っている小動物の赤ちゃんを触ると、さらに悪化させてしまうかもしれない。

そう思って注意すると、リュカは慌てて両手をぐっと握って背中に隠した。そんなところもかわいい。

根気よくミルクをあげ続けて、やっとお腹いっぱいになった赤ちゃんが寝入った頃、ドニが戻ってきた。

「ただいま戻りやした」

「……ドニ、ありがとうね」

ドニは何も言わず、ただ頷く。

しばらく、僕たちは黙って赤ちゃんの様子を見ていた。ぐっすりと眠っていて小康状態のままだ。

赤ちゃんの体に障りがないように気をつけながら、僕たちは今晩の宿を求めて、ゆっくりと馬車を走らせ始めた。

「で、ルイ坊ちゃん。ミンクリスの幼獣をどうするんですかい」

「そろそろ決めないとダメなのはわかってるんだけど、悩ましいよね……」

ミンクリスの赤ちゃんを保護した日の夕方に、僕たちはこの小さな村にたどり着いた。気がつけば、もう数日滞在している。

着いた初日に、村長から効果は弱いけれど治癒《ヒール》を使える村人がいると聞いて、赤ちゃんにかけてもらった。

その甲斐あってか、赤ちゃんは今では目も開いて、リュカと遊べるくらいに元気を取り戻した。驚異の回復力だ。

ここまで回復すれば、もう大丈夫だろう。僕とドニは旅を再開するにあたって、赤ちゃんの身の振り方をどうするのか、ひそひそと相談をしていた。

「ククク—」

「くくく—」

「ククック—？」

「くくっく—？」

ミンクリスの赤ちゃんの鳴き声を真似て、リュカも鳴く。

リュカは赤ちゃんの寝床から片時も離れず、それはそれは可愛がっていた。とてもではないけれど、僕たちの話は聞かせられない。

「赤ちゃんを連れて行くか、里子に出すか、野生に返すか。三択だけど……」

「赤ん坊を野生に返すのは、みすみす死なせるようなもんですぜ」

「そうだよね」

せっかく助かった命だ。できることなら、生を全うしてほしい。

「親から託された責任もあるし、連れていってあげたいのは山々なんだけど……」

馬車旅で生き物……それも生後一ヶ月の赤ちゃんを連れて行くなんて、無謀だろう。餌やり・水分補給・トイレ・運動と、少し考えるだけでも問題はたくさんある。

それに、もしも病気になってしまったら？

人間と違って意思を伝えられないのだ。旅に連れて行くのは、僕たちのわがままではないか。

「言いにくいんですが、里子も良し悪しですぜ」

「えっ？　そうなの？　でも、ミンクリスって、ペットとして人気だよね？」

「へえ。まあ、それはそうなんですがね……。実は、ミンクリスの毛皮は高値で売れるんでさあ。飼おうにも、手間や食糧がかかりやす。小さな村の負担を考えれば、ある程度の大きさに育った途端、売り払って金を手に入れよう、となってもおかしくねえですぜ」

「そんな……」

僕は絶句して、こんなにかわいいミンクリスの毛皮を、と想像しかけた頭をぶるぶると振る。

いよいよどうしようか悩んでいたその時、リュカが言った。

「にぃに～！　あかちゃん、おにゃか、ぺこぺこ～」

「……赤ちゃん、お腹が空いてるの？」

「あいっ」

（そう言えば、アンデッドが『赤ちゃんを助けてほしい』って言ってるって、リュカが言い出したんだよな……）

試しに用意したミルク皿に顔を突っ込み、がぶ飲みする赤ちゃんを見守りながら、ドニに尋ねてみる。

「……リュカは、ミンクリスの気持ちがわかるみたい。でも、そんなことってあるのかな？　まだ三歳だから、スキルはないはずだよね？」

「うーむ。もしかしたら、リュカ坊ちゃんには才能があるのかもしれやせん」

「才能？　スキルじゃないの？」

初めて聞く話に、僕は首を傾げる。

「俺も詳しくないんですがね。一部のスキルは後付けなんじゃないかと、まことしやかに言われてるんですぜ。ルイ坊ちゃんで言うと、計算が得意……つまり才能があったから、計算スキルを授かったというやつでさあ」

「リュカだと、そもそも動物の気持ちがわかる才能があるってこと？」

「へい」

（スキルって因果なの？　じゃあ、僕の鑑定や生活魔法って、どうして授かったんだろう？）

一瞬、思考が脇道に逸れたけど、いまは赤ちゃんをどうするかだ。見るからに相思相愛の一人と一匹を引き離すのは、気が引ける。

「リュカ坊ちゃんの場合は、十歳の洗礼で調教《テイム》スキルを授かるやもしれませんぜ」

「調教《テイム》スキル？」

「平たく言うと、動物と意思疎通ができるようになるスキルでさあ。ただ相性があって、人によっては犬系だけ、鳥類だけと限定されることもあるんだとか。リュカ坊ちゃんの才能がどこまでかはわかりやせんが、いずれにせよしつけも世話も格段に楽になるかと。となれば、連れて行くのも不可能ではないですぜ」

ドニが唆《そそのか》すかのように、ニヤッと笑う。

僕の心の天秤がどちらに傾いているかなんて、全部まるっとお見通しなのだろう。

「……うん。よし、決めた。連れて行く！」

「それでこそ坊ちゃんでさあ」

「なるべく、赤ちゃんが快適な馬車旅を過ごせるように準備しよう。それでも負担がかかるようなら、その時は責任持って可愛がってくれる里親を見つけるよ」

「わかりやした」

赤ちゃんはお腹いっぱいミルクを飲んで、ぺろぺろと口を舐めている。リュカもつられて舌をぺろぺろしていて、つい笑ってしまった。

「ククク～！」

「おにゃか、いっぱい～」

(家族として迎えるのであれば、良い名前をつけてあげないと)

赤ちゃんの歌うようなかわいい鳴き声を聞いているうちに、僕はぴったりな名前が思い浮かんできた。

「……リュカ。赤ちゃんの名前だけど、メロディア《旋律》はどうかな？」

「う？」

「まだリュカにはちょっと言いにくいか。そうだな……メロちゃん、だよ」

「めろちゃん！　かあいい！」

「ククー！」

本人ならぬ本獣も、名前を気に入ってくれたみたいだ。リュカと一緒になって、嬉しそうにくるくると回っている。

こうして、僕たちの旅に、ミンクリスの赤ちゃんであるメロディアが仲間に加わったのだ。

はじめまして

メロディアと一緒に旅をするようになって、一週間ほどが経った。今のところ、順調に旅を続けられている。すっかり緑の濃い季節に様変わりした。

「めろちゃん、おてて、たっちー！」

「ククー！」

「いいこ〜、いいこ〜。ちゅぎー、おしゅわりっ」

「ククーン」

「めろちゃん、しゅっごーい！」

お昼を食べ終わってのんびり日向ぼっこをしている間に、舌足らずのリュカがメロディアに芸を仕込んでいた。ちなみに、監督・監修は僕だ。

三歳児と小動物の赤ちゃんがわちゃわちゃと戯《じゃ》れあっている様子は、とてもかわいい。

大人たちなんて、揃いも揃って強面な顔がデレデレと笑み崩れている。

（まさか本当にできるようになるとは、思ってなかったなあ）

しつけとふれあいの一環で芸を教え始めたところ、赤ちゃんながらも賢いメロディアは、あっという間にタッチとお座りができるようになってしまった。

……ただし、リュカが言ったら、だ。僕が同じことを言っても、メロディアは無視する。

メロディアがリュカの言うことを聞くのも芸を覚えたのも、おそらくリュカに才能があるからこそなんだろう。

（ほんと、リュカの才能はすごい）

メロディアがお腹を空かせている・のどが渇いている・眠たいといったことを、リュカが一生懸命教えてくれるので、思いの外なんとかなっている。

餌やりと水分補給は馬車を止めて行い、トイレは馬車に固定したケージ内のスライムゼリーでするようにしつけた。その都度、全力で洗浄《クリーン》だ。

運動は、僕たちの休憩時間に合わせて水遊びや紐遊びをする。ひまがあれば、こうして芸も仕込んだ。

なかでも、泳ぎが得意なミンクリスらしく、一日一回は水遊びをせがまれるのが恒例だった。二本脚で立ち、うるうるお目々で僕を見上げて「ククク―」と鳴くのはずるいと思う。

（僕の言うことはちっとも聞かないのに、こういう時だけはちゃっかりしてるんだから）

深めの大鍋に水生成《ウォーター》と発熱《ヒート》でぬるい温水を張ってあげると、メロディアは水飛沫《みずしぶき》をあげて泳ぎだした。

「めろちゃん、おみじゅ、どじょー」

「ククク－！」

リュカも途中の村で買い求めた子ども用のじょうろで、メロディアに水をかけてあげている。一緒に遊んでいるうちに、服をびしょびしょに濡らすまでが、もはやお約束だった。

そして、気の済むまで水遊びをしたら、馬車に戻ってメロディアはハンモックでお昼寝に勤しむ。頭上でゆらんゆらんと揺られながら、ヘソ天状態で気持ちよく爆睡しているその姿に、僕もドニも苦笑してしまった。

くつろいでくれている分には問題ないのだけど、まるきり野生を忘れてしまったかのようだ。

（ミンクリスって、ヘソ天になるんだね……）

膝で眠るリュカの頭を撫でる。一人と一匹の健やかな寝息を聞いているうちに、僕たちは国境を超え、ついにアグリ国内へと入った。

気がつけば、旅はもう終盤だ。

アグリ国に入ってから、目に見えて自然が多くなった。さらには渓谷・川・湖が多く水が豊富なためか、空気も澄んでいるような気がする。

故郷であるソル王国は年中乾燥していて砂っぽかったので、僕にとってアグリ国は過ごしやすかった。

そんな環境の違いに、体が慣れてきた頃。僕は喉に違和感を覚えるようになった。なんだかいがらっぽくて、時どき声が掠れてしまうのだ。

（風邪でも引いたかな？）

でも、痛いわけではないし、咳もでない。ひとまず水筒から水を飲んで、喉を潤す。

「にぃに、おうた、うたって～」

「ククク～」

肩にメロディアを乗せたリュカが、僕の服を引っ張っておねだりしてくる。

ふとしたいたずら心で「メロディアはふわふわでかわいい、栗色でまんまるだ」と歌ってみたところ、リュカがものすごく気に入ってしまった。

要は、前世の有名な童謡の替え歌だ。

それからことあるごとにせがまれて、もう何十回歌ったかわからない。

僕が歌うのに合わせて、リュカも元気いっぱいに歌う。しかもメロディアまで鳴くので、馬車はとても賑やかだった。

「にぃに！　もっかい！」

「えー、しょうがないなあ～、めー……こほんっ」

「う？　にぃに、だいどーぶ？」

「あーあー。こえが……」

無理に声を出そうとすると、裏返ったりガラガラ声になってしまってうまく話せない。

正面に座っているドニが、心配そうに眉を寄せて僕のおでこに手を当てた。その手があまりにも大きすぎて、僕の目が半分隠れてしまう。

「(ふるふる)」

「ルイ坊ちゃん、ちょいとおでこを失礼して……。熱はないですな。喉に痛みはありやすか？」

「うーん。こりゃあ、坊ちゃんの歳からすると、声変わりかと思いやす。ガキの頃、俺もそんな感じでしたぜ。しばらくは、無理に喋らない方が良いでさあ」

「(こくこく)」

(なるほど、声変わりかあ。言われてみると、この感じは確かにそうかも)

「にぃに、おかぜ？」

「(ふるふる)」

「リュカ坊ちゃん。ルイ坊ちゃんは風邪ではないですが、しばらくは歌えませんで。代わりに、僭《せん》越《えつ》ながらこのドニが歌いやしょう」

そう言って、意外にもドニが歌い出した。ちょっとダミ声だけど、低い歌声の響きは悪くない。

僕はリュカと一緒に手拍子を取る。そのうち声変わりも終わるだろうと、この時は楽観的に考えていた。けれど……。

その日の夜、僕たちはスールート村に泊まることになった。ヴァレーの手前にある村のなかでは、一番大きな村だ。

スールート村はごく小規模ながらも市が立つので、旅商人や近隣の村々から人が集まって、それなりに栄えているらしい。おかげで、久しぶりに小屋ではなく、ちゃんとした宿屋に泊まることができた。

日もどっぷりと暮れ、さあそろそろ寝ようという頃。リュカと揃ってベッドに横になった僕は、体に違和感を覚えた。なんだか足全体、特に膝がズキズキと痛むのだ。

（我慢できないほどの痛みではないけれど、動いたり寝返ったりすると響く……）

リュカを起こさないようにそろりそろりと何度も寝返りを打ち、まんじりともしない夜を過ごした僕は、翌朝、見事に寝坊してしまった。

「にぃにー。おっきちて～！　あしゃにゃの！」

「クク！」

ぷんぷんと怒っているリュカとメロディアに、ぺちぺちと頬を叩かれて目が覚める。痛みは何事もなかったかのように引いていた。

さすがに不思議に思って、自分を鑑定してみる。万が一、何かの病気だったらいやだ。

「鑑定」

【名前】ルイ・ヴァレー
【年齢】十四歳

【性別】男
【スキル】計算・鑑定・生活魔法
【賞罰】なし
【状態】健康（寝不足／成長期）

「ねえ、ドニ。僕、状態は健康だけど、寝不足・成長期なんだって」

「十中八九、成長痛かと思いやすがね。あまりにも痛むようなら、旅の治療師に診てもらいやしょうか？　ちょうどこの村に滞在しているそうなんでさあ」

ドニの提案は嬉しいけれど、治療師に診てもらうのだって安くはない。このくらいの痛みで、と気が咎《とが》めた。

「そんなに強い痛みでもなかったし、もう痛くないから、ひとまずは良いかな」

「へえ。なら、しばらくこの村に滞在しやしょうか。ヴァレーまではもう数日ですが、この先は小さな集落しかありやせん。また痛みが出た時のために、治療師がいるこの村にいた方が良いかと」

「そうだね。ちょっと寝不足でしんどいし、二〜三日この村でゆっくりしようか」

なんて話をドニとしていた、その日の夜。

（体の下半分が痛くて、寝れない……！　特に膝！　めちゃくちゃ痛い！）

少しでも身じろぐと、昨夜よりもさらに強い痛みにうめいてしまう。体中にじーんと響き、関節の内側が爆発するような感覚だ。

あまりの痛さに、僕は生理的に涙がでてきてしまった。

(成長痛って、こんなに痛いものだっけ⁉)

前世でもこんなに痛くはなかったはずだ。それとも、世界や人種が違うからだろうか？

僕はどうにも我慢ができず、なんとか身を起こした。

そして、万歳姿で寝ているリュカを起こさないように注意しつつ、申し訳ないけれど隣のベッドのドニを叩き起こす。

「ふわぁ〜あ。……ルイ坊ちゃん、こんな時間にどうしたんですかい」

「どうしても成長痛が痛くて、寝れないんだよ……」

「この時間に治療師に診てもらうのは難しいですぜ。朝一にはお連れしますんで」

こんなことなら、日中、治療師に診てもらえば良かった。

前世を含めるとだいぶ大人な年齢のはずの僕ではあるけれど、さすがに本気で泣きそうだ。

「……仕方ねえ、ちょっくらうつ伏せになってくだせぇ」

そんな僕を見るに見かねて、ドニが自警団仕込みのストレッチとマッサージをしてくれる。

普段の僕なら、何が嬉しくておっさんに体を触られなきゃいけないのかと、断固拒否するところだ。だけど、いまは藁《わら》にもすがる思いだった。

ぐっぐっぐっと、肩・背中・手・足と順に指圧される。

最初はうめくほど痛くて仕方がなかった。けれど、ちょうど良い力加減と関節や筋肉が痛気持ちよく伸びる感覚に、ほっと体のこわばりが解けていく。

（気持ち良い～）

痛みが軽くなると、体もぽかぽかと温まってくる。僕はゆっくりと夢の中に落ちていった――

翌朝になると、少し違和感があるくらいで痛みは感じなかった。でも、念の為、ドニが治療師を宿に連れてきてくれる。

やってきた旅の治療師は、痩せ型の丸メガネをかけた男性だった。三十代後半くらいだろうか。

僕はさっそく、問診と触診を受ける。

「ふむ。成長痛のようだけど、潜在的な病気の可能性もあるので、一応検査《スキャン》しましょうか」

「はい。お願いします」

「では。検査《スキャン》」

僕の体にかざされた治療師の手が、ふわっと光る。触れるか触れないかぎりぎりの距離をあちこち移動して、病気がないかを検査しているようだ。

（何度見てもスキルで病気を探せるとか、ファンタジー……）

僕がその様子をぼんやりと見ていると、すぐに検査は終わった。

「……ふむ。病気や炎症は見当たりません。成長痛ですね」

「やっぱり……」

「湿布を数日分、お渡ししましょう。痛みを鎮める薬や寝つきを良くする薬もありますが、副作用もあるので、あまりおすすめはしません」

「どのくらい、痛みは続きますか？」

「個人差はありますが、数日で治ると思います。可能なら、しばらくこの村に滞在された方が良いでしょう。私もそのくらいまではこの村におりますので。数日経っても、もし痛みが治らないようなら、また診せてください」

あえなく、この村にしばらく足止めされることが決定してしまった。

（身長を伸ばしたくて、毎日ミルクを飲んでたからだろうけど、何もいま成長期が来なくても……！　ヴァレーまでもう近いのに……！）

じりじりと焦れながら、痛みが治るのを待つ。とにかく眠くて仕方なくて、僕は一日中寝て過ごした。……いつの間にか懐に潜り込んでいた、リュカとメロディアと一緒に。

体の節々が痛む夜は、ドニにマッサージをしてもらう。さらに、湿布を貼ったり、足場で体を温めた。

思いがけずにやってきた成長痛は丸三日も続き、四日目にしてやっと痛まなくなったのだ。

「ん〜〜〜、爽快！」

「にぃに、だいじょぶ？」

「ククク〜？」

「もう大丈夫みたい」

僕はベッドから上半身を起こして、ぐーっと伸びをする。心配そうに僕を覗き込むリュカとメロディアを、順に撫でた。昨夜は久しぶりに痛みを感じずに眠れたので、体が軽い。

「油断は禁物ですぜ、ルイ坊ちゃん。もう何日か様子を見て、ぶり返さなければ出発しやしょう」

「わかったよ、ドニ」

その後、大人しく二日ほど様子を見たけれど、問題ないみたいだ。宿でごろごろするのはとっくのとうに飽きた。なので、早々に出発することを決める。

（いよいよ、あと少しでヴァレーだ）

そうして、期待と緊張を胸に、僕たちはほぼ一週間ぶりに旅を再開したのだった。


街道をはずれ、ヴァレーへと続く山道を進む。次第に、標高はゆるやかに高くなった。

途中、宿なんてない小さな集落で小屋を借りる。みんなで残り少ない晩を過ごした。

ド田舎、なんて言葉が生優しい場所だ。夜になれば自分の手すら見えない闇に覆われてしまう。

なので、何をやるにも難儀する。

けれど、一つだけ良いことがあった。星がとても綺麗なのだ。

この星を見ないのはもったいないと、夕飯を野外でとることに。焚き火を囲んで、肉や野菜を串に刺して焼いたり、収納《ストレージ》に眠っている残り少ないストックを食べる。春になって暖かくなったからこそ、できることだ。

「にぃに～。りゅー、ペッコンたべちゃい！」

「はいはい。ベーコンね。これが焼けてるから、どうぞ。あとは、かぼちゃと玉ねぎも。野菜もちゃ～んと食べるんだよ」

「あい！」

ゆらゆらと燃える焚き火でじっくり焼くと、肉も野菜も特別美味しく感じられる。これぞ旅の醍醐味だろう。

お腹いっぱい食べた。いまだお酒を飲んでいる大人たちは放ってく。僕とリュカは草っ原に適当な布を敷き、ごろんと横になった。

「すっごい……」

ため息が出るほど美しい、満天の星が煌《きら》めく夜空だ。

「にぃに～、きりゃきりゃっ」

「クククッ」

ほのかに顔を炎に照らされたリュカが、夜空を指さして不思議そうにしている。リュカのお腹に仰向けで抱き抱えられているメロディアも、心なしかうっとりしているようだ。

「あれはね、お星様だよ」

「ほちしゃん！」

あの輝く星の名前も、天の川のように見える光の帯の正体も、僕にはわからない。というか、そもそも「星」なのかすら疑問ではある。

（でも、綺麗なものは綺麗だ）

さんざめく光を遮るものは何もなく、空気も澄んでいるから余計に綺麗に見える。

じっと目をこらすと、強く弱く、青白黄と色とりどりに瞬く星は、手を伸ばせば掴めそうだ。

（そういえば、人は死んだら星に生まれ変わるんだっけ？）

僕はふと、そんなことを思い出す。前世では口に出すのも恥ずかしい、ロマンチックな考えだと思っていた。けれど、魔法のあるこの世界ならあり得るかもしれない。

「父さんもお星様になって、僕たちを見守ってくれてるのかな」

「う？」

「……ううん。なんでもないよ、リュカ。お星様、綺麗だね」

父さんは星になっていようといなかろうと、きっと僕たちを見守ってくれているはず。

僕がそう思った瞬間。すぅーっと一筋の流れ星が、夜空を切り裂くように降った。

「おおお！　流れ星だ！」

「ほわ〜〜〜。ほちしゃん、おっこちた！」

「ククク！」

一瞬の出来事だったけれど、リュカとメロディアもしっかりと見られたようだ。目も口もぽかんと開けて、夜空に魅入っている。

「あのね、リュカ。流れ星に願い事をすると、願いが叶うんだって。リュカは、何をお願いする？」

「ん〜〜〜。おいちい、ごあん！」

「ぷっ。あははは。リュカは食いしん坊だな〜」

三歳児らしいリュカのかわいい願い事に、僕は吹き出してしまう。そこまで願うからには、この先もずっとリュカには美味しいご飯を食べさせてあげたい。

「あちょね～。にぃにと、じゅーっとじゅーっと、いっちょ！」

「ククー！」

抗議するかのように声をあげたメロディアに、リュカは願い事を言い直す。その間にも、一つ二つと星が流れていった。

リュカの願い事に胸を打たれて、僕の目にはほんの少し涙がにじむ。

「……うん。そうだね。ずっと一緒だ」

星を映してきらきら光るリュカの瞳に、僕は笑いかける。淡い輪郭のぷくぷくほっぺを撫でると、無邪気に声をあげるリュカがたまらなく愛おしかった。

願い事は一つだけと言うけれど、それだけじゃ足りない。リュカがすくすくと大きくなりますように。毎日、笑顔でいられますように。兄弟二人、穏やかに暮らせますように。……願い事を数えれば、キリがなかった。

ぽつりぽつりと長く尾を引くように降る流星群に、僕は願いを込める。

一つも見逃すものかと、僕はしばらく黙って天体観測と洒落込んでいた。けれど、すぴーすぴーと二つの安らかな寝息が聞こえてきて、僕の感傷的な気分なんて吹き飛んでしまう。

「……良い子は寝る時間、だもんね。ゆっくりおやすみ。リュカ、メロディア」

収納《ストレージ》から取り出した毛布を、そっとかけてあげる。そんな僕たちを、星は静かに見守ってくれているようだった。

数日かけて、山間に点在する小さな集落をいくつか経由する。そして、今朝、いよいよ僕たちはヴァレー一歩手前の集落を旅立った。

すでにチボーは一人だけ、夜も明けぬ早朝に出発している。単騎で先行して、先ぶれを出すとのことだ。

(もうお昼か……。僕たちが今日到着するってことを、おじいちゃんとおばあちゃんはそろそろ知る頃かな?)

緊張で、そわそわとお尻が落ち着かない。そんな僕とは裏腹に、馬車はぐんと速さを上げると、助走をつけてゆるやかな山道を登っていった。

「坊ちゃん方、そろそろヴァレーが見えてきますぜ」

「! やっと、か……。長かったような、短かったような……」

山道を登りきった先の小高い丘で、馬車を止めてもらう。僕は一人馬車を降りると、丘から町を一望した。

(あの町が、ヴァレー。父さんの故郷《ふるさと》……)

ヴァレーは左右を山に囲まれた、小さな町だ。

どちらの山にも、斜面に段々畑がびっしりと並ぶ。美しい緑の横しま模様だ。きっとあれが葡萄畑なのだろう。農作業をしているらしき人々が、小さく見えた。

さらに町の奥には、真っ白な雪を纏った白の山脈が連なっている。

（空がどこまでも高い……。良い眺めだなあ……）

白の山脈から吹き降ろしているのだろう。春にしては冷たい風が、ひゅうひゅうと僕の髪をかき乱した。

僕は大切に収納《ストレージ》にしまっていた父さんの骨壷を取り出して、そっと胸に抱く。

父さんが生まれ育ったこの素晴らしい景色を、帰りたいと焦がれていた故郷を、どうしても見せてあげたかったのだ。

（父さん、見てるかな。やっとヴァレーに帰ってこられたよ……）

しばらく静かに町を眺めたあと、僕は踵《きびす》を返す。

馬車に乗り込むと、再び走り出した。町へと向かって坂を下りはじめる。……のだけど、どうにも様子がおかしい。

ガタガタと馬車が激しく揺れる。何かが軋《きし》むような音が、だんだんと大きくなった。

「わあああ！」

「にぃに〜！　こあい〜〜〜！」

「クックック〜！」

「坊ちゃん方、口を閉じて、しっかり掴まっててくだせぇ！」

僕はお腹にリュカとメロディアを庇いながら、天井からぶら下がったストラップを必死で握る。口を開くと、舌を噛んでしまいそうだ。

足を踏ん張り、お尻を強く打ちつける衝撃に耐える。しばらくして、やっと馬車は止まってくれた。

「お二人とも大丈夫ですかい？　ひとまず、馬車から出やしょう」

「う、うん。ひどい目にあった……」

「びえええええん」

「クク～ン」

先に馬車から降りたドニに、リュカとメロディアを手渡す。続いて僕も力の入らない足をなんとか動かして、よろよろと馬車を降りた。

そのまま地面にへたり込みながら、大泣きしているリュカをあやす。幸い誰にも怪我はないようで、どっと安心感が押し寄せた。

「おい、ブノワ！　何があった！」

「……隊長。車軸、亀裂」

ブノワは馬たちを落ち着かせたあと、馬車の車輪周りをつぶさに確かめる。すると、後輪に異変を見つけたのか、難しい顔をしながら首を振って、そう告げた。

「ちっ。ついてねえ。ヴァレーはもう目と鼻の先だっていうのに……」

「ええっと、つまり馬車はもう使えないってこと？」

「へえ。車軸が本格的に折れちまうと、横転する可能性がありやす。危機一髪でしたぜ」

想像以上に危ない状況だったことに、肝が冷える。本当に、何事もなくて良かった。

「こうなれば、馬車はここに置いて行くしかないでさあ。あとで誰か人を遣って回収させやす。ルイ坊ちゃんは、歩けそうですかい？」

僕はまだ少し震える足で立ち、屈伸や伸脚をする。極度の緊張で固まってしまった体がゆるんだ。これなら、町まで歩いて行ける気がする。

「うん。大丈夫そう」

「良かったですぜ。さあ、リュカ坊ちゃんは俺が抱えていきやしょう」

「やぁー！　にぃに！」

「ちょっ……！　首が、締まる……！」

僕たちがすったもんだしている間に、ブノワがテキパキと馬たちを馬車から外して、馬具を取りつける。どうやら、二頭の馬はこのまま一緒に引いていくようだ。荷物のほとんどは収納《ストレージ》に入っているので、荷支度もそう時間はかからない。

結局、僕は意地でも離すもんかとしがみつくリュカとメロディアを仕方なく背負って、ヴァレーの町へと歩き出した。


ヴァレーの町に続くこの道は、人通りも馬車通りも少ないのどかな田舎道だ。脇に生い茂る芝生や雑草が、そよそよと風にそよぐ。遠くには、放牧されているらしき動物の姿も見えた。羊かヤギかは、豆粒ほどの大きさなので判別がつかない。

日差しの気持ち良さに目を細めると、遠くの葡萄畑で農作業をしていた人たちが、「おーい」と大きく手を振ってくれる。

（もしかして、僕たちのことが知られているのかな？）

余所者扱いされたらどうしようと、不安に思っていた。それだけに、歓迎しているかのような素ぶりが嬉しくて、僕も大きく手を振り返す。

町に近づくにつれて、ぽつぽつと家が多くなる。道も土から石畳へと変わった。いよいよ町中に入ると、広い通り沿いには古い石造りの建物が立ち並ぶ。人通りも格段に増えた。

「あら～。ドニじゃない！　やっと帰ってきたのね」

「おう。ただいま帰ったぜ」

さすがに、ドニは自警団団長なだけあって顔が広いのだろう。活気が増してくると、年配のご婦人を中心にあちこちから声がかかる。

やけにすれ違う人が女性ばかりだなと思ったら、この通りは衣料品店が多く集まるファブリック通りなのだそうだ。帽子・靴・布地・レース・染料といった、華やかでカラフルなお店が目につく。

薄茶色の鄙《ひな》びた石壁に蔦《つた》が這い、真っ赤な薔薇があちこちで綻び始めている。風情ある美しい古都といった雰囲気だった。

「ヴァレーって、すっごく綺麗な町並みだね……」

「そうでしょう。春のヴァレーは特に花が多くて、そりゃあ目にも楽しいんですぜ」

ドニがニカっと歯をみせて笑い、自慢気に言う。それが嫌味ではないくらい、ヴァレーの町は心魅かれるところが多かった。僕はきょろきょろと右に左に大忙しだ。

「……にぃに～。りゅー、ありゅく！」

「クククー！」

賑やかな町の雰囲気に、リュカの気分も上向いたのだろう。背中から下ろすと、よちよちと歩き出した。

「あら、かわいらしい坊やね～」

「こんちゃっ！」

ご婦人方がリュカに手を振ると、リュカも小さなお手々をふりふりと振り返す。

途端に「きゃあー！」と上がった歓声を聞くに、リュカのかわいさはご婦人方をめろめろにしてしまったようだ。

「ドニ、その子たちはヴァレー家のお孫さんだろう？　噂は聞いてるよ。よかったら、これを持っておくれ。うち自慢の葡萄マフィンだよ」

「おー、悪いな」

「ありがとうございます！」

目尻を下げたパン屋の女将さんから、小さなピクニックバスケットを手渡される。ふわんと漂った甘く香ばしい匂いに、リュカの目が釘付けだった。

「おかち！　りゅー、おにゃか、ぺこぺこ！」

リュカはよだれを垂らし、そわそわと落ち着きがない。その様子に、僕たちは中央広場のベンチで小休憩を取ることに。気がつけばお昼をとっくのとうに回っていて、僕もお腹が空いていた。

馬を二頭引き連れたブノワは、通行の邪魔になってしまう。先におじいちゃんたちの邸《やしき》に向かうと言うので、そこで別れた。

ブノワを見送ると、手を綺麗にしたリュカはさっそく紫色のマフィンをぱくり！　大きな一口を頬張った。

「んんん～！　あまあま、おいち～!!」

「ククク！」

リュカの口の端についた食べかすは、メロディアがお掃除してくれる。

僕もマフィンを二つに割ってかぶりつく。すると、バターのコクとたっぷり入った生の葡萄の甘酸っぱさが、口いっぱいに広がった。

（美味しい～！　葡萄の濃い果汁がじゅわっ、生地はしっとりでいくつでも食べられそう……！）

きっと、このヴァレーで収穫した葡萄を存分に使っているのだろう。ほっぺたが落ちそうなほど、絶品だ。

無我夢中で食べていると、広場の屋台や食堂がこぞって差し入れをしてくれる。ドニがいるから、僕たちの素性なんてみんなすっかりお見通しのようだった。

「坊ちゃんたち！　うちの黒葡萄ジュースを飲んでってくれ！　ヴァレーに来たなら、これを飲まなきゃ話になんねえよ！」

「うちの白葡萄ジャムとヨーグルトのサンドイッチも、最高さね！　濃厚さっぱりで、この広場じゃあ隠れた名物なのさ！」

「ヴァレー家に待望の跡継ぎっちゃー、こりゃあめでてーことだわなあ！」

「おい、そこの酒屋の倅《せがれ》。とっときのワイン樽を開けてくれっ！　わしの奢《おご》りで、振る舞い酒じゃっ！」

まるで競うかのように手渡される品々に、僕は目を白黒させる。その間に人が人を呼び、いつしか広場はお祭り騒ぎになってしまった。

樽が開けられ、人々の手にワインが入ったジョッキが行き渡る。どこからともなく音楽隊が現われて、楽器を奏ではじめた。

待ってました！　とばかりに人々はジョッキを空高く掲げる。すると、一斉に歌い出した！

『さあ、掲げろ！　叫べ！　神々の祝福に　乾杯！
さあ、鳴らせ！　高く！　豊穣の大地に　乾杯！
さあ、飲めや！　歌え！　葡萄の実りに　乾杯！
乾杯！　乾杯！　乾杯！』

洋梨型のリュートやヴァイオリンみたいに弓で弾く三弦楽器の音が、高らかに響く。おっちゃんたちのスプーンカスタネットは、玄人顔負けの軽快なビートを刻んだ。

きっとヴァレーでは乾杯のさいに必ず歌う、お決まりの曲なのだろう。

最後の「乾杯！」を歌い終わると、みんなぐびっぐびっぐびっと喉を鳴らして、ワインを一気飲み。ぷっはーと気持ちの良い飲みっぷりだった。

「んっく、んっく、んっく……。っはぁ～～～～。ぶどーじゅっちゅ、おいち！」

「ククク！」

リュカも差し入れの黒葡萄ジュースをぐーっと飲み干して、ご満悦だ。

僕もせっかくだから飲みたい。けれど、入れ替わり立ち替わり町の人たちが「ヴァレー家の栄光に乾杯！」とジョッキを差し出してくる。無下にはできなくて、僕はガツンとジョッキをぶつけ返すのに大忙しだった。

「ド、ドニ。どうしよう。なんだか大変な騒ぎになっちゃったよ」

「それだけ、町のやつらもみんな坊ちゃん方を歓迎してるんでさあ。とはいえ、こりゃあ参りやしたね……」

飲めや歌えやのどんちゃん騒ぎだ。リュカとメロディアも出鱈目《でたらめ》なステップを踏んで、お尻をぷりんぷりんと振っている。ノッリノリだ。

「旦那様方が、きっと首を長くして待っていると思いやす。本来ならヴァレー家の邸へは、ワイン通りを抜けるのが早いんですが……」

「ワイン通り……。さらに絡まれる気しかしないんだけど」

「へえ。俺もそう思いやす。なので、一本遠回りの道を抜けていきやしょう。こっちですぜ」

「うん」

「やあー！　おどりゅの～～！　おろちて！」

「ククー！」

踊り足りなくてジタバタともがくリュカとメロディアを抱き抱える。僕たちはこっそり祭りの賑わいから遁走《とんそう》した。

ドニの後に続いて、色とりどりの花苗店・薬局のような薬草店・治療院などが軒を連ねる通りを足早に抜ける。すると、町の外縁をぐるっと一周するという、円状の道に躍り出た。

「？　どこからか、すごく綺麗な音色が……」

「ああ。神殿のパイプオルガンでしょう」

神殿は町の外れ……といっても、この外縁の道から歩いて目と鼻の先、白の山脈へと真っ直ぐ続く道の始まりにあった。丁寧に刈り取られた芝生のなか、白の山脈を背景にこじんまりと佇《たたず》んでいる。

正面には、古代ギリシャ神殿を思わせるような六本の支柱が立つ。三角屋根には葡萄の葉と果実が左右対称に彫刻されていて、まさに優美な白亜の神殿といった感じだ。

その右隣には背の高いとんがり屋根の鐘塔が、左隣には宿舎のような二階建ての建物が隣接している。

（小さいとはいえ、地方にある田舎町にしてはすごく立派な神殿だ……）

僕は神殿を見上げながら、大きく開け放たれた扉から漏れる天上の調べに、思わず聴き惚れてしまう。腕のなかの重みも静かになったので、つい油断して下ろしてしまった。

幼児という生き物は、目や手を離すとすぐに走り出すものだとわかっていたはずなのに。案の定、リュカは地面に下ろした途端、幼児とは思えぬ足の速さでぴゃあ～と駆け出してしまった！

「あ！　リュカ！　待って！」

「リュカ坊ちゃん！」

「きゃあ～～～！」

「ククク～！」

メロディアを肩に乗せたリュカは、神殿へと一目散。数段あるゆるやかな階段をハイハイの要領で上る。そして、いくら扉が開いているとはいえ、勝手に神殿のなかへと入ってしまった。

「もう、リュカ！　勝手に行っちゃだめでしょっ」

「ほわあ～～～」

「クク～ン」

小さな背中を追って、僕たちも慌てて神殿のなかに入る。すると、リュカは通路のド真ん中で立ち止まっていた。僕が怒っているのも気に留めず、リュカもメロディアもぽかんと口を開けて音色に聴き入っている。

リュカたちが惚《ほう》けるのも無理はない。神殿のなかに入ったことで、より一層全身で生演奏を感じられた。

出入口真上の二階テラスから奥の祭壇へ。天井の高い神殿ホール全体に、パイプオルガンのうねるようなクレッシェンドが響く。高低差のあるいくつもの音色が絡みあい、美しくも力強く奏でられるクライマックスに、僕はぶわっと鳥肌が立った。

（すっごい……！）

音色に導かれるように、僕は一歩、また一歩と祭壇に近づく。

ワイン樽や杯、果物といった供物も所狭しと捧げられている。最奥には、この神殿で祀《まつ》られている神々なのだろう、三体の神像が並んでいた。

(確か、前世では引っ越しをしたらその土地の神様にご挨拶をしなさい、なんて話があったっけ)

僕は前世ではそれほど信心深くなかった。イベントとしてのクリスマスを楽しみ、新年は人混みを避けて二日か三日に初詣に行く。そんなごく平均的な日本人だったけれど、『魔法』という不思議が目に見える今世では違う。

あたかもここに神々が座《おわ》すかのような厳かな雰囲気に、僕は自然と跪《ひざまず》いて祈っていた。リュカもメロディアも僕を真似て、隣でちょこんと正座している。

「……ルイ、リュカ」

どれくらい時間が経っただろうか。パイプオルガンの最後の和音が、余韻を残して宙に消える。すぐ背後からかすかに足音がして、名前を呼ばれた。

ゆっくりと目を開けて振り返った先には、品の良い老夫婦が佇《たたず》んでいた。二人とも六十歳前後だろうか。

旦那さんは年老いて少し痩せてはいるものの、高い身長とがっしり体型に合わせたビロードのジャケットを着こなしている。さらに、短く綺麗に整えられた白髪や口髭は渋い貫禄がにじみ、まるで往年のハリウッド俳優を思わせるかのようなイケオジだ。

奥さんも美しく年齢を重ねられたのだろう。老いてもなお色艶の良い端正な顔立ちを見るに、きっと若い頃は相当モテたのではないかと思う。いかにも貴婦人らしく白髪を夜会巻きにし、シンプルで上質なドレスを纏っていた。でも、足が悪いのか杖をつきつつ、旦那さんにエスコートされている。

「旦那様、奥様……！」

「ああ、ドニ。まったく、探したぞ。なにやら広場で騒ぎになっていると足を運べば、神殿に迷い込んでおったとは」

「面目ねえ……」

バツが悪そうに、ドニが頭をかく。ドニは老夫婦を旦那様、奥様と呼んでいた。

(……ってことは、この二人が僕たちのおじいちゃんとおばあちゃん……？)

思ってもみなかったタイミングでの出会いに、僕は呆然と立ち尽くす。頭が真っ白だった。

「いや、良いのだ。よくぞ無事に孫たちをヴァレーまで護り届けてくれた。感謝する」

「はっ！」

おじいちゃんはドニの肩を叩くと、またおばあちゃんの手をとって、ゆっくりと僕たちの方へと歩いてくる。

手を伸ばせば触れられそうな距離で立ち止まった二人に、僕はごくりと唾を飲んだ。

「あ、あの。こんにちは、僕はルイです！　この子は弟のリュカです。さあ、リュカ。おじいちゃんとおばあちゃんに『こんにちは』だよ」

「あーいっ！　じぃじ、ばぁば、こんちゃーっ！」

「その、初めまして。……おじいちゃん、おばあちゃん」

おじいちゃんとおばあちゃんに会ったら、きちんと挨拶をしないと。そう思って何度も練習をしてきたはずなのに、いざ僕の口をついて出た言葉は、ひどく拙《つたな》いものだった。

せめてもの救いは、子どもらしく元気に挨拶してくれたリュカのかわいらしさか。

僕は恐る恐る、おじいちゃんとおばあちゃんの顔をうかがう。

（あっ。おじいちゃん、どこかで見たことがあると思ったら、背格好や目元の雰囲気が父さんにそっくりなんだ……）

親子なのだから当たり前の話ではある。けれど、僕はおじいちゃんに父さんの面影を見て、懐かしさをぐっと堪《こら》えた。

その隣のおばあちゃんは絹のような瞳を潤ませながら、くしゃくしゃの笑みを浮かべている。

「ああ……！　会いたかったわ、ルイ、リュカ……！」

おばあちゃんは矢も楯もたまらずといった様子で、膝をついて僕とリュカをぎゅっと抱きしめてくれた。香水だろうか、ふわんとラベンダーの良い香りが鼻をくすぐる。

「わたくしに顔をよく見せてちょうだい。……まあまあ。ルイもリュカも、お揃いの青い瞳なのね。ルイなんて、マルクの小さな頃にそっくりだわ。わたくしの孫たちは、なんてかわいいのかしら……！」

皺だらけの手が頬を触ったかと思ったら、また抱きしめられた。おばあちゃんの細い体はかすかに震えて、僕の肩をじわじわと濡らす。

「ばぁば、ないてりゅ？　よちよち」

「あらあら、なんて優しい子なの……」

心配そうに小さなお手々で肩を撫でて気遣うリュカに、おばあちゃんは声を詰まらせながらも嬉しそうだ。

そんなやりとりを目にしたおじいちゃんは、ふっと柔らかい笑みを浮かべてリュカの頭を撫でる。

その後、不器用にぎこちなく僕を抱きしめて言った。

「ルイ、リュカ。遥々ソル王国からよくぞ来てくれた」

「おじいちゃん……」

「神々に愛されしワインの町……ヴァレーにようこそ」

ステンドグラスから差し込む光が、僕たちを照らす。おじいちゃんとおばあちゃんの目元を濡らす涙が、きらきらと輝いて眩しかった。

（僕たち、本当にヴァレーにたどり着いたんだ……）

再び、ゆったりとしたパイプオルガンの音が鳴り響く。まるで、僕たちを祝福するかのように。

温かい二人の温もりに包まれながら、僕は無事に祖父母と出会えた喜びをいつまでも噛み締めていた。

書き下ろし番外編　お菓子の国の魔女

あるところに、とても強い魔力を持つ魔女がいました。

その力ゆえに、ふつうの人よりも遥かに永《なが》い時を生きてきた魔女ですが、いまではすっかり皺くちゃの老婆です。

痩せた体に不吉な闇色のローブを纏い、くの字に折れ曲がった腰を杖で支えています。

魔女の力の源であるその杖は、世界樹の枝から作られていました。頭には、血のように赤い秘石《ひせき》が埋め込まれています。

おもむろに、魔女は杖を三回、大地に打ちつけました。

すると、あら不思議。ミイラのような魔女の手に、美味しそうなショートケーキが現れたのです。

むしゃむしゃむしゃ。魔女は生クリームが鼻につくのも構わず、ショートケーキを貪《むさぼ》ります。

「ふんッ。まずくはないねッ」

三口で食べ切った魔女は、しゃがれた声で減らず口を叩きました。捻《ひね》くれ者の魔女は、褒めるということを知りません。

「アァ、物足りないッ。もっともっと、うまい菓子をアタシに寄越しなッ！」

そう、この魔女。実は大の甘党で、お菓子を食べることだけが生きがいなのです。

再び魔女が杖を打ちつけると、今度は地響きを轟《とどろ》かせて大地が盛り上がり、大きなお城になりました。

さらにもう一度、魔女が杖を打ちつけると、光の輪が城から森・川・山へと広がり、国を丸ごとお菓子に変えてしまったのです。

こうして、お菓子の国を築いた魔女は城の玉座にどっかり座ると、使い魔のカラスたちが運んでくる菓子を、片っ端から平らげていきました。

「まだだッ。まだ物足りないッ！　もっともっと菓子を持ってきなッ！」

足るを知ることのない強欲な魔女は、際限なく菓子を求めます。むしろ食べれば食べるほど、『これじゃない』という気持ちが増していくのです。

古今東西、ときに次元の壁を超えて。贅《ぜい》を凝らした菓子、美しい見栄えの菓子、花のように雅な菓子があると聞けば、魔女は魔法の力で強引に奪い取ります。

それでもまったく満足できない魔女は、ある日、思いついてしまいました。

「ふんッ。これはという菓子が見つからないねッ。そうだッ！　良いことを思いついたよッ！　アタシが満足する菓子がどこにもないのなら、作らせれば良いんじゃないかッ」

そうして、魔女は厳しい修行を積んだ菓子職人、門外不出のレシピを知る修道女《シスター》、菓子作り名人の主婦を次々とさらっては、自分だけのためにお菓子を作らせはじめたのです。

コンコンコン。パカッ。

リビングで一人遊びをしていたリュカは、大好きな兄のルイが料理をはじめた音を聞きつけて、キッチンに向かいました。

「にぃに〜、おりょうり？」

「そうだよ。ポリーヌさんに教わった、新しいおやつを作るからね。楽しみにしてて」

「おやちゅ！　みりゅ〜！」

「はいはい。そう言うと思ったよ」

ルイは慣れた様子でリュカの脇を抱え、踏み台の上に立たせます。そこは料理をするルイの手元がよく見える、リュカ専用の特等席でした。

リュカが横から覗き込むと、ルイはボウルにほぐした卵黄・人肌のお湯・オイル・はちみつ・小麦粉・すりおろしにんじんを順番に加え、よくかき混ぜています。

まるで魔法のようなルイの手捌《てさば》きに、リュカはうっとりしました。

自分のために、ルイが手間暇かけて美味しいおやつを作ってくれているのです。そのことを、リュカは三歳ながらもちゃんと理解していました。

「にぃに、しゅごい！」

「あはは。ありがとう」

次にルイは別のボウルにメレンゲを泡立てると、何回かに分けて卵黄生地と混ぜ合わせます。

生地が綺麗なオレンジ色に混ざったら、底の深い両手鍋に流し込み、あとは薪ストーブのオーブンでじっくりと焼くだけです。

「にぃに〜、まだぁ？」

「まだ、もうちょっとかかるよ」

オーブンから漂う甘い匂いに、リュカがそわそわとしながら待つこと、数十分。

厚手のミトンを手にはめたルイは、ついにオーブンから鍋を取り出しました。

ほかほかと湯気の立つ、割れ目さえも美味しそうな『にんじんシフォンケーキ』の焼き上がりです。

「わあ、我ながら美味しそう！」

「ごくり……」

本当は一度冷ました方が美味しいのですが、よだれを垂らしたリュカはこれ以上「待て」が出来そうにありません。

苦笑したルイはナイフを駆使《くし》して鍋からケーキを外すと、六等分に切り分け、二切れずつお皿に盛り付けました。

さあ、待ちに待ったおやつの時間です。

「リュカ。お手々を合わせて……。いただきます」

「いたっきまちゅっ！」

「ふうふうして、冷ましてから食べるんだよ」

「あいっ！」

リュカはちっちゃなお手々で上手にフォークを使い、大きな一口をふうふうして、ぱくり！

「おいちっ！」

焼きたてのケーキは、格別の美味しさです。リュカは思わずほっぺを押さえました。

ルイも一口食べると、「はじめてにしては上出来だ」と頷きます。

雲のようにふわふわで素朴な甘さのケーキは、愛情も栄養も百点満点です。唯一の欠点は、お腹にたまった感じがしないことでしょうか。

案の定、二切れをぺろりと平らげたリュカは、物足りないと訴えました。

「にぃに～、おかあり……」

「じゃあ、もう一切れだけね」

残った二切れを兄弟で仲良く分け、見事に完食しました。これで夕飯もしっかり食べられるのだから、育ち盛りの子どもの食欲、恐るべしです。

大満足のルイとリュカがご馳走様《ちそうさま》をした、その時。突然、お菓子の国の魔女がどろんと姿を現しました。

「⁉ な、だ、だれ⁉」

見るからに不審な人物に、ルイは慌ててリュカを背中に庇います。

「チッ。一足遅かったかいッ」

そんなルイを意に介さず、魔女は空っぽのお皿を見ると、忌々《いまいま》しそうに吐き捨てました。

そう、遥か遠くお菓子の国から美味しそうな匂いを嗅《か》ぎつけた魔女は、いつものようにお菓子を奪い取ってやろうとやってきたのです。

けれども、時すでに遅し。お菓子はすべて兄弟の胃の中です。

「ふんッ。こうなったら仕方ないねッ。小僧、あんたをアタシの城に招待しようじゃないかッ。一生アタシのために、菓子を作るんだよッ！」

「はあ⁉」

「にぃに〜！　こあい〜〜〜！」

魔女が杖を床に三回打ちつけると、ただの空間にぽっかりと大きな穴が開きました。穴はものすごい勢いで、ルイとリュカを吸い込みはじめます。

「うわあああ！」

「にぃに〜〜〜！」

突然の出来事に、二人はろくな抵抗も出来ないまま、穴に吸い込まれてしまいました。

ぐるぐると世界が回るようななか、ルイの意識は薄くなり……途切れた瞬間、あろうことかリュカの手を離してしまったのです。


ミントキャンディーの草原で大の字で寝ていたリュカは、ぱちりと目を覚ました。

かわいいあくびを一つこぼし、子猫が顔を洗うようにくしくし。両手を地面について、「よいちょ」とお尻から起き上がります。

「ほわあ〜〜〜」

空には琥珀糖《こはくとう》の小鳥が飛び交い、あちこちでロールケーキ馬の群れが草を食《は》んでいます。

リュカの足元をうろちょろしていたチョコレート蟻は、陽の光でとろりと溶けてしまいました。

食いしん坊の勘、とでも言うのでしょうか。あたりに漂う甘い匂いに、リュカは自分がお菓子に囲まれていることに気がつきました。

「おかち！」

草に手を伸ばそうとしたリュカは、はっとしてお手々を背中に隠します。

「おやちゅ、おちまい……」

今日のおやつは、もう食べてしまいました。

リュカは「これ以上おやつを食べると、夕飯が食べられなくなるから今日はおしまい。また明日ね」と、大好きな兄のルイが言っていたのを思い出したのです。

「にぃに……えみー……」

ふいに、心細くなったリュカはきょろきょろとあたりを見回します。周囲には誰もいません。

なんと言ってもリュカはまだ三歳。いつも兄のルイか、ナニーのエミリーのどちらかが必ずそばにいて、一人になったことがありませんでした。

「にぃにー！　どこー！　……ひっく、えっく、びえええええん」

リュカがいくら名前を呼んでも、二人は姿を現しません。

大好きな兄とはぐれ、世界にひとりぼっち。リュカの胸は、寂しさで張り裂けそうでした。青い瞳から、大粒の涙がぽろぽろとあふれてきます。

そんなリュカの泣き声を聞きつけて、一頭のロールケーキ馬が近づいてきました。

「ブルルン。おやおや、人の仔が迷子になっているよ。一体全体、どうしたんだい？」

「ぐすん……えっぐ……おうましゃん……」

リュカは馬にぺろんと涙を舐められ、びっくりして泣き止みました。

「人の仔。お前の群れは、どこに行ってしまったんだい？」

「う？　あにょね、にぃに、いにゃいの……」

「ブルルン。ふむふむ、兄を探しているのか。それは困った」

仔どもは群れの宝です。馬は見るからに幼いリュカを放っておけませんでした。

馬は魔法の力でしゅるしゅると体を小さくすると、リュカに言います。

「さあ、人の仔。吾《われ》にまたがりなさい。一緒に兄を探してあげよう」

「おうましゃん……ありあとっ！」

リュカは「よいちょ」と短いあんよで馬にまたがりました。すると、馬はまた魔法の力を使って、今度は体を元の大きさに戻します。

「人の仔、手綱《たづな》をしっかり握ってなさい。さあ出発だ。ヒヒーン」

「ひひーん！」

リュカがグミの手綱《たづな》をしっかり握ったことを確認すると、馬は颯爽《さっそう》と走り出しました。

ロールケーキでできた馬の胴体は、ふんわりふかふかです。リュカのお尻を優しく包み、衝撃をすべて吸収してくれるので、ちっとも揺れません。

「はやーい！　しゅごーい！」

「ブルルン。そうだろう、吾《われ》はとても速いのだ」

リュカの言葉におだてられた馬は、あっという間に草原を駆け抜けます。

さらにその先、橋のないソーダ川も何のその。ぴょーんと跳び越えると、キャラメルの森にたどり着きました。

森のなかの狭い獣道を、馬はゆっくりと進みます。

「さてさて、人の仔の兄はここにいるのかな？」

「にぃに〜！　どこー？」

どんなに探し回っても、ルイを見つけることはできません。

けれど、一つだけ収穫がありました。この森に棲息《せいそく》する飴《あめ》猫を、枝の上に発見したのです。

「もし、猫よ。この仔の兄を見なかったかい？」

「ええ〜？　兄〜？　あーし、ネイルしてたから、わかんにゃ〜い」

猫は舐めて磨いた鋭い爪に、息を吹きかけながら答えます。

「にゃーにゃー、かあいい！」

「あら〜ん。あーしの美しさがわかるにゃんて、坊や見る目があるじゃにゃ〜い」

猫は軽い身のこなしで馬の背に飛び降りると、リュカに頭をこすりつけます。

リュカがちっちゃなお手々で撫で撫でするると、猫の毛はとろけるような極上の手触りでした。

「ごろにゃ〜ん。坊や、にゃかにゃかのテ・ク・ニ・ッ・ク、じゃにゃ〜い。決めた！　あーしも一緒に坊やの兄を探してあげる。お礼は、にゃでにゃでで構わにゃいわ〜」

「にゃーにゃー、いっちょ！」

ご機嫌なリュカと猫を背に乗せ、馬はさらに歩を進めます。やがて、森の奥に練乳の泉を見つけました。

泉ではマシュマロくまが練乳をすくって、ぺろぺろと味わっています。

「もし、くまよ。この仔の兄を見なかったかい？」

「兄、くま？」

呼びかけられたくまは、のったりと振り返って首を傾げます。その拍子に、こてんと転がってしまいました。

むっちりむちむち、わがままボディのくまはもがきますが、いかんせん手足が短いので一人では起き上がれません。

小さくなった馬から降りたリュカは、「うんしょ、うんしょ」とくまの背中を押してあげました。おかげで、くまは起き上がることができたのです。

「ありがと、くま！　お礼に、ボクも一緒に兄を探すくま！」

「やっちゃー！」

リュカはくまの手を取って、にぱあっと笑います。

「そうくま！　ボク、探しものにぴったりの鳥物を知ってるくま！」

くまはそう言うと、足元に生い茂る抹茶の葉をちぎり、ぴゅ～いと草笛を鳴らしました。

しばらくすると、くまの影から一羽のカラスが飛び出したのです。

「呼ばれて飛び出てカー、カー、カー。なにか用カア」

「物知りカラスさん。この子の兄の居場所を知っていたら、どうか教えてほしいくま！」

「……カー、カー。この森を抜けたさらに奥。果樹園の一軒家で、それらしいヒトを見かけたことがあるカア」

「さすが、物知りカラスさんくま！　ありがとくま！」

「とりしゃん、ありあと！」

リュカたちは再び馬にまたがり、カラスに別れを告げます。

そうして、喜び勇んで駆け出した後ろ姿を、カラスは「馬鹿なやつらカア。探す手間が減ったカア」と嘲《あざけ》るように鳴いて見送ったのです。


リュカたちは森を抜け、ウエハースの道をどんどん先に進みます。

ブルーハワイの波が打ち寄せる海岸線を歩いた先に、やっと果樹園が見えてきました。

季節感なんてお構いなし。春夏秋冬の果物が生る果樹の隙間から、赤いお屋根がぴょこんと顔を覗かせています。

「あ！　きっとあれに違いないくま！」

とうとう家の目の前までたどり着くと、リュカはクッキーの扉をノックしました。

「こん、こん、こ～ん。にぃに～、あ～け～て～！」

扉が開いたらすぐにだっこしてもらう気満々で、リュカは両手をあげて待ち構えます。

きぃっとかすかな音を立てて扉が開くと……そこには、ルイが立っていました。

「弟よ、よく来たカア。さあ、中に入るカア」

「？？　にぃに？　だっこ……」

姿かたちは大好きな兄のルイです。なのに、何かがおかしくてリュカは訳がわかりません。

ルイはまるで精巧《せいこう》に作られた等身大の蝋人形《ろうにんぎょう》のようで、動きもマリオネットみたいにぎくしゃくしています。

それに、いつまで経っても抱っこをしてくれないのです。

だんだん悲しくなってきたリュカは短いあんよで地団駄《じだんだ》を踏み、駄々《だだ》をこねます。そして、ついには地面にごろんと寝転がってしまいました。

「だっこ、ちて〜〜〜！　びえええん」

リュカはこの世の終わりのように泣き叫び、全身でイヤイヤをします。

「ブルルン。なぜ、だっこをしてやらないのだい？　本当に人の仔の兄なのか？」

馬がそう言うと、ルイはぎくっと動きを止めます。

「まるで、物知りカラスさんみたいなしゃべり方くま！　おかしいくま！」

くまがそう言うと、さらにルイはぎくぎくっと身を震わせたのです。

そして、猫がふらりと近づいて、くんくんとルイの匂いを嗅ぐと……カッと目を見開き、毛を逆立てて言いました。

「あーし、わかっちゃった！　兄にゃんて嘘っぱち。こいつ、お菓子の人形じゃにゃ〜い！」

「カー、カー。バレてしまったら仕方ないカア！　お前らは人質カア！　永遠に、この家に閉じ込めてやるカア！」

そう、このルイ人形。実はあの魔女の使い魔たるカラスが影に潜み、魔法の力で操っていたのです。

悪事を見破られてしまったカラスが、リュカたちを襲おうとしたその瞬間。猫ご自慢、ナイフのように鋭い爪がしゅぱぱぱっと炸裂《さくれつ》しました。

……一瞬の空白のあと、人形は瓦礫《がれき》のごとく崩れ去ってしまったのです。

「あ〜ん、もう！　つまんにゃいものを、斬《き》っちゃったじゃにゃ〜い！」

ぷりぷりと猫は怒ります。その隙に、命からがら人形の影から飛び出したカラスは、逃げようとしました。

けれども、そうは問屋が卸《おろ》しません。猫は持ち前の動体視力でカラスを捉えると、華麗なジャンプではたき落としたのです。

「ふん！　さあ、あーしの爪でミンチにされたくにゃければ、兄の居場所を教えにゃさ〜い？」

「そう、くま！　逃がさないくま！　正直に教えるくま！」

「ずる賢いカラスよ。人の仔の兄はどこにいるんだい？」

喉元に爪を突き立てられたカラスは、ついに観念して白状しました。

「カー、カー。大きなヒトは、魔女様のお菓子の城に連れ去られたカア……」

三匹は真実を話したことに免じて、カラスを解放してやりました。

それから、いまだに地面に寝転び、すんすんと鼻を啜《すす》るリュカに寄り添うと、みんなで必死に慰めたのです。

「坊や、にゃきやみにゃさ〜い？　お菓子の城に行けば、今度こそ兄に会えるわ〜」

「そうくま！　みんなで魔女から、囚《とら》われの兄を助けるくま！」

「乗りかかった船さ。吾《われ》はどこまでも人の仔をのせて走ろう」

「……ぐすん……あいっ」

体を起こしたリュカは裾で涙を拭き、ついでにちーんと鼻もかみました。そして、きゅっと決意を結んだ唇で、宣言したのです。

「にぃに、たしゅけ、いく！　わりゅいまじょ、やっちゅける！」


時は少し戻って、一方のルイはというと。お菓子の城は玉座の間で、意識を取り戻しました。

はっと飛び起きて周囲を探しても、リュカの姿が見当たりません。顔から血の気が引いたルイは、魔女に詰め寄りました。

「リュカは……弟はどこ！　無事なの⁉」

「さあてねッ。無事かどうかは、小僧次第さッ。ほれ、起きたなら、さっさと菓子を作んなッ！」

「くそっ……！　ぼくたちを家に帰して！」

「ふんッ。菓子でアタシに『うまい』と言わせることができたら、家に帰してやるよッ」

ルイは「イーヒッヒッ」と意地悪に笑う魔女を睨みつけ、唇を強く噛み締めます。

リュカのことがあまりにも心配で、大切な弟を守れなかった自分が不甲斐なくて、うっかり気を抜くと泣いてしまいそうでした。

「リュカを人質に取るなんて……！」

腹立たしいけれど、いまは魔女の言うことに従うほかないとルイは思いました。

同時に、大人しく従ったふりをして、いつか絶対にリュカと二人で逃げてやる、とも。

本当は次元の穴を通り抜ける際に、リュカはルイとはぐれてしまったのですが……そんなこと、ルイは知るよしもありません。

そうして、ルイは魔女に命じられるがまま、機械的にお菓子を作りはじめたのです。

お菓子の城のキッチンは、現代日本並みに高性能な設備が完備されていました。

さらに、隣のパントリーには、ありとあらゆる食材が揃っていたのです。すべて超一流の高級品で、庶民には手の届かないものばかりです。

見たこともない様々な言語で書かれたレシピ本だって、棚にずらりと並んでいます。

料理が好きな人間にとっては夢のようなキッチンですが、ルイはちっとも嬉しいとは思いませんでした。

「リュカはどこにいるんだろう……。せめて一目でも無事な姿が見られたら……！」

お城のあちこちには、くるみ割り人形のようなお菓子の兵隊が、槍《やり》を持って闊歩《かっぽ》しています。

不審に思われたり、ましてや逃げ出そうとすれば、すぐに見つかって捕えられてしまうことでしょう。

それでも、ルイはキッチンから玉座へとお菓子を届けるわずかな時間、兵隊たちの目を盗んではリュカを探し続けました。

何度お菓子を作り、どれだけの時間が流れたことでしょうか。時間の感覚があやふやです。

ルイの焦燥《しょうそう》が最高潮に達しようとしたその時、お城がにわかに騒がしくなりました。

「……？　何かあったのかな？」

キッチンから通路を覗くと、兵隊たちが一斉に玉座の間へと向かっています。ルイもその後を追ってみることにしました。

玉座の間に近づくと、何やら争っている声が聞こえます。

「木偶《でく》の坊のあんたたちにゃんて、あーしの爪の敵じゃにゃいわ～！」

「くらえ、くま！　必殺☆むちむち・アタ～ックくま！」

「人の仔の邪魔をするものは、吾《われ》に蹴られて砕けてしまえ」

そう、ルイを助けるために、猫・くま・馬をおともに連れたリュカが、城に乗り込んできたのです！

猫の爪に切り刻まれ、くまのタックルを喰らい、馬の後ろ脚に蹴られ、玉座を守らんと立ちはだかっていた兵隊は、すべて粉々になってしまいました。

「わりゅいやちゅ、やっちゅけた！」

おともたちの暴れっぷりを呆然と見ていたルイは、馬の背中に乗って叫んだ小さな子どもが、リュカであることに気がつきます。

「リュカ……！」

ルイが名前を呼ぶと、リュカも気がつきました。

「にぃに～～～！」

ルイは無我夢中で馬に走り寄り、リュカをひしと抱きしめます。

舌足らずの声に、形状記憶のように腕に納まる小さな体。榛色の髪の柔らかさやほんのり香る汗の匂いも。すべてがルイの愛おしい弟、リュカそのものです。

「良かった……！　無事で、本当に良かった……！」

「にぃに、りゅー、たしゅけ……ひっく……きちゃ……びえぇぇぇぇん」

人質のリュカが、なぜここにいるのか。助けに来たなんて、一体今までどこで何をしていたのか。このおともたちは何なのか。

たくさんの疑問がルイの頭に浮かびます。けれど、大切な弟を取り戻せた今となっては、些細《ささい》なことでした。

ルイとリュカを囲んで、猫・くま・馬が兄弟の再会を喜びますが……一人、空気を読まないものがおりました。

「よくも……アタシの兵隊を倒してくれたねッ……！」

杖をドン！　とついて幽鬼《ゆうき》のように立ち上がった魔女は、歯を剥き出しにして怒り心頭です。

おともたちがルイとリュカを庇うかのように、魔女に立ち向かいます。

やるかやられるか。一触即発のその時、「ぐう〜〜〜」とリュカの腹の虫が大きく鳴り響きました。

「にぃに〜。りゅー、おにゃか、しゅいた……」

「リュカ……こんな時に……」

「……ちッ。興醒《きょうざ》めじゃないかッ。小僧、さっさと菓子を持って来なッ！　さもないと……どうなるかわかってるねッ！」

気が削がれたらしい魔女は玉座に座ると、イライラと貧乏ゆすりをしはじめました。

戦いを免れたルイはほっと胸を撫で下ろしましたが、それも魔女の機嫌次第です。

今から菓子を作るのは時間がかかるうえ、この様子では魔女は待ってくれないでしょう。

それに、お腹を空かせたリュカに、一刻も早く食べさせてあげたい。そう考えたルイは、収納《ストレージ》にストックしていた料理を出すことにしました。

「作り置きだけど、ひとまずガレットのラップサンドをどうぞ」

「ふんッ。こんなシケた菓子をアタシに食べさせようなんて、小僧、良い度胸じゃないかッ」

ルイは文句を半ば無視して、魔女にはりんごのガレットを。リュカと大活躍したおともたちには、鶏肉と野菜たっぷりのガレットを手渡します。

手を汚さずに食べられるガレットのラップサンドは、具材次第でおやつにも主食にもなる万能料理なのです。

ルイはたくさん作っておいて良かったと、しみじみ思いました。

「いたっきまちゅっ！」

ルイが赤絨毯《あかじゅうたん》に広げたラグに、リュカとおともたちが座ります。そして、仲良くガレットに齧《かじ》りつきました。

こっそり魔女の様子を窺《うかが》うと、魔女も一つ二つ三つ……とガレットを頬張っています。

庶民的な食材で作られたガレットは、高級食材に慣れた魔女が到底満足する味ではないだろうと、ルイは思ったのですが……。

「アァ、そうかッ。そうだったのかッ。どうりで、物足りないわけだよッ……」

黙々とガレットを食べていた魔女が、ぽつりと呟きました。その白く濁った瞳から、つうと一筋の涙が流れます。

——さあ、ガレットが焼けたわよ。温かいうちにお食べなさい。

——ええ～。また、りんごのガレット？　ねえ、ママン。あたし、たまにはほかのおかしがたべたいわ。

魔女の脳裏に、懐かしい記憶が蘇ります。

途方もないほどの永《なが》き時を生きる魔女だって、無から生まれたわけではありません。遠い昔には、家族と呼べる存在だっていたのです。

もう今はない魔女の生まれ故郷は、小麦が育たない痩せた土地でした。日々の食事は蕎麦やライ麦といった雑穀ばかり。

代わりにりんごだけはたくさん採れたので、ママン定番のお菓子といえば『りんごのガレット』だったのです。

「懐かしい……ママンの味だッ。そうだッ、こんな味だったねッ……」

途方もない時の流れのなかで、大切な家族の声を忘れ、顔を忘れ、思い出を忘れ……そして、『もう一度、ママンのお菓子が食べたい』という願いさえも、魔女は忘れてしまっていたことを思い出したのです。

「貧乏ったらしくて、地味で、素材の味そのものなのに……なんで、こんなにうまいんだろうねッ……」

「！　いま、うまいって……！」

魔女の口から漏れた言葉に、ルイは驚きます。

すっかりガレットを食べ切った魔女は、どこか満たされたような穏やかな表情で言いました。

「ふんッ。小僧を死ぬほどこき使ってやりたいが……約束は約束だからねッ」

「じゃあ、本当にぼくたちを家に帰してくれるんだね⁉」

「アァ、魔女に二言はないよッ」

ぷいっとそっぽを向いた魔女が杖を三回床に打ちつけると、ルイの目の前に人ひとりが入れるほどの穴が現れました。向こう側に、懐かしい我が家のリビングが見えます。

「坊や、良かったじゃにゃ〜い」

「おちびちゃん、元気でくま！」

「人の仔よ、達者で暮らすのだぞ」

「にゃーにゃー、くましゃん、おうましゃん、ありあと！」

リュカは猫・くま・馬を一匹ずつ撫で撫でぎゅっ！　として、お別れを済ませました。

「みんな、リュカに優しくしてくれて、本当にありがとうね」

ルイはリュカを抱っこします。はぐれないようにと、収納《ストレージ》から取り出しただっこ紐でしっかりと括りました。そして、魔女の顔を見つめます。

理不尽な魔女に対して怒る気持ちは、もちろんあります。

けれど、母の味を恋しがって泣く魔女の姿に、ルイは思うところがないわけでもありませんでした。ルイだって、前世の味を恋しがったことが何度もあるのですから。

「……ぼく、食べたいものは、自分で作れば良いと思うよ」

「ハンッ！　この偉大な魔女のアタシに向かって、舐めた口だねッ」

思いもよらなかったルイの言葉に、虚《きょ》をつかれた魔女は憎まれ口を叩きます。その様子に少し溜《りゅう》飲《いん》が下がったルイは、えいやと穴に飛び込みました。


「うーん、うーん」

岩に押し潰されているかのような息苦しさを感じて、ルイは目が覚めました。

それもそのはずです。リュカがルイの胸の上で、すぴすぴと鼻を鳴らして眠っているのですから。

「あれ……なんでぼく、だっこ紐なんてつけてるんだろう……？」

つけた覚えのないだっこ紐に、ルイは首を傾げました。それに、なんだかとても不思議で、長い夢を見ていたような気分なのです。

ぐるっとリビングを見渡しますが、見慣れた我が家に何もおかしなところはありません。

けれど、ルイはなぜか「帰ってこられて良かった」と、心から思ったのです。


とある森に、老婆が人目を忍ぶかのように住んでいました。

老婆の家からは、頻繁にりんごの甘酸っぱい香りと生地を焼く香ばしい匂いが漂ってきます。

近くに住む村人たちは、恐ろしい見た目の老婆を気味悪がって近づこうとしません。ですが、怖いもの知らずの悪ガキというのは、どこにでもいるものです。

「ババア！　遊びにきてやったぜ！」

「ちッ。何度言えばわかるんだいッ。うちは子どもの遊び場じゃないんだよッ。……ったく、親の顔が見たいもんだねッ」

甘いお菓子の匂いに誘われた悪ガキが訪ねてくると、老婆はぶつくさと悪態を吐きながらも、素朴なりんごのガレットを振る舞ってくれるのだとか……。

あとがき

初めまして。泉きよらかと申します。

この度は「祖父母をたずねて家出兄弟二人旅」第一巻をお手に取っていただき、誠にありがとうございます。

初めて書いた物語を多くの方に愛していただき、書籍出版のご縁にまで恵まれました。本当に、感謝が尽きません。


私が読書を好きになったのは、小学校五年生の時です。

当時のクラスメイトに「この本、面白いから貸してあげる」と勧められたのが、青木和雄氏・著「ハッピーバースデー　命かがやく瞬間」でした。今でもはっきりと覚えています。一生分泣いて、勇気と元気と活力をもらった作品です。

それから私はどっぷりと活字の海に浸かり、いつしか「本の虫」なんて揶揄されるほどの読書好きになっていました。

自然と将来は小説家や司書、出版社の編集者も良いな、と夢見る子どもでした。

そんな私も順当に大人になり、忙しく働く日々のなか、ある時少しだけ時間に余裕ができたのです。

その時にふと「小説、書いてみようかな」と思いついて書き始めたのが、「祖父母をたずねて家出兄弟二人旅」でした。

書くテーマは、あまり考えずとも決まりました。

読書好きになったきっかけである作品から「家族」や「児童養護」の観点を取り入れて、物語を書きたいと思ったのです。

なので、初期案は「育児放棄の母に育てられる。母の情人から暴力を振るわれ、命の危険を感じた兄弟は逃げ出す」という内容でした。

ただ、さすがに暴力表現は控えて、もっとファンタジーらしく……とブラッシュアップした結果、本作が生まれたのです。（担当さまにも顔合わせの際に同じことをお話ししたところ、変えてよかったですねという反応でした）

そんな始まりなので、本作は「なろう系」でありながら、俺TUEEEのようなチートは出てきません。

「ランキングのほかの作品と比べて派手さがなく、テンプレ感も薄めで毛色が少し違う」と感想をいただいて、「言い得て妙だな」と思ったくらいです。

本作の主人公・ルイは、周囲の大人にしっかり頼ることのできる賢いお兄ちゃんです。

それは、私が「子どもは大人を頼って良い。甘えて良い。迷惑を掛けてなんぼ」というメッセージを伝えたかったから、でもあります。

そうして、いつか真っ当に大人に成長した姿を見せる。それだけで十分恩返しになると思います。

そういった意味では、この作品は私からの恩返しでもあるのです。

最後に。書籍の出版にあたり、関わってくださった皆さまに心より御礼を申し上げます。真っ先に「書籍化しませんか？」と声を掛けてくださったＴＯブックスさま・担当さま・そのほか校正などに携わった関係者の皆さま。丁寧で細やかなサポートをありがとうございました。おかげさまで、とても素敵な書籍に仕上がりました。

また、イラストを手掛けてくださった蓮深ふみ先生。こだわりをたくさん叶えてくださったうえ、提案までしていただき、そのクリエイティビティの高さには本当に脱帽しました。

さらに、数多ある物語のなか、本作を見つけてくださった読者の皆さま。温かい感想や応援のコメントに、いつも励まされました。ここまでお読みいただき、本当にありがとうございます。

そして、八月三日に空の向こうに旅立った母へ。この本は娘が書いたのだと、そちらで自慢してくれて良いからね。

泉きよらか　九拝

■参考文献

・河原 温・堀越 宏一『図説　中世ヨーロッパの暮らし』（河出書房新社）２０１５年
・シャムロック乗馬クラブ『乗馬初心者さんのためのこんなときどうしたら？ Q＆A』（つちや書店）２０２２年
・真木 文絵（著）・池上 文雄（監修）『ココロとカラダに効く　ハーブ便利帳』（ＮＨＫ出版）２０１７年
・田中 亮三（著）・増田 彰久（写真）『図説　英国貴族の城館　カントリー・ハウスのすべて』（河出書房新社）１９９９年
・稲垣 栄洋『面白くて眠れなくなる植物学』（ＰＨＰ研究所）２０１６年

2025年春発売予定!

TOブックス
コミカライズ
連載最新話が
読める!!!!!
「本好きの下剋上」をはじめとする
TVアニメ化作品盛りだくさん!!

漫画配信サイト
CORONA EX
コロナEX
TObooks
2nd Anniversary
詳しくはこちら!!
https://to-corona-ex.com/
2周年!!